KB115384

금오신화

서연비람은 조선 시대 왕궁 내, 강론의 자리였던 서연(書筵)에서 여러 경전의 요지를 모아 엮은 왕세자의 필독서를 말합니다. 서연비람 출판사는 민주주의 국가의 주인인 시민들 역시 그처럼 지속 가능한 과거와 현재, 미래의 이치를 깨우치고 체현해야 한다는 믿음으로 엄선한 도서를 발간합니다.

서연비람 고전 문학 전집 1

설중환 교수와 함께 읽는 **금오신화**

초판 1쇄 2018년 10월 15일
지은이 김시습
옮긴이 설중환
펴낸이 윤진성
펴낸곳 서연비람
등록 2016년 6월 29일 제2016-000147호
주소 서울시 강남구 도곡로 422 5층
전화 02) 569-2168
팩스 02) 563-2148
전자주소 birambooks@daum.net

ⓒ서연비람 2018, Printed in Korea.

ISBN 979-11-89171-04-9 04810
ISBN 979-11-89171-06-3 (세트)

값 12,000원

「이 도서의 국립중앙도서관 출판예정도서목록(CIP)은 서지정보유통지원시스템 홈페이지(http://seoji.nl.go.kr)와 국가자료공동목록시스템(http://www.nl.go.kr/kolisnet)에서 이용하실 수 있습니다.(CIP제어번호: CIP2018030496)」

서연비람 고전 문학 전집

1

설중환 교수와 함께 읽는

금오신화

김시습 | 설중환 옮김

차례

책머리에

사실 나는 오래전에 『금오신화』 연구로 박사논문을 썼다. 이제 다시 본 작품을 해설하자니, 감회가 새롭다.

나는 언제부터인가 고전소설을 대중화시키는 일에 관심이 많았다. 왜냐하면 고소설은 원래 서민들의 것이기에, 그것을 그들에게 돌려주어야 한다는 것이 내 생각이었기 때문이다. 그러나 고전소설 자체를 지금 그대로 읽기에는 너무 어렵다. 그래서 이들 작품을 누구나 쉽고, 재미있게 읽을 수 있도록 풀어 쓰는 작업을 해왔다. 그들에게 우리의 위대한 고전작품을 쉽게 읽히게 하고 싶었기 때문이다.

제일 먼저 한 작업이 판소리계 소설이었다. 그것은 판소리가 가장 대중적이었기 때문이다. 판소리 6마당을 분석한 『꿈꾸는 춘향』을 펴낸 게 서기 2000년이다. 그 후 여러 작업들을 했다. 특히 어린 학생들에게도 우리 고전작품의 원형을 읽히고 싶어, 『단군신화, 재미나는 숨은 이야기』라는 책을 대화체로 펴내기도 했다.

이번에 '서연비람'에서 학생들이나 일반인들이 쉽게 읽을 수 있는 『금오신화』를 내자고 했을 때, 언젠가 이 작업을 하고 싶었던 차에 기쁜 마음으로 일을 시작하였다. 그래서 이 책도 가능하면 쉽고 재미있게 읽을 수 있도록 작업을 했다.

알다시피 『금오신화』는 우리나라 최초의 고소설로, 문학사적으로도 아주 중요한 작품이다. 그뿐 아니라 무엇보다 작품 자체가 훌륭하다. 읽어 보면 알겠지만, 『금오신화』는 작가 김시습의 개인 문제이기도 하지만, 우리들 모두의 문제이기도 하기 때문이다. 즉 한국인만 가진다는 한풀이, 인간이면 누구나 피해 갈 수 없는 허무의 극복, 누구나 남들에게 인정받고 싶어 하는 욕구 등이 작품의 주제적 의미로 등장한다. 이는 김시습 개인의 문제이면서 동시에 우리 모두의 이야기이기도 하다. 그러므로 본 작품은 영원한 명작으로 끊임없이 읽힐 수 있는 것이다. 이에 대한 자세한 해설은 본문에서 언급될 것이다.

특히 이 작품을 번역하면서 가장 고민이 많았던 부문은 삽입시의 문제였다. 이 작품에는 유독 시가 많이 나온다. 많게는 거의 반이상을 차지한다. 이는 본 작품이 중세에서 근대 산문의 시대로 넘어오는 첫 번째 고소설이기에 더욱 그러하다고 본다. 이를 다 읽기에는 보통 독자들에게도 벅찬 일이고, 이를 완전히 이해하는 일도 만만치 않다. 만약 지금 김시습이 다시 『금오신화』를 쓴다면, 이런 시를 절대 삽입시키지 않을 것이다. 본 작품은 시집이 아니라 소설집이기 때문이다.

그래서 본 작품에 등장하는 시들 중에 작품의 이해에 꼭 필요한 시들은 그대로 두고, 내용이 중복되는 경우에는 독서의 편의를 위하여 일부를 생략하기로 했다. 예를 들어, 똑같이 인생 허무를 읊은 6편의 시가 있다면, 그 중에 대표적인 한 수만 싣기로 했다. 그러기에 시가 생략되었다고 해서 작품의 이해에 크게 지장을 주지는 않을 것이다.

이 책을 쉽고 재미나게 읽히려면 이 시들을 많이 줄여야 하는데, 그렇게 해도 되는지 많은 고민을 했다. 그러다가 욕을 먹을 각오를 하고 꼭 필요한 경우를 제외하고는 시를 과감하게 줄였다. 줄인 부분은 책 뒤에 부록으로 달아 두었으니, 필요한 경우 찾아 읽으면 될 것이다.

아울러 작품 이해를 돕기 위해서 주인공들의 심리 상태도 필요한 경우 덧붙이고, 중국의 고사에 해당하는 것들도 가능하면 한국적인 것으로 의역하려고 노력하였다. 특히 이 책은 전문학술서가 아니라 일반인들을 위한 교양서이므로, 작품 해설에서 편의상 다른 학자들의 학설을 인용하는 경우에도 일일이 각주를 달지 않았다. 모든 분들의 양해를 바란다.

아무튼 우리의 위대한 고전『금오신화』를 읽고, 우리 모두가 매월당처럼 각자의 인생을 더욱 알차게 살찌웠으면 좋겠다. 더불어 문학 작품을 통하여, 우리 모두 상상력을 키우고, 나아가 꿈과 희망을 가질 수 있다면 더한 보람이 없을 것이다.

마지막으로 출판계가 어렵다고 야단들인데, 이 책의 출판을 흔쾌히 허락해 주신 서연비람의 윤진성 대표님과 편집진 여러분들에게 심심한 감사의 말씀을 전하고 싶다.

혜정 설중환 씀

『금오신화』를 읽기 전에

교수님 오늘은 『금오신화』을 읽는 날이다.

서연 아, 『금오신화』는 유명한 이야기잖아요.

교수님 어째서 유명하지?

서연 우리나라 최초의 소설이어서 그런 것 같아요.

교수님 최초의 소설이 아니라 최초의 고소설이지.

서연 아, 맞아요.

교수님 최초의 현대소설은?

서연 이광수의 『무정』이에요.

교수님 그럼 최초의 신소설은?

서연 이인직의 뭐라더라?

교수님 이인직의 『혈의 누』다. 소설의 발달은 고소설에서 시작하여, 신소설을 거쳐, 마지막으로 현대소설로 발달해 온 거란다.

서연 잘 알겠어요. 그런데 고소설은 뭐예요?

교수님 그래, 고소설이 나오게 된 배경부터 이야기해 주마. 우선 하나 물어보자. 인류의 역사가 고대, 중세, 근대로 발전되어 온 것은 알고 있니?

서연 그건 상식이잖아요.

교수님 상식이라? 그러면 우리 서연이하고 이야기가 좀 되겠군. 문학은 크게 나누면 운문과 산문인데…… 고대에는 어떤 문학이 있었을까?

서연 응, 그러니까…… 운문에는 가요, 그리고 산문에는 신화?

교수님 맞다. 우리 서연이 똑똑하구나. 고대에는 가요와 신화가 있었지. 그리고 중세로 내려오면서 신화는 전설과 민담으로 발전했다고나 할까. 그리고 가요는 시로 발전했다고 할 수 있지. 크게 보면, 고대나 중세는 산문보다는 운문의 시대라고 할 수 있어. 즉 고대나 중세는 시의 시대라고 할 수 있단다. 그런데 근대로 오면, 운문과 산문의 운명이 뒤바뀌게 된단다.

서연 뒤바뀌게 된다니요?

교수님 그러니까 근대는 운문의 시대가 아니라 산문의 시대라고 할 수 있지. 요즘 병원 이름을 한 번 봐라. '확실하게 잘 심는 치과', '눈이 어여쁜 안과', '속 좋은 내과' 등 모두 산문식으로 이름을 짓는 것을 알 수 있단다. 산문의 시대란 거지.

서연 저는 '안 아프게 심는 치과', '힘센 정형외과'라는 간판도 봤어요. 산문식이네요.

교수님 그렇단다. 결국 중세의 운문시대에서 근대의 산문시대로 내려온 거지. 오늘날은 시의 시대가 아니고, 소설의 시대란다. 그런데 중세의 운문시대에서 근대의 산문시대로 바뀌는 첫

작품이 고소설이야. 알겠니?

서연 네, 알 것 같아요.

교수님 시의 시대에서 산문의 시대로 바뀌게 되는 과정의 특징이 뭘까?

서연 특징이라뇨?

교수님 고소설의 형식적 특징이 뭘까?

서연 아, 알 것 같아요. 고소설에 시가 많아요.

교수님 그 어려운 걸 네가 어떻게 알았니?

서연 『금오신화』에 시가 많이 나오잖아요.

교수님 그렇단다. 최초의 고소설인 『금오신화』에는 시와 산문의 분량이 거의 반반이란다. 아니, 시가 더 많다고도 할 수 있단다. 중세 시의 시대에서 근대소설의 시대로 바뀌는 하나의 증거라고도 할 수 있단다. 고소설이 점점 발달되어 오면서, 후대로 오면 시가 점점 적어지지. 『춘향전』이나 『구운몽』 같은 데도 시가 나오긴 하지만, 한두 편으로 줄어든단다.

서연 금 술잔의 좋은 술은 백성들의 피요,

옥쟁반의 맛있는 안주는 백성들의 기름이라.

촛농이 떨어질 때 백성들의 눈물도 떨어지고,

노랫소리 높은 곳에 원망소리 높도다!

교수님 대단하다, 우리 서연! 그러다가 후대에 오게 되면 시가 완전히 없어진단다. 박지원의 「양반전」이나 「허생전」 등에 오면 시가 없어지고, 완전히 산문으로 바뀌게 되지.

서연 　그런데 사실『금오신화』에 시가 너무 많이 나와서 읽기에 지루해요. 뜻도 잘 모르겠고······.

교수님 　그래서 이 책에서는 작품의 의미를 훼손하지 않는 범위 내에서 시를 많이 줄였단다. 꼭 필요한 부분만 넣고, 또 시도 너희들이 쉽게 이해할 수 있게 풀었고······.

서연 　아, 그러면 읽기에 더 좋겠어요. 교수님께서는 확실히 제 마음을 잘 아신다니까요. 그런데『금오신화』는 왜 유명하죠?

교수님 　첫째는 우리나라 최초의 고소설이란 점이고, 둘째는 금오신화의 구성이나 형식이 잘 짜여 있고, 또한 그 의미가 깊어서 그런 것이라고 봐야겠지.

서연 　그러면『금오신화』가 다른 고소설보다 더 뛰어난 작품인가요?

교수님 　내가 볼 때는『금오신화』가 고소설 중에는 가장 뛰어난 작품 중의 하나 같아.

서연 　왜 그래요?

교수님 　그건 아무래도 작가 김시습의 공으로 돌려야겠지.

서연 　김시습이 잘 썼다는 말이에요?

교수님 　그렇지. 아무래도 작품은 작가의 창작품이니까.

서연 　그럼 김시습에 대해 좀 이야기해 주세요.

교수님 　김시습은 한마디로 불우한 천재라고 할 수 있지. 그러나 여기서 다 이야기하기에는 너무 길단다. 그래서 작품에 들어가기 전에 김시습과 그가 살았던 시대부터 이야기할 테니, 그것부터 읽어 보고 작품을 읽으면 더 잘 이해될 거야.

서연 아, 불우한 천재 김시습! 빨리 읽고 싶어요.

불우한 천재 매월당 김시습

김시습의 자는 열경이고, 호는 여러 번 바꾸었는데 청한자, 동봉, 벽산청은, 췌세옹 또는 매월당이라 한다. 여기서는 매월당으로 부르기로 한다. 즉 이름은 시습이고, 열경이란 자는 어른이 되면 불러 주는 이름이며, 매월당이란 호는 일반적으로 예술가들의 이름으로 요즘의 예명이라 생각하면 되겠다.

매월당은 신라 시조 김알지의 후손이다. 그러므로 신라 시대는 말할 것도 없고, 고려 때는 귀족 대우를 받던 권문세족의 집안이었다. 그러나 조선 시대로 내려오면서 집안이 쪼그라들어 줄곧 무반으로 지내 왔다. 특히 그의 할아버지는 원간도 무관인 오위부장이었으며, 아버지는 조상의 덕으로 하급무관인 충순위란 벼슬을 얻었지만 병으로 나가지도 못하였다.

이렇듯 매월당은 본래 소위 '명문 집안의 후손'이었다. 그렇지만 선대에는 왕족과 대문장가 등의 화려했던 가문이었음에 비하여, 그가 태어난 집안은 하급무관으로 가난하고 미천하였다. 이에 후세인으로 하여금 선천적으로 남다른 자질을 타고 태어났다고 할 만큼 영민하였던 그는 스스로 명가의 후손임을 깨닫고, 비천해진 가문을 전대의 화려했던 가문으로 다시 끌어올리려 생각했을 것은 가문 중심의 사회에서는 당연한 추론이라 하겠다.

김시습, 신동으로 태어나다

매월당은 아버지 일성과 어머니 장씨 사이에서 세종 17년(1435)에 서울에서 태어났다. 매월당이 태어나던 날 밤에 이웃 사람들이 공자가 그의 집에 탄생하는 꿈을 꾸었다고 한다. 이 이야기가 사실이냐, 아니냐 하는 것은 중요한 문제가 아니다. 이것은 그가 공자처럼 위대한 인물이라는 것을 단적으로 나타내 주는 하나의 상징적 이야기라 하겠다. 이처럼 남다른 기질을 타고난 그는 태어난 지 여덟 달 만에 저절로 글을 알게 되었다고 한다. 머리가 뛰어나서 글을 보면 입으로 읽지는 못하면서도 뜻은 모두 깨달았다고 한다.

이때 이웃에 살던 집안 어른인 집현학사 최치운이 그를 보고 기이하게 여겨, '시습(時習)'이라고 이름을 지어 주었다. 이는 『논어』의 맨 첫머리에 나오는 '학이시습지(學以時習之) 불역열호(不亦說乎)'에서 따온 것으로, 유학적인 이름이라고 해야 할 것이다.

이렇게 공자가 탄생하는 꿈을 꾸고 태어나서, 유학 경전인 『논어』 첫머리 글자를 이름으로 한 매월당은 처음 교육도 유학으로 시작된다. 즉 그의 교육을 맡은 외할아버지는 우리말을 먼저 가르치지 않고, 천자문부터 가르쳤다고 한다. 요즘 같으면 영어부터 가르쳤다는 말이다. 그는 매월당이 2세 때는 한문을 읽을 수 있게 하고, 3세 때에는 시 짓는 법도 가르쳐 한시도 지을 수 있게 하였다.

　이때부터 그는 『정속』, 『유학』, 『자설』 등 당시 어린이들이 읽는 여러 서적을 다 섭렵하고, 『소학』에 이르러서는 그 큰 의미를 알아 능히 글까지 지었는데, 수천여 편의 글이 되었다고 한다. 이때까지 그의 재능을 계발시키는 데는 오직 그의 외할아버지가 담당하였다. 매월당은 외할아버지를 잘 만난 셈이라고나 할까.

　다음으로 그는 지금의 서울대학교라 할 수 있는 당시 성균관 근처에 살았기에, 성균관 교수들에게서 공부를 할 수 있는 기회가 있었다. 그때 교수들은 집에서 서당을 차려 가르치기도 한 모양이다. 당시의 과외수업이라고나 할까? 즉 그가 5세 때에는 이계전 문하에서 『중용』, 『대학』을 배워, 세상에서 신동이라는 칭호를 얻게 되었다. 왜냐하면 『대학』은 이름 그대로 당시로는 15살이 넘어 대학에 들어가야 배우는 책인데, 다섯 살 먹은 애가 다 떼었으니 그랬을 것이다. 그가 '오세(五歲)'라는 호를 얻게 된 것은 이런 까닭이었다. 이렇게 매월당은 당시의 집현전 학사들로부터 정통 유학을 배우면서 그의 원대한 꿈을 키워 나갔던 것이다.

　이즈음 그가 신동으로 알려지자 당시 정승이었던 허조까지 그의 집을 찾아왔다고 한다. 그가 매월당을 보고 나는 이미 늙었으니 '노(老)' 자를 가지고 시구를 지으라 하니, 곧 소리를 내어서 〈노목개화

심불로(老木開花心不老)〉라 하였다. 즉 '늙은 나무가 꽃을 피우니, 마음은 늙지 않았도다.'라는 것이다. 정승은 이 시를 보고 무릎을 치며, '애가 참으로 신동이라.'하며 경탄하여 마지않았다 한다. 허 정승이 찾아온 뒤로, 그 소문이 퍼져서 많은 고관들이 줄을 지어 그를 보러 집으로 찾아왔다고도 한다.

더욱이 세종께서도 이 사실을 들으시고, 매월당을 불러 보고는 돌아가 아버지의 가르침을 받아 부지런히 힘써 학업이 성취함을 기다리면 장차 크게 쓰리라 하시고 선물까지 하사하셨다고 한다. 당시 세종이 비단 두 필을 주면서 꼬마가 그 무거운 것을 어떻게 가져가나 하고 지켜보니, 매월당이 비단 한 자락을 허리에 묶고 끌고 갔다는 일화가 전하고 있다. 이처럼 그는 당시 임금이었던 세종에게까지 알려져 장래를 약속받고 대망에 부풀어 학업에 열중하였다.

당시 임금과 정승의 각별한 사랑과 격려를 받은 매월당은 그로부터 13세까지는 이웃에 사는 성균관의 대사성 김반의 문하에서 『맹자』, 『시경』, 『서경』, 『춘추』 등을 배웠다. 또한 당시 최고의 학자로 칭송을 받던 윤상에게 나아가 『주역』, 『예기』, 제사(諸史) 및 제자백가를 두루 훑었다.

그의 스승 김반, 윤상(尹祥)은 모두 당시의 쟁쟁한 유학자로 이름이 높은 이들이었으니, 이들은 모두 학덕이 높은 유학자이면서 또한 성균관의 대사성이었다. 대사성은 요즘 말로 하면 학장쯤 되는 벼슬이 된다. 매월당은 이들에게 개인적인 지도를 받았을 뿐만 아니라, 직접 성균관에 입학하여서도 배웠다.

어두운 그림자

매월당이 13세 되던 해 그의 모친이 세상을 떠났다. 이에 그는 학업을 일단 중단하고 강릉에 있는 외갓집의 농장으로 내려가 어머니의 산소를 지키던 중 3년을 채 마치기도 전에 그의 외숙모마저 죽자 서울로 되돌아왔다. 그러나 그의 부친은 중병으로 누워 있어 가사를 돌보지 못할 지경이었다. 이런 어려움 속에서 그는 다시 계모를 맞이하였고 이어서 아버지의 친구인, 훈련원 도정 남효례의 딸을 맞아 장가도 갔으나 그의 앞길은 점차 어두워져만 갔다. 그러나 그는 결코 자신의 꿈을 포기하지 않았으니 복잡한 가정환경 속에서는 학업 성취가 어려움을 알고, 드디어 번거로운 집안을 떠나 공부에 전념하기 위해 입산하는 길을 택하여 삼각산 중흥사로 들어갔다.

천재는 시험에 약하다?

그는 당시 입신양명할 수 있는 유일한 길이었던 과거의 기회를 노렸다. 드디어 단종 원년 계유년의 감시에 응하여 합격하고, 이어서 단종 즉위를 축하하기 위해서 계유년 2월에 특설한 경시인 증광시(회시)에 동료와 같이 응하였으나 낙방하고 말았다. 예나 지금이나 천재는 시험에 약한지도 모른다.

이에 매월당은 그해 가을 3년마다 정기적으로 시행하는 식년시를 보려고 재수를 하고 있었을 때, 뜻하지 않는 사건이 터진다. 소위 세조의 계유정난(癸酉靖難)이 일어난 것이다.

계유정난

계유정난을 한마디로 말하면, 1453년 수양 대군이 단종을 몰아내고 왕이 된 사건이다. 즉 세종의 큰아들 문종은 병으로 몸이 약하여 일찍 죽고, 문종의 어린 아들 단종이 왕위를 계승하였다. 이에 세종의 둘째 아들인 수양 대군이 김종서 등의 반대 세력을 제거하고, 가장 강력한 경쟁자였던 동생 안평 대군도 죽인 뒤 단종을 영월로 귀양 보낸 후 사약을 내려 죽이고 왕이 되었다. 또한 단종을 복위시키려는 사육신 등을 처형하고 정난에 공이 큰 한명회, 신숙주, 권람, 홍달손 등을 공신에 책봉하였다.

이 계유정난은 매월당에게 두 가지 큰 충격을 주었다.

첫째는, 불교의 융성이다

조선은 본래 성리학의 나라로 출발했다. 그래서 초기부터 숭유억불정책, 즉 유교를 숭상하고 불교를 억제하는 정책을 펼쳤다. 고려 말의 타락한 불교를 배척하고, 신유학, 즉 성리학을 숭상한 것이다. 하지만 세조는 유달리 불교에 애정을 쏟았다. 그 이유로는 사람들에 따라 자신의 손으로 죽인 이들에 대한 속죄 의식 때문으로 보는 경향도 있다. 물론 그도 한 인간이니 그런 측면도 있었을 것이다. 그러나 세조대에 불교가 한층 더 융성해진 것은, 전대 왕실의 전통도 있었지만 이는 무엇보다 세조 자신이 불교를 신봉하였기 때문으로 보인다.

이는 『세종실록』에 실린 세조가 성임과 나눈 대화를 보면 잘 알 수 있다.

> 수양 대군이 성임에게
> "자네는 공자와 석가의 도 중에 어느 쪽이 더 낫다고 생각하나?"
> 하자, 성임은
> "저는 공자의 도는 책을 읽어서 그 뜻을 조금 압니다만, 석씨에 대해서는 아직 그 책을 보지 못하여 아는 것이 없습니다."
> 하였다. 이에 수양 대군은
> "부처님의 도가 공자보다 낫다." 하고 말하였다.

이렇게 세조는 스스로 불교의 진정한 가치를 알고 있었기에, 임금이 되기 전에는 부처님의 일대기인 『석보상절』을 편찬하고, 임금이 된 뒤에는 불교를 진흥시켰다고 보아야 할 것이다. 그리하여 세조는 신미혜각과 수미묘각 등 승려를 비롯하여 윤사로, 황수신, 한기

복, 김수온 등 조정 신하들의 전폭적인 참여 아래 불교를 다시 중흥시키었다고 해도 과언이 아니다.

한편, 세조는 왕권강화를 위한 사상정책의 일환으로 불교를 장려하였다고 볼 수 있다. 흔히들 적의 적은 친구라는 말이 있듯이, 그 당시 자신에게 반대하던 유학자들의 세력을 견제하기 위한 것일 수도 있다는 말이다. 즉 세종을 이은 문종이 일찍 죽고 어린 단종이 왕위에 오르게 되자, 문종의 부탁을 받은 김종서, 황보인 등 재상들이 정권을 장악하였다. 이들이 중심이 된 의정부는 국왕을 보필하고 정사를 협의하는 최고 정무기관의 권한을 넘어서 막강한 권력을 휘두르게 되었다.

이에 왕실을 대표한 수양 대군이 왕권을 강화하기 위하여 일어난 사건이 계유정난이라고도 할 수 있다. 그러므로 수양 대군은 이들 성리학자들의 세력을 억제하고자 불교세력과 손을 잡은 것이라고도 할 수 있다.

이후 세조는 간경도감(刊經都監)을 두어 대규모의 불경언해사업을 벌였다. 불교를 스님들의 전유물이 아니라, 일반 대중들이 읽을 수 있게 한 것이다. 이는 불교의 대중화로 일종의 종교개혁이라고도 할 수 있다. 16세기 서양의 루터가 종교개혁을 하고 성경을 독일어와 영어로 번역한 것보다 백 년 앞선 것이니, 세조의 선견지명이 보이는 듯하다. 그리고 지금의 파고다공원 자리에 원각사를 세우고, 승려의 지위와 권익을 옹호해 주었으며, 해인사의 대장경을 찍어 여러 사찰에 나누어 보관한 것들이 그것이다. 뿐만 아니라 신미, 혜설, 학조와 같은 고승들은 세조의 지극한 총애를 받고 극도의 복록을 누렸다.

세조는 다시 불교를 부흥시켰다고도 할 수 있다. 당시 유학을 공부하며, 왕도정치를 꿈꾸던 매월당이 이런 상황을 보고 어떤 생각이 들었을까?

둘째는, 패도정치의 등장이다

왕도정치란 맹자의 정치사상이다. 즉 왕이라고 해서 제멋대로 해서 안 되고, 왕도 '왕이 가야 할 길'을 따라서 정치를 해야 한다는 뜻이다. 즉 도덕적 교화를 통해서 순리대로 정치를 하는 것을 뜻한다. 이는 무력이나 강압과 같은 물리적 강제력으로 다스리는 패도정치(覇道政治)와 대비되는 것이다. 맹자는 덕으로 어진 정치를 실시하는 것을 왕도라 하였는데, 힘으로 사람을 복종시키면 마음으로는 복종하지 않게 되고, 덕으로 사람을 복종시키면 사람들은 진심으로 따르게 되므로, 덕에 의한 왕도정치를 해야 한다고 하였다. 그 후 유교의 정치론에서도 패도를 부정하는 논의가 더욱 성해졌다. 따라서 조선의 건국에서도 왕도정치를 이상적인 정치로 삼았다. 그러나 무력으로 권세를 잡은 세조는 왕도정치가 아니라 무력의 강압적인 힘으로 정치를 하였으므로 패도정치라 할 만하다.

특히 매월당은 무엇보다 세조의 왕위 찬탈에 대해서 직접적인 충격을 받은 듯 보이는데, 그것이 이전의 왕에 대한 의리에 어긋난다고 믿었기 때문인 듯하다. 이는 그가 쓴 「고금군자은현론(古今君子隱顯論)」을 읽어 보면 이해가 될 것이다.

군자가 처신하기란 어려운 것이다. 이롭다 하여 조급하게 나아갈 수도 없고, 위태롭다 하여 용감하게 물러날 수도 없는 것이다. …… 성인이나 현인의 나아가고 물러남은 오직 의리에 합당하고 아니함과 때의 좋고 좋지 못함의 여하에 달려 있을 뿐이다.

그는 군자의 처신이 어려움과 의리와 때를 판단해서 진퇴를 결정해야 한다고 하였다. 그 예로써 모두 때를 기다려 현달한 이윤과 부열, 그리고 강태공을 들었다. 이로 미루어 매월당은 세조의 등극으로 말미암아, 전조에 대한 의리를 지키고, 패도가 왕도로 바뀔 때를 기다리기 위하여 은둔한 것이라 생각된다.

왕도정치를 꿈꾸던 청년 매월당이 이런 세조의 패도정치를 보고 어떤 행동을 하였을까? 그는 세조의 왕위 찬탈을 반대하고 단종을 향한 충절을 지켰다. 그러나 사육신들은 목숨을 걸고 죽어 가면서까지 단종에 대한 충절을 부르짖었다. 그러나 생육신들은 살아서 세조에게 등을 돌린 채 단종을 추모하며 의리를 지켰다. 매월당은 생육신의 한 사람이다. 이런 죄책감 때문에 「이생규장전」을 썼는지 모른다. 이에 대해서는 작품론에서 다시 거론될 것이다.

승복을 걸치고 방랑의 길을 떠나다

매월당은 신동으로 태어났지만 가정적인 불행과, 그의 과거 실패로 인해 천재라는 명성에 대한 기대감을 채울 수 없는 부끄러움에 시달렸다. 또한 세조가 무력으로 왕위를 찬탈하고, 김종서, 황보인 등과 같은 친구가 피살되며, 유학이 쇠퇴하고 이교라 생각했던 불교가 다시 성하게 되자, 세상에 뜻이 없어졌던 것으로 보인다. 이에 그는 승복을 걸치고 방랑의 길을 떠난 것이다.

그런데 그가 하필 왜 중이 되어 길을 떠났는지에 대한 이유는 확실하지 않다. 아마 그가 중이 된 것은, 그것이 목적이 아니라 은둔을 위한 하나의 수단 내지는 취미에 불과하였던 것으로 보인다. 실제 그의 집안은 몰락하여 돌아가 편히 쉴 수 있는 곳도 아니었다. 그렇다고 시골에 농장이 있거나 도움을 청할 친척들조차 없었던 것이다.

이같이 불우한 처지에 놓였던 그는 세속을 떠난 스님 같은 사람들을 벗하며 산수 간을 노니는 방식을 쉽사리 택할 수 있었다고 보인다. 이런 몇 가지 이유로 중이 되었지만 그것이 그의 본심에서 우러난 것이 아니었으므로, 그는 머리는 깎았지만 수염은 깎지 않았던 것으로 보인다.

이후 매월당은 한양을 지나 송도 및 관서지방을 유람하고, 이어 전국의 명산과 절경이 있는 관동지방을 거쳐 마침내는 해동의 곡창 호남지방에까지 발길이 미치게 된다.

심경에 변화가 생기다

근 10년간의 마지막 방랑지인 호남에서 매월당은 심경의 변화를 일으키게 된다. 즉 실의에만 잠겼던 그가, 이제 현실에 참여할 마음의 자세를 다지려는 것이 바로 그것이다.

매월당은 호남지방을 둘러보고 우선 오곡이 풍성함을 보고 놀란다. 그것은 '주민의 충실함과 물산의 풍부함이 관동의 몇 배나 많았기' 때문이다. 이는 물론 호남지방이 우리나라의 가장 넓은 평야지대이기 때문에 먹을 것이 많은 것은 당연한 것이었다. 그러나 그는 그것을 세조의 은덕으로 생각했다. 왜냐하면 옛날에는 백성들이 잘 살고 못 살게 되는 것도 모두 임금의 덕이라고 생각했기 때문이다.

이에 그는 '임금님의 교화가 훌륭하고 인자하신 덕분에 나라 안의 백성들이 번성하지 않음이 없게 되었다.'고 하였다. 나아가서는 '변경에 근심이 없어지고 전쟁도 멎게 되었으니, 이것은 성인이 조정에서 지극히 잘 다스린 상서라 하겠다.' 하여 세조를 성인으로 찬양하기까지 한다.

이때는 세조 8년으로 그의 실의에 찬 방랑도 어언 10년에 가까운 때다. 그가 세조의 치적을 찬양한 것은 자신의 실의를 딛고 현실에 참여해야겠다는 생각을 은연중에 나타낸 것으로 풀이해야 할 것이다.

그가 그해 가을에 책을 사려고 서울에 올라간 것도 새로운 도약을 위한 준비였다고 보아야 할 것이다. 그때 마침 효령 대군의 권유에 못 이겨 세조의 불경언해사업을 도와 내불당에서 교정의 일을 잠시 맡아 보기도 했다. 이도 역시 현실에 참여하고자 하는 그의 의도로 파악해야 이해될 것이다. 그러나 그 일은 그가 본래 원하던 일이 아니었으므로 이내 그만두고 경주로 향한다.

뜻밖의 기회를 맞다

매월당이 31세 되던 세조 11년 봄에 그는 책을 싸들고 경주 남산인 금오산에 들어가 금오산실을 짓고 눌러앉았다. 실로 오랜만의 정착이었다. 이제 매월당의 나이 31세. 공자는 삼십에 입지(立志)라 하여 뜻을 세운다고 하였다. 따라서 그도 은둔 중에서나마 스스로의 인생을 새롭게 설정하려고 시도한 것 같다. 즉 그는 이제 10여 년의 방랑 끝에 실의를 딛고 다시 자기의 이상을 실현하기 위해 참여로의 발돋움을 한다. 그는 다시 책을 읽으며 공부를 시작하였다.

그러나 그의 현실 참여의 기회는 의외로 빨리 왔다. 그가 금오산에 들어가자마자, 그해 3월 그믐께 그는 효령 대군의 추천으로 원각사 낙성회에 참가하라는 세조의 소명을 받았다. 그가 그 모임에 나간 것은, 그것이 그의 현실 참여로의 꿈이 이루어질 수 있는 계기가 될 수도 있다고 믿었기 때문일 것이다. 혹시 벼슬길이 열릴지 모른다고 생각한 것이다. 그러므로 그는 상경하여 세조를 찬양하는 시를 짓기도 하였다. 또한 효령 대군의 명을 받아 원각사 찬시를 지어 드리니, 세조께서 보시고 매월당이 원각사에 그대로 머물 것을 원하셨다. 그러나 그는 낙성회를 마치고 단호히 서울을 떠났다. 이는 아마도 그가 불경언해 교정사업을 그만둔 것과 같이 그가 승려로서 대접받는 것이 싫었기 때문일 것이다.

그에게 있어서 승복은 어디까지나 살아가기 위한 하나의 방편으로 걸친 것이지, 그의 본마음은 유학적 입신양명에 있었던 것이다. 따라서 그는 돌아오는 도중에 임금께서 두세 번이나 불렀으나 질병을 칭하며 사절하고는 금오산으로 돌아오고 말았다. 이것은 그의 기대와 실제가 어긋났기 때문이라고 해석된다.

즉 세조는 그를 고승으로 부른 것이고, 그는 불도로 출세하고 싶진 않았던 것이다. 그가 나중에 '이도로 세상에 이름을 나타내고자 아니하였기 때문에 돌아간 세조가 뜻을 전하여 자주 불렀으나 나아가지 않았다.'라는 회고에 잘 나타난다. 아마도 그가 원각사 낙성회에 참가했을 때, 세조가 그에게 원각사의 승려로서가 아니라, 높은 벼슬자리로 불렀다면 이야기는 전혀 달라졌을지도 모른다.

갈등 속에서 피어난 금오신화

다시 금오산으로 돌아온 매월당은 이미 30대의 장년이었다. 그에게 남은 것이라고는 하나도 없었다. 그는 아무것도 이룬 것이 없었기 때문이다. 권력도, 재산도, 처자도 없는 무소유의 병든 몸만이 그를 괴롭혔으며, 더욱이 그는 이미 40대로 접어들고 있었다. 그렇다고 그 당시 승려의 길도 그가 애초에 꿈꾸던 길과는 거리가 멀었다.

공자는 사십이불혹(四十而不惑)이라 하였다. 거꾸로 말하면 삼십대까지는 혹할 수 있다는 말이다. 매월당도 이에서 예외는 아니었다. 그는 진실로 현실을 있는 그대로 인정하느냐, 아니면 계속 그의 이상을 좇느냐의 갈림길에서 혹된 생활의 나날을 보내고 있었다. 따라서 그는 비참한 현실 속에서 화려했던 옛날의 꿈을 꾼다. 있는 세계에서 있어야 할 세계를 꿈꾸는 것이다. 여기서 『금오신화』가 탄생한다. 작품에 나타나는 이런 모습은 뒤에 작품론에서 상술될 것이다.

당시 매월당의 심정은 금오산에 있을 때 쓴 것으로 보이는 「옥루탄(屋漏歎)」이라는 시에 잘 나타나고 있다.

집에 비가 철철 새어서 마음이 편하지 아니하여
책 던지고 비스듬히 누워서 근심됨을 누른다.
가늘고 성긴 비에 모든 산이 어두운데
쌀쌀한 긴 바람에 온갖 나무 울어 댄다.
뜻있는 선비의 가슴속에는 절의가 있는데
대장부의 기개는 공명을 세우려 한다.
공명이고 절의고 모두 내가 할 일인데
얻고 잃는 것이 서로 어긋나 아우르지 못하는 것이 한스럽네.

여기서 보면 그는 비 오는 날 새는 지붕 밑에 누워 찹찹한 심정을 처량하게 노래하고 있다. 즉 뜻있는 선비로 살려니 절의를 지켜야 하고, 대장부의 기개를 펴자니 공명을 세워야 하는데, 그 가운데서 이럴 수도, 저럴 수도 없는 처지의 감정이 미묘하게 교차되고 있음을 잘 보여 주고 있다. 즉 절의를 추구하면 공명을 세울 수 없고, 공명을 세우고자 하면 절의를 버려야 한다. 여기서 갈등이 생긴다. 그가 이렇게 절의를 지켜야 하는 현실과 공명을 세우고자 하는 이상이 교차되는 곳에서 매월당의 갈등이 일어난다. 이 갈등 속에서 바로『금오신화』가 태어나는 것이다. 소설의 스토리는 바로 이런 갈등을 표현한 것이기 때문이다. 이것이 스스로의 감정을 나타내는 시와 근본적으로 다른 점이다. 시에는 갈등이 없기에 스토리가 없다.

그러므로『금오신화』는 매월당이 현실과 이상의 갈등 속에서 자신의 고고한 번민을 해소하기 위해서 썼다는 말이 된다. 결국 매월당이『금오신화』에서 추구한 세계는 바로 그가 실현하고자 하는 그의 이상세계이다. 따라서 거기에는 그에게 가장 절실했던 문제들이 해결되는 장이다. 즉 한(恨)의 해소, 절의(節義)의 추구, 허무감(虛無感)의 극복, 통치욕(統治慾), 지기지은(知己之恩) 등이 해결되는 장이다. 이는 당시 그의 숨김없는 속마음이니, 그가 본 작품을 쓰고, '후세에 반드시 나를 알아주는 자가 있을 것이다.' 한 것은 바로 이런 그의 속마음을 알아 달라는 것이 아닐까 한다. 또한 이를 석실에 묻은 것은 이런 속마음이 탄로되는 것이 부끄러웠기 때문일 것이다. 사람은 그의 속마음을 항상 숨기는 법이니까 말이다. 작품의 구체적인 해석은 뒤에 상론될 것이다.

이처럼 『금오신화』는 매월당이 금오산에서 가졌던 생활 감정의 반영이다. 곧 그의 이상과 그것을 가로막는 현실과의 갈등에 대한 체험의 표현인 것이다. 그렇기에 금오산에서의 그는 이상을 포기한 것이 아니라, 꾸준히 높은 인격과 학문을 닦으며 나아갈 때를 기다리며 은둔하고 있었던 것으로 보아야 한다. 그러다가 그때가 왔다고 생각했을 때, 그는 다시 세상으로 나간다.

벼슬이나 해볼까

세월은 흘러 현실과 이상의 갈림길에서 번민하던 그에게 드디어 떳떳하게 출세할 수 있는 기회가 왔다. 그때 중앙에서는 세조와 예종의 두 왕이 바뀌고 성종이 등극하면서 세상에 큰 변화가 생겼다. 그는 우선 무단정치와 불교를 개혁하고, 유학을 숭상하며 문치주의를 표방해 널리 인재를 구하였다. 근 20여 년 동안이나 이런 날이 오기를 기다렸던 매월당은 성종 2년 그가 37세 되던 해 봄에 서울로부터 요청이 있자 금오산실을 떠나서 상경하였다. 이때 그는 은근히 기대가 컸던 것으로 보인다. 그가 나중에 '이번 임금께서 등극하셔서 어진 사람을 쓰시고 간언을 따르시기에 처음으로 벼슬해 볼까.' 했다고 술회한 것이 그것을 증명한다고 하겠다.

그는 지난번에 세조가 불렀을 때 올라갔으나 일이 뜻과 같지 않아서 내려왔었다. 그런데 이번에는 그때와는 또 다른 상황이 벌어져 있었다. 때는 왔지만 세상이 너무 변해 있었고, 또한 그 자신이 너무 늙어 있었던 것이다. 당시 평균 나이가 40세쯤 되는데, 그의 나이 37세이니 죽을 때가 다된 것이다. 그리고 그와 어릴 때부터 같이 공부하며 친분이 두텁던 서거정은 달성군으로 봉작을 받고 예문과대제학을 하고 있었으며, 정창손은 영의정, 김수온은 좌이공신, 노사신은 영돈령부사 등이 되어 있었다.

그는 이제 입신양명한다는 것이 금오산실에서 혼자 꿈꾸던 것과는 너무나 거리가 멀다는 것을 알았다. 즉 그는 아직도 일개 서생인 반면에 같이 공부하던 친구들은 이미 따라갈 수 없는 높은 지위에 있었던 것이다. 이에 자존심이 강했던 그는 현실적 이상을 버리고 현실적 현실에 눌러앉아 버린다. 곧 모든 꿈을 버리고 스스로의 현실적 상황을 받아들이게 된다. 그는 서울로 온 이듬해 가을에 성동에 폭천정사를 짓고 그곳에서 평생을 마치리라 작정하였다.

꿈 잃은 사나이

인간이 어렸을 때부터 염원하던 꿈을 잃으면 어떻게 될까? 아마도 자포자기의 비정상적인 생활로 들어가게 될 것이다. 매월당도 그랬다. 그는 '일부러 미치광이 짓을 하며' 길을 가던 영의정 정창손을 이유 없이 심히 놀려 꾸짖기도 하고, 또한 '관청에 가서 관리와 얼굴을 맞대고 다투어 싸우기도 하였다.' 이와 같이 그는 사람들을 희롱하고 세상을 모멸하는 풍자적 생활을 하였으니, 일반인에겐 기인(奇人)이나 미친 승려로 비추어졌음이 당연하다. 그러나 꿈 잃은 그로서는 그 또한 당연한 행위라 하겠다. 후대의 사람들이 그를 '일종의 이인(異人)'이라고 보는 것은, 매월당의 이때 모습만을 두고 하는 말일 것이다.

이후 10년간 매월당의 거취에 대해서는 정확한 사정을 알 수 없다. 현전하는 문헌에 의하면 대체로 서울을 중심으로 하여 그 근교에 우거하고 있었던 것으로 짐작할 수 있다. 그 중에서도 수락산에 가장 오래 머물러 있었다.

아마 이때 그는 현실 속의 불만을 잊기 위하여 불교의 선문에 전념했는지도 모른다. 이는 그의 선에 관한 저술인 『십현담요해서(十玄談要解序)』와 『대화엄법계도서(大華嚴法界圖序)』의 집필이, 모두 수락산에 있을 때에 저술한 것으로 보이는 점으로 미루어 그러하였으리라고 추측할 수 있다. 그리고 『사우명행록(師友名行錄)』에도 그가 수락정사에 들어가 거처하면서 도를 닦으며 단련하였다고 한다. 여기서 닦은 도는 아마도 선문(禪門)의 참선의 도가 분명한 것으로 생각된다.

머리를 기르고, 고기를 먹기 시작하다

　서울로 올라와 10여 년을 보내던 매월당은 그가 47세 되는 성종 12년에 홀연히 머리를 기르고 고기를 먹기 시작했다. 동시에 그의 조부에게 제문을 지어 제사를 지내며 전날의 죄를 뉘우쳤다. 그러고는 안씨라는 여자를 처로 얻어 완전히 환속하고 말았다.

　이는 불혹(不惑)의 나이도 중반을 넘긴 그가 자기를 있는 그대로 받아들여 현실에 적응하고 안주하려는 것으로, 어떤 면에선 발전적인 것이라고 보아야 할 것이다. 그러므로 그는 더 이상 승복을 입고 지낼 필요가 없었던 것이다. 승복은 다만 그가 은둔을 하기 위한 수단이었기 때문이다. 이제 그는 때를 기다리는 은둔인이 아니라, 일상을 살아가는 그저 평범한 인간에 불과하였다. 이는 또한 당시 성종이 숭유억불정책을 써서 불교가 된서리를 맞게 되자 승려 중에서 환속하는 이가 많았던 시대적 기풍과도 무관하지 않았을 것이다.

　그러나 하늘은 천재인 그를 범인(凡人)으로 살도록 그냥 놓아두지 않았다. 곧 가정적으로는 결혼 후 1년도 되지 않아 사랑하는 젊은 부인이 세상을 떠나고 국가적으로는 그 이듬해인 성종 13년에 윤씨 폐비의 의논이 일어나 시끄러웠다. 그는 다시 세상사에 뜻이 없어져 그런 현실을 미워하며 의지할 곳 없는 그의 영혼은 인생 최초의 생활 전선에서 완전히 패배당한 채 또다시 방랑의 길을 떠나고 만다.

　이렇게 시작되는 두 번째 방랑은 첫 번째 방랑과는 여러 면에 있어서 또 다른 차원의 방랑이 된다.

세상 너머로 떠나다

세속의 먼지를 홀홀 털어 버리고 다시 세상을 뛰어넘어 참선의 세계를 찾아 방랑의 길을 나선 것은 그가 49세 되던 성종 14년이었다. 이때 그의 모습은 마치 「만복사저포기」나 「용궁부연록」의 마지막 부분과 흡사하다.

> 양생은 그 뒤에 다시는 장가들지 않고 지리산에 들어가 약초를 캐며 살았다고 하는데, 그가 어디에서 세상을 마쳤는지 아는 이가 없다. (만복사저포기)

> 그 뒤에 한생은 세상의 명예와 이익을 생각에 두지 않고 명산에 들어갔다고 하는데, 어느 곳에서 세상을 마쳤는지 알 수가 없다. (용궁부연록)

아내가 죽자 다시는 장가들지 않겠다고 맹세하며, 세상의 명예와 이익을 생각하지 않고 명산에 들어간 주인공들은, 매월당이 일찍이 작품에서 예견하였던 그 스스로의 모습이었다. 세상의 명예와 이익을 생각하지 않는다는 말은 세상을 뛰어넘었다는 말이다. 이를 초월이라 하여도 좋을 것이다. 그렇다. 그는 이제까지 현실 속에서 이상을 추구하다가 실패하고, 이제 마지막 남은 유일한 길인 초월적 공간에서 스스로 세상을 초월하는 도를 실현하려고 한다.

　매월당은 이후 배고프면 먹고, 졸리면 자고, 술 마시고 시를 지으면서, 남들을 의식하지 않고 세월을 보낸다. 그러던 중 장맛비가 내리던 어느 봄날에 심히 병이 들어 성종 24년 3월, 그의 마지막 안식처이던 홍산 무량사 선방에서 고요히 숨을 거둔다. 그때 그의 나이 59세였다. 세상을 초월하는 도를 닦던 매월당도 인생의 무상함을 이길 수는 없었던 모양이다.

　사후의 그에 대한 기록은 율곡이 「김시습전」에 잘 전하고 있다.

　　유언에 따라 화장하지 않고 임시로 절 곁에 묻어 두었다. 3년 후에 장사 지내려고 그 빈소를 열어 보았더니, 얼굴빛이 살아 있을 때와 똑같았다. 중들이 놀라 모두 '부처요' 하고, 소리 질렀다. 마침내 불교의 예식대로 화장하여 그 뼈를 모아 부도탑을 만들었다.

이는 마치 「취유부벽정기」의 마지막 장면과 흡사하다.

　　그의 시체를 빈소에 안치하였는데, 여러 날이 지나도 얼굴빛이 변하지 않았다. 이에 주변 사람들은, '홍생이 신선을 만났다더니, 몸만 남겨 두고 그대로 신선이 되어 올라갔구나.'라고 하였다.

매월당은 아마도 신선이 되었는지 모르겠다.

매월당이 쓴 자기 이력서

이제까지 논의했던 매월당의 생애를 간추려 보면 다음과 같다.

매월당은 무인 집안에서 태어나 문인으로서의 영달을 꾀한다. 즉 천재로 태어난 그는 20세까지는 당시 현실 속에서 성리학으로 입신양명하려는 이상을 품고 공부한다. 그러나 가정 사정과 사회 여건의 변화에 의해 타의로 은둔의 생활을 택하지 않을 수 없었다. 20대에는 실의하여 전국을 방랑하다가, 30대에 와서는 현실에 참여할 준비를 한다. 그러나 막상 30대 후반에 현실에 뛰어들었을 때, 그는 젊은 날의 꿈을 실현하기에는 너무 늙어 버렸음을 뼈저리게 느낀다. 이후 한동안 꿈 잃은 아픔에 미친 듯 행동한다.

그러나 이내 수락산에 들어가 선문에 의지하여 슬픔을 달래다가 결국 47세 때 현실로 돌아온다. 이제 그는 승복도 벗고 재혼도 하여 완전히 현실에 안주하려 하였지만, 하늘은 그를 범인으로 놓아두지 않았다. 세상은 다시 시끄러워지고 아내마저 죽자, 그는 생활인의 패배를 안고 다시 방랑의 길을 나선다. 그러나 이번에는 현실에서가 아니라 초월적 공간에서 세월을 초월하려는 도를 추구한다. 이에 세상을 떠나 방랑하다가 결국 허무한 세계를 뛰어넘지 못하고 숨을 거두고 만다.

결국 그는 쉼 없이 자신의 이상을 추구해 간 정열적인 지식인이라고 해야 할 것이다. 이러한 그의 일생은 스스로를 노래한 「아생(我生)」

이란 시에 잘 나타나고 있다. 이는 그의 이력서와 같으니, 그의 생애
와 결부해서 한번 천천히 읽어 보기로 한다.

내가 태어나서 이미 사람이 되었거니
어찌해서 사람 도리 다하지 않으리오마는
젊어서는 명예와 이익을 일삼았고
어른이 되어서는 자빠지고 넘어졌네.
고요히 생각하면 크게 부끄러우니
일찍이 깨닫지를 못한 탓이라.
후회한들 돌이키기 어려운 일이라
깨달아서 가슴 치길 다듬이질하듯 하네.
아직도 충효를 다하지 못했으니
그 밖에 또 무엇을 구하고 찾겠는가!
살아서는 하나의 죄인이 되었고
죽어서는 궁색한 귀신이 되겠네.
다시금 헛된 이름 또 일어나니
돌아보면 근심과 번뇌만 더하네.
백 년 후에 이내 무덤을 나타낼 때에는
'꿈속에 죽은 늙은이'라 그렇게만 쓸지어다.
행여나 내 마음 알아주어
천 년 뒤에 나의 속마음이나 알아주소.

여기서 매월당은 그 스스로의 묘비를 '꿈속에 죽은 늙은이[夢死老]'라고 쓰는 것이 마땅하다고 하였다. 실제 그는 어렸을 때부터 죽는 순간까지 꿈을 꾸면서 그것을 실현하려 하였다. 즉 젊어서는 주어진 현실을 뛰어넘기 위해 명리를 찾아다녔고, 늙어서는 세상을 초월한 도를 찾아다녔던 것이다. 우리는 이제 이런 그의 속마음을 알아주어야 한다. 그가 편히 잠들도록.

　끝으로 사족을 붙이자면, 필자가 보건대 김시습은 인생을 참 성실하게 살았다고 생각한다. 즉 유학에서 말하는 거경(居敬), 궁리(窮理), 역행(力行)을 몸소 실천한 것으로 보인다. 그러므로 그는 늘 더 높은 차원의 인생을 찾아 나섰던 것이다.

　겉으로 보면 방랑하며 방탕한 듯하지만, 그것은 그에게 주어진 현실을 성실하게 살아가기 위한 하나의 방편이었다. 그의 성실성은 그의 글씨에서도 단적으로 나타났으니, 매월당의 글씨는 '단 한 자도 방탕하게 된 것이 없어 한 자 한 자마다 정성스런 흔적을 볼 수 있다.'고 한다. 이를 보더라도 김시습은 자신의 자유 의지로 인생을 참되게 살았음을 알 수 있다. 그는 '성품이 강직해서 남의 허물을 용납하지 않은' 것처럼 그 자신의 허물도 용납하지 않은 철저한 유가적 군자였던 것으로 판단된다.

금오신화

만복사저포기(萬福寺樗蒲記)

만복사에서 저포놀이를 하다

1. 인간과 신이 만나다

양생은 고아로 나이가 들었으나 홀로 사는 총각이다. 그가 그의 외로움을 달밤에 나무 밑에서 시로 읊었을 때, 이상한 일이 벌어진다. 여기서 달과 나무와 시의 의미를 잘 생각하면서 작품을 읽어 보기로 한다.

전라도 남원에 양생이란 총각이 살았는데, 그는 일찍이 부모를 여읜 고아였다. 나이 들었지만 아직 장가도 들지 못하고 만복사(萬福寺)*라는 절의 동쪽 방에서 혼자 외로이 살고 있었다. 그의 방문 앞에는 커다란 배나무 한 그루가 있었다. 그때는 마침 봄이라 하얀 배꽃이 활짝 피어서 마치 백옥 같은 나무에 하얀 은 덩어리가 매달려 있는 것처럼 아름다웠다.

양생은 밤이 되어 외로울 때면, 늘 달빛을 받으며 그 나무 밑을

---

* **만복사** : 전라도 남원 기린사에 있던 절이다. 고려 문종 재위 때(1046~1083) 창건했으나, 정유재란 때인 선조 30년(1597) 왜구에 의해 불타 버렸다. 이후 400여 년 동안 돌보는 이가 없어 절터에 민간이 들어서는 등 폐사로 있다가 1979년부터 7년간 전북대 박물관팀에 의해 발굴, 복원되었다.

혼자 거닐곤 했다. 어느 날 밤 그는 맑은 소리로 자신의 고독한 심정을 시로 읊었다.

한 그루의 배꽃나무가 외로움을 달래 주지만
가엾게도 밝은 달밤을 혼자 헛되이 보내는구나.
젊은이 홀로 누워 있는 외로운 창가로
어디서 고운 님이 퉁소를 불어 보내나.

물총새도 나처럼 짝 없이 날아가고
원앙새도 짝을 잃고 맑은 물에 노는구나.
어느 집에선가 바둑 두는 소리 들리는데
촛불이 다 타도록 나 홀로 시름하네.

시를 읊고 나자, 별안간 공중에서 이상한 소리가 들려왔다.
"그대 좋은 배필을 구하고자 한다면, 무슨 어려움이 있겠느냐?"
양생은 이 소리를 듣고서 어쩌면 짝을 찾을 수 있겠다는 생각에 마음속으로 기뻤다.

만복사저포기(萬福寺樗蒲記)

2. 처녀귀신의 한을 풀어 주다

이 부분은 귀신세계로, 꿈의 세계랄까 무의식 세계랄까 아무튼 현실 세계는 아니다. 양생은 부처님을 통해서 한 여자를 만난다. 그 여자는 전쟁 통에 처녀로 죽었으므로, 남자와 결혼하지 못한 한을 품은 귀신이었다. 양생은 그 여자의 한을 풀어 주면서, 동시에 자신의 한도 푼다. 며칠 동안 서로 외로움의 한을 풀고, 풀어 준다고나 할까. 이들이 어떻게 만나 짝이 되어 서로의 외로움을 푸는지 따라가 보기로 한다.

 그 이튿날 바로 3월 24일이었다. 이 고을에서는 이날이 되면 많은 사람들이 만복사에 가서 연등을 달고 복을 비는 풍속이 있었다. 특히 많은 청춘 남녀들이 몰려가서 각기 자기 짝을 찾게 해달라고 소원을 빌었다. 날이 저물어 저녁 예불이 끝나자, 많던 사람들이 거의 대부분 돌아갔다. 양생은 사람

들이 없는 틈을 타서 저포*를 소매 속에 넣고 법당 안으로 들어갔다. 그러곤 저포를 꺼내어 던지기 전에 먼저 부처님께 자신의 소원을 말씀드렸다.

"부처님! 오늘 저는 부처님과 더불어 저포놀이를 한판 할까 합니다. 만약 제가 진다면 큰 제사상을 차려서 정성을 다해 공양을 올리겠습니다. 하지만 부처님께서 지신다면 예쁜 아가씨를 얻으려는 제 소원을 꼭 이루어 주셔야 합니다."

양생은 축원을 마치고 나서 저포를 던졌다. 과연 생각대로 양생이 이겼다. 그는 바로 부처님 앞으로 나아가 꿇어앉아 말씀을 드렸다.

"승부는 이미 끝났으니, 이제 약속을 어기시면 안 됩니다."

그는 부처님을 모셔 놓은 자리 아래에 숨어서 약속이 이루어지기를 기다렸다.

조금 있다가 한 아리따운 아가씨가 나타났다. 나이는 한 열대여섯쯤 되어 보였다. 머리를 두 갈래로 땋았고 옷차림도 깨끗하였다. 아름다운 얼굴과 고운 몸가짐이 마치 하늘에서 내려온 선녀 같았다. 그녀는 바라볼수록 의젓하고 또 점잖아 보였다.

---

* **저포(樗蒲)** : 백제 때의 놀이로, 윷놀이와 비슷하다. 나무로 만든 주사위를 던져 승부를 겨루었다.

그녀는 가져온 기름병을 들어 등잔에 부운 다음 향불을 켰다. 그리고 부처님께 세 번 절하고는 무릎을 꿇고 앉아 슬프게 탄식하였다.

"내가 복이 없고 팔자가 사납다지만, 어찌 이와 같을 수가 있을까?"

그녀는 품속에서 축원문을 꺼내어 부처님을 모신 탁자 위에 올려놓았다. 그 내용은 다음과 같았다.

"소녀는 부끄러움을 무릅쓰고 버릇없이 부처님께 말씀드립니다.

지난번 변방의 수비가 허술해지자 왜구가 쳐들어와 전쟁이 벌어졌습니다. 이 전쟁은 여러 해나 계속되었습니다. 왜적들은 떼를 지어다니면서 집들을 불태워 버리고, 백성들을 닥치는 대로 해치고 재물을 빼앗았습니다. 이에 사람들이 사방으로 달아나고 도망쳐 갔습니다. 이런 틈바구니에서 저의 친척과 종들도 각기 서로 뿔뿔이 흩어져 버렸습니다.

저는 연약한 소녀의 몸이라 멀리 피난 가지 못하고 깊숙한 규방에 숨어서 겨우 난리의 화를 면하였습니다. 그래서 끝까지 정절을 지키고 벗어난 행실도 저지르지 않았습니다. 이에 어버이께서 여자로서 정절을 지킨 것을 어여삐 여기셔서 저를 외진 곳으로 옮겨 들판에서 임시로 살게 해 주셨는데, 벌써 3년이 다 되어 갑니다.

저는 가을 달밤이나 꽃 피는 봄을 혼자 헛되이 보내며 슬퍼하였고, 뜬구름과 흐르는 물처럼 헛되이 세월을 보냈습니다. 쓸쓸하고 외딴 골짜기에서 홀로 살아가면서 한평생 복이 없고 팔자가 사나움을 한탄하였습니다. 꽃다운 밤을 혼자 보내면서 짝 잃은 난새*의 외로운 춤을 보고 제 신세를 생각하며 슬퍼하였습니다. 그런데 날이 가고 달이 바뀌니, 이제 혼백마저 흩어져 없어질 것 같습니다. 기나긴 여름날과 겨울밤에는 간과 쓸개가 찢어지고 창자마저 끊어질 듯합니다.

자비로운 부처님이시여!

이 몸을 불쌍히 여기시어 각별히 돌보아 주시옵소서. 사람의 운명은 태어나기 전부터 정해져 있으며, 선악의 응보는 피할 수 없을 것입니다. 그러나 제가 타고난 운명에도 인연은 있을 것이오니, 어서 빨리 만나 즐거움을 누릴 수 있게 해주시기를 간절히 비옵니다.”

여인은 빌기를 마치고 나서도 계속 흐느껴 울었다.

이제까지 부처님 뒤에서 이를 가만히 지켜보고 있던 양생은 더 이상 참을 수 없어 여인에게 뛰쳐나가 말을 건넸다.

“조금 전에 부처님께 글을 올리신 것은 무슨 일 때문이신지요?”

그는 여인의 대답을 듣기도 전에, 부처님께 올린 축원문을 들고 읽어 보았다. 그러고 난 뒤, 기분이 좋아져서 다시 물었다.

“아가씨는 어떤 분이시기에, 여기까지 혼자 오셨습니까?”

---

* **난새** : 중국의 전설에 나오는 상상의 새이다. 생긴 모양은 닭과 비슷하나 깃은 붉은빛에 다섯 가지 색채가 섞여 있으며, 소리는 오음(五音)과 같다고 한다.

여인은 그제야 흐느낌을 멈추고 대답했다.

"저도 역시 사람입니다. 대체 무엇이 알고 싶으신가요? 당신께서는 다만 좋은 배필만 얻으시면 되지 않습니까? 반드시 이름까지 물으실 필요가 있습니까? 그렇게 놀라실 것도 없습니다."

그때 만복사는 이미 너무 낡아 거의 쓰러질 듯하여, 승려들은 한편 구석진 방에 기거하고 있었다. 법당 앞에는 다만 대문간에 붙어 있는 행랑채만이 쓸쓸하게 남아 있었고, 그것이 끝난 곳에 아주 작은 판자 방이 하나 붙어 있었다.

양생이 여인의 손을 끌고 그 판자 방 안으로 들어가니, 여인도 어려워하지 않고 뒤를 따라 들어왔다. 그들은 서로 즐거움을 나누었는데, 보통 사람들과 조금도 다름이 없었다.

이윽고 밤이 깊어지자 달은 동산에 떠올라 창살에 나무 그림자가 비치었다. 그때 문득 발자국 소리가 들리자, 여인이 물었다.

"누구냐? 향아냐?"

시녀가 대답했다.

"예, 접니다. 평소에 아가씨께서는 가운데뜰로 나가는 중문 밖을 나가시지 않으시고, 걸으시더라도 서너 걸음밖에 안 걸으셨는데, 어제저녁에는 우연히 나가시더니 어찌하여 이곳까지 오셨습니까?"

여인이 말하였다.

"오늘 일은 우연한 일이 아니다. 하느님이 도우시고 자비로운 부처님께서 돌보셔서 한 분의 고운 님을 만나 백년해로*의 언약을 맺게 되었다. 미리 어버이께 여쭙지 못한 것은 비록 예법에 어긋나지만, 서로 즐거이 맞이하게 된 것은 또한 평생의 기이한 인연이라 하겠다. 너는 집에 가서 앉을 자리와 술을 가지고 오너라."

시녀는 시킨 대로 다시 와서 뜰에 자리를 깔고 술자리를 베푸니, 시간은 벌써 새벽 두 시쯤 되었다. 시녀가 차려 놓은 자리와 술상은 깨끗하였지만 모든 그릇에 무늬가 없었다. 그리고 술에서 풍기는 향기도 정녕 인간 세상의 것은 아니었다.

양생은 비록 속으로 의심이 들고 괴이하게 생각되었으나, 여인의 이야기와 웃음소리가 맑고 고우며 얼굴과 몸가짐이 얌전하여 '틀림없이 귀한 집 아가씨가 잠시 바람이 나서 가출한 것이라.' 여기고, 더 이상 의심하지 않았다.

여인은 양생에게 술잔을 올리면서 시녀에게 노래를 부르게 하고는 양생을 보며 말했다.

"이 아이는 옛 노래밖에 모릅니다. 저를 위하여 새 노래를 하나 지어 흥을 돋우시면 어떨까요?"

양생은 기분 좋게 대답했다.

"좋습니다."

---

* **백년해로(百年偕老)** : 부부가 되어 한평생을 함께 지냄.

이에 「만강홍」* 곡조에 맞추어 한 노래를 지어 시녀에게 부르게 하였다. 그 노래의 일부는 다음과 같다.

원앙 이불 속에 짝지을 이 없어서
금비녀 비스듬히 꽂고 옥퉁소를 불어 보네.
아! 세월이 이다지도 빠르던가.
마음속 깊은 시름 답답하기 그지없네.
낮은 병풍 속의 등불은 가물가물
홀로 눈물 훔친들 그 누가 알아보랴.
그런데 오늘 밤은
추연이† 피리 불어 봄날이 찾아왔네.
오래 쌓였던 무덤 속의 한이 풀어지니
고운 노랫가락에 술잔이나 기울이세.

이 노래는 양생이 여인의 마음을 위로하고자, 여인의 외로웠던 시절과 오늘 양생을 만난 기쁨을 대신 읊은 내용이었다. 노래가 끝나자, 여인은 슬프게 말했다.

---

* **만강홍(滿江紅)** : 송나라 때부터 유행한 노랫가락의 이름인데, 이 가락에다 자기의 마음을 표현하는 가사를 지어 불렀다.
† **추연** : 전국시대 제나라 추연이란 사람이 피리를 불어 추운 날씨를 봄날처럼 따뜻하게 하였다는 고사가 있다.

"지난번에 금강산에서 만나기로 한 약속은 어겼습니다만, 오늘 영산강가에서 옛 낭군을 만나게 되었으니, 어찌 하늘이 내려준 행운이 아니겠습니까? 이제 낭군께서 저를 버리시지 않으신다면, 끝까지 당신의 시중을 들까 합니다. 그런데 만약 낭군께서 저의 소원을 들어주시지 않으신다면 저는 여기서 영원히 자취를 감추겠습니다."

양생은 이 말을 듣고 한편 놀랍고, 한편 고맙게 생각되었다. 그것은 바로 그가 원하던 것이었기 때문이다.

"어찌 감히 당신의 말을 따르지 않겠소?"

그래도 여인의 태도가 범상치 않았으므로 양생은 그녀의 행동을 자세히 살펴보았다.

이때 달은 서산 봉우리에 걸리고, 먼 마을에서는 닭 우는 소리가 들리고, 절에서는 새벽 종소리가 울려왔다. 먼동이 트기 시작하자, 여인이 시녀에게 말했다.

"향아야, 자리를 거두어 가지고 이제 집으로 돌아가거라."

시녀는 자리를 걷고 바로 없어졌는데, 간 곳을 알 수 없었다.

여인이 놀라는 양생을 보며 말했다.

"인연은 이미 정해졌으니, 함께 저희 집으로 가셨으면 합니다."

양생이 허락하는 의미로 여인의 손을 잡았다. 둘이서 마을을 지나가니, 개들은 울타리 안에서 짖고 사람들은 벌써 길가에 나다니고 있었다. 그러나 행인들은 여인을 보지 못하고, 양생에게만 이렇게 물어보았다.

"양생! 이른 새벽에 어디를 갔다 오시오?"

양생이 대답했다.

"간밤에 만복사에서 술에 취해 누워 자다가 친구가 사는 마을을 찾아가는 중입니다."

날이 밝자 여인이 깊은 수풀을 헤치고 가는데, 이슬이 흠뻑 내려서 길이 잘 보이지 않았다.

양생은 아무래도 이상해서 여인에게 물었다.

"당신이 사는 데가 어찌 이러합니까?"

여인이 말했다.

"예, 여자 혼자 사는 곳은 원래 이러할 뿐입니다."

여인은 시 한 구절을 읊으며, 어색한 분위기를 달래려 하였다.

어찌 초저녁에 오지 않았소?
길에 이슬이 많아서 가지 못했지요.

양생도 이에 맞추어, 시 한 구절을 읊어 화답하였다.

수여우가 다리 위를 어정거리는데,
넋 잃은 아가씨! 겁도 없이 유유히 오시네.

두 사람은 시를 주고받으면서 서로 마음이 통한 듯 한바탕 웃은 다음, 같이 개녕동(開寧洞)으로 들어갔다. 한 곳에 이르자 쑥대밭 주변에 가시나무가 얽혀 있고, 그 가운데 한 채의 집이 있었다. 자그마한 것이 매우 아름다웠다. 양생은 여인이 이끄는 대로 집 안으로 들어갔다. 방 안에는 이부자리와 휘장이 깨끗하게 잘 정돈되어 있었다. 이어 밥상이 올라오는데, 모든 음식이 어젯밤 절에서 먹었던 것과 같았다.

양생은 그곳에서 사흘을 머물렀는데, 즐거움은 보통 때와 같았다. 시녀는 얼굴이 아름다우면서도 마음씨가 고왔고, 그릇들은 제사 때 쓰는 그릇처럼 깨끗하나 무늬가 없었다. 양생은 그것들이 인간 세상의 것이 아니란 생각이 들었다. 그러나 여인의 정성스러우면서도 은근한 정에 이끌려 다시는 그런 생각을 하지 않았다.

사흘째 되던 날 여인이 양생에게 말했다.

"이곳의 사흘은 인간 세상의 삼 년과 같습니다. 당신은 이제 집으로 돌아가서서 하던 일을 다시 계속하십시오."

양생은 헤어지기가 싫어 탄식하면서 말했다.

"왜 이렇게 갑자기 헤어지자는 거요?"

여인이 대답하였다.

"이제 이별하더라도 다시 만나 평생의 남은 소원을 다 풀 수 있을 것입니다. 이번에 낭군께서 누추한 이곳까지 오시게 된 것은 반드시 옛날의 묵은 인연이 있었기 때문입니다. 가시는 김에 저희 이웃 친척들을 만나고 가시는 것이 어떻겠습니까?"

양생은 조금이라도 더 늦게 가고 싶던 차에 그 말이 고맙게 느껴졌다.

"그렇게 합시다."

여인은 시녀를 시켜 사방의 이웃들에게 자기 집으로 모이라고 알렸다. 드디어 이별의 잔치가 열렸다.

이날 모인 사람은 첫째는 정씨, 둘째는 오씨, 셋째는 김씨, 그리고 넷째는 유씨 등 네 여인이었다. 이들은 모두 문벌이 높고 귀한 집안의 따님들로, 이 여인과 더불어 한 마을에 사는 친척인 처녀들이었다. 이들은 모두 성품이 온화하고, 멋이 있고, 우아하고, 고상하게 보였다. 또한 총명하여 아는 것이 많아 글도 잘 지었다.

이 여인들은 모두 칠언 단편 네 수씩을 지어 양생에게 전하여 주었다.

정씨는 멋이 있었는데, 구름같이 쪽진 머리가 귀밑을 살짝 가리고 있었다. 정씨는 아무도 오지 않는 무덤 속의 외로움을 탄식하며, 어느 때 임을 만나게 될지 알 수 없다는 내용의 시를 탄식하며 읊었다. 그 일부를 옮겨 본다.

무덤 속에 등불이 없으니 밤은 얼마나 깊었는지

북두칠성 비끼고 달도 반쯤 기울었네.
슬프다! 무덤 속을 아무도 찾아오지 않네.
푸른 적삼 구겨지고 귀밑머리 헝클어졌네.

매화꽃 지고 나니 정다운 약속도 속절없이 되었네.
봄바람이 지나가니 모든 일이 틀렸구나.
베갯머리 눈물자국 몇 군데나 찍혀 있나
무심한 산비에 배꽃이 다 떨어졌네.

오씨는 두 갈래로 쪽진 머리에 요염하고도 가냘픈 몸매로, 마음
속에서 일어나는 생각을 이기지 못하여, 뒤를 이어 읊었다. 그 내용
역시 정씨와 마찬가지로 봄이 와도 아무도 찾아오지 않는 외로움과
양생 부부의 만남을 부러워하며 박복한 자신의 신세를 탄식하는 노
래를 불렀다. 그 일부분을 옮겨 본다.

새벽이슬이 복사꽃 붉은 뺨을 적시는데
깊은 골짜기라 봄이 깊어도 나비조차 오지 않네.
그래도 좋구나! 이웃집은 백년가약 맺었다고
새 노래 다시 부르며 황금 술잔 오고 가네.

푸른 산속에 누각* 하나 솟아 있고

연리지† 가지 끝에 붉은 꽃이 피었구나.

서럽다! 이내 인생은 저 나무만도 못하네.

복 없는 이 청춘은 눈물만 고이네.

김씨는 몸가짐이 반듯하고 의젓하였다. 그녀는 점잖게 붓을 잡더니 앞에 읊은 시들이 너무 음탕하다고 꾸짖으면서 말했다.

"오늘의 모임에서는 반드시 많은 말이 필요 없습니다. 다만 이 좌석의 분위기만 있는 그대로 읊으면 됩니다. 그런데 어찌 우리의 부끄러운 속마음을 꺼내어 절개와 지조를 잃게 하고, 우리들의 이런 마음을 인간 세상에 전하려 합니까?"

그러고는 곧 낭랑한 목소리로 시를 읊었다. 그러나 말은 그렇게 했으나, 그녀 역시 홀로 사는 외로움과 슬픔을 탄식하였다. 그 시의 일부를 옮겨 본다.

밤이 깊어지니 소쩍새 슬피 울고

희미한 은하수는 동쪽으로 기울었네.

슬픈 옥퉁소를 다시는 불지 마소.

---

* **누각** : 사방을 바라볼 수 있도록 문이 없게 다락처럼 높이 지은 집

† **연리지(連理枝)** : 서로 다른 나뭇가지가 하나로 합쳐진 것으로, 금실 좋은 부부를 나타내기도 한다.

우리들의 속마음 세상 사람들이 알까 두렵네.

금 술잔에 좋은 술을 가득 채워드리니
많다고 사양 마시고 취하도록 마시구려.
내일 아침 봄바람에 흙먼지 불어오면
봄 경치 꿈처럼 산산이 사라지리.

유씨는 엷게 화장을 하고 흰옷을 입었는데, 그렇게 화려하지는
않았으나 우아하게 보였다. 그녀는 특히 예의 바르게 보였다. 말없
이 잠자코 있더니 자기 차례가 되자 빙긋이 웃으며 시를 지어 읊었
다. 그녀는 스스로의 외로움을 노래하면서도 양생 부부의 사랑이
영원히 변치 않기를 기원하는 노래를 읊었다. 그 일부를 보면 다음
과 같다.

굳은 정절 지켜온 지 몇 해나 지났는가.
아름다운 몸과 마음 땅속에 묻혔지만
봄이면 밤마다 달나라 항아‡를 벗 삼아
계수나무 꽃그늘에서 홀로 잠이 들었다네.

---

‡ 항아 : 달나라에 산다는 선녀의 이름

아가씨는 이제야 아름다운 낭군을 만났으니
하늘이 맺어 준 인연 한평생 꽃다우리.
중매쟁이가 이미 부부의 끈을 맺어 주었으니
지금부터 두 분의 사랑 변치 않기 바라오.

여인은 유씨의 시가 끝나자, 그들에게 고맙다고 인사하고 자리에서 나오면서 말했다.

"나 또한 시를 조금 지을 줄 압니다. 어찌 나만 홀로 아무런 느낌이 없겠습니까?"

여인은 이내 칠언 율시 한 편을 지어 읊었다. 여인은 외로이 살다가 우연히 양생을 만난 기쁨과 그들의 사랑이 영원하기를 노래로 읊었다.

개녕동에 봄이 들면 시름에 젖어
꽃 피고 꽃 질 때마다 온갖 근심 가졌었네.
높은 구름 속에서 고운 임 여의고는
강가 대숲 속에서 눈물을 뿌렸다네.
맑은 강가 따뜻한 날에 원앙새는 짝을 짓고
푸른 하늘에 구름 걷히자 물총새도 노는구나.
이제 우리도 영원히 변치 않기를 굳게 맹세했으니

임이시여! 가을날의 부채*처럼 이 몸을 버리지 마오.

양생은 이제까지 그녀들의 시를 듣고 나서, 그 시가 고상하며 여운이 있는 것을 칭찬하여 마지않았다. 그 또한 글재주가 뛰어난 사람이라, 재빨리 시 한 편을 지어 화답하였다. 그 일부를 옮겨 본다.

이제야 임을 만나 이 잔치를 열게 되니
오색구름 뭉게뭉게 찬란하구나.
그대는 알고 계신지, 서생이 선녀를 만나고
선인이 선녀를 만난 사랑 이야기를.
사람이 서로 만나는 것도 모두 인연이니
마땅히 잔을 들어 흥겹게 취해 보세.
낭자는 어찌하여 가벼이 그런 말씀 하시는가.
가을 부채 버리듯 한다는 그런 서운한 말씀을.
살아서나 죽어서나 우리는 항상 부부가 되어
꽃 피고 달 밝은 밤에 이별 없이 살아 보세.

숙잔치가 끝나자 서로 헤어지게 되었다. 여인은 은주발 하나를 내

---

* **가을날의 부채** : 부채는 더운 여름에는 쓸모 있지만, 서늘한 가을에는 필요가 없어진다. 따라서 가을날의 부채는 임에게 버림받은 여인이 자신의 처지를 비유한 말이다.

어 양생에게 주면서 말했다.

"내일 저희 부모님께서 저를 위하여 보련사 절에서 재를 올릴 것입니다. 낭군께서 저를 저버리지 않으시겠다면, 보련사로 가는 길가에서 저를 기다리고 계십시오. 저와 함께 절로 가서 저희 부모님을 뵙고 인사를 드리는 것이 어떠하겠는지요?"

양생은 순순히 대답하였다.

"예, 그리하겠습니다."

3. 여인의 남은 한마저 풀어 주다

양생은 이제 꿈에서 깨어 다시 현실 세계로 나오게 된다. 그리고 여인의 말대로 은주발로 인하여 그녀의 부모와 만나게 된다. 또한 이들은 다시 만나 보련사에서 하룻밤을 자면서 아직 못다 한 한을 푼다. 여인은 저승으로 떠나면서 자신의 남은 한마저 풀어 달라고 한다. 양생이 어떻게 그녀의 한을 다 풀어 주는지 알아보자.

이튿날 양생은 여인의 말대로 은주발을 들고 보련사로 가는 길가에서 그녀를 기다리고 있었다. 과연 어떤 권세 있는 집안에서 딸자식의 3년 대상*을 치르려고 수레와 말을 길에 늘어세우고서 보련사로 향하고 있었다. 그때 그 양반을 따라가던 하인이 길가에서 양생이 은주발을 들고 서 있는 것을 보고는 주인에게 말했다.

"대감마님! 어떤 사람이 아가씨 장례 때 무덤 속에 묻은 그릇을 벌써 훔쳐 가지고 있습니다."

---

* **대상** : 크게 길한 날이라는 뜻으로, 돌아가신 분의 두 번째 기일에 지내는 제사이다.

주인은 놀라면서 하인에게 말했다.

"뭐? 그게 무슨 말이냐?"

하인이 주인에게 대답했다.

"예, 저 서생이 들고 있는 은주발을 보고 한 말씀입니다."

주인은 말을 멈추어 세우고, 양생에게 다가가 그 은주발을 얻게 된 사연을 물어보았다. 양생은 그 전날 여인과 약속한 그대로 대답하였다.

여인의 부모는 그의 말에 놀라며 의아스럽게 여기더니 조금 생각에 잠겨 있다가 말했다.

"내 슬하에 오직 딸자식이 하나 있었는데, 그 딸자식마저 왜구의 난리 때 싸움터에서 죽었다네. 미처 정식 장례도 치르지 못하고 개녕사 곁에 임시로 매장을 하고는 오늘 내일 장사를 미루어 오다가 이렇게 되었네. 오늘이 벌써 대상 날이라, 부모 된 심경에 보련사에 가서 재를 올려 명복이나 빌어 줄까 해서 가는 길이네. 자네가 정말 그 약속대로 하려거든 내 딸자식을 기다리고 있다가 같이 오게나. 그렇다고 놀라지는 말게."

말을 마치고, 그녀의 부모는 먼저 보련사로 올라갔다.

양생이 우두커니 서서 여인이 오기를 기다리고 있다가 약속하였던 시각이 되자 과연 한 여인이 시비를 데리고 갸우뚱거리면서 오는데, 바로 그 여인이었다. 그들은 다시 만나 서로 기뻐하면서 손을 잡고 절로 향하였다.

여인은 절 문에 들어서자 먼저 법당에 올라 부처님께 예를 올리고는 곧 흰 휘장 안으로 들어가는데, 그의 친척들과 승려들은 모두 그녀를 보지 못하였다. 오직 양생만이 그녀를 볼 수 있었다.

여인은 양생에게 말했다.

"함께 진지나 드실까요?"

양생은 그 말을 여인의 부모님께 전했다. 여인의 부모는 양생의 말을 시험해 보기 위해 같이 밥을 먹게 했다. 그랬더니 딸의 모습은 보이지 않고 오직 수저 놀리는 소리만 들릴 따름이었는데, 보통 사람들이 식사하는 것과 같았다. 여인의 부모는 이에 몹시 놀라고 감탄하여, 양생에게 권하여 휘장 옆에서 같이 잠을 자게 하였다. 밤중에 그들의 말소리가 낭랑하게 들려서 사람들이 가만히 엿들으려 하면 갑자기 말이 끊어지곤 하였다. 여인이 양생에게 말하였다.

"저의 행동이 법도에 어긋난 것은 스스로 잘 알고 있습니다. 저도 어린 시절에 『시경』과 『서경』을 읽었으므로 예의에 대해서도 대략 알고 있습니다. 『시경』에서 말한 건상(褰裳)이 '음란한 여인이 남자를 유혹하는 음탕한 시'라는 것과 상서(相鼠)가 '예의를 모르는 사람이 얼마나 부끄러운가에 대한 시'라는 것도 모르는 것은 아닙니다. 그러나 하도 오래 다북쑥 우거진 들판에 묻혀 홀로 외로이 살다 보니, 사랑하는 마음이 한번 일어나자 끝내 걷잡을 수 없었습니다. 지난번에 절에 가서 복을 빌고 부처님 앞에서 향불을 피우면서 한평생 복이 없고 팔자가 사나움을 스스로 탄식하였더니, 뜻밖에도 천생연분인 당신을 만나게 해주었습니다. 저는 검소하고 부지런한 아낙으로서 그대를 받들어 백년의 높은 절개를 바쳐 술을 빚고 옷을 기워 평생 지어미의 길을 닦으려 했습니다. 그렇지만 애달프게도 전생에 주어진 운명을 피할 수 없어 저승길로 떠나야 되겠습니다. 즐거움을 채 다하지도 못하였는데 슬픈 작별의 시간이 닥쳐왔습니다. 저는 이제 떠나야 합니다. 밤이 지나고 날이 새면, 구름과 비가 흩어지고 까마귀와 까치가 은하의 다리에서 헤어지듯이, 우리도 이제 한번 이별하면 훗날에는 다시 만나기가 어렵습니다. 이제 헤어지려고 하니, 정신이 아득하고 마음이 다급해서 무슨 말을 해야 할지 모르겠습니다."

이튿날 사람들이 여인의 영혼을 전송하려 하자, 여인의 울음소리가 그치지 않았다. 그리고 영혼이 문밖으로 나가자, 슬픈 소리만 은은하게 들려왔다.

저승길도 기한이 있어 슬프지만 이별이라오.
우리 님께 바라오니, 저버리진 마옵소서.
슬프도다! 우리 부모 나의 배필 못 지었네.
아득한 저승에서 마음에 한이 맺히겠네.

그러나 주변 사람들이 슬피 우는 소리에 묻혀서 남은 소리가 점점 사라져 갔다.

여인의 부모는 그제야 이 일이 사실임을 알고 다시는 의심하지 않았다. 양생 또한 그 여인이 이 세상 사람이 아님을 알고는 더욱 슬퍼져서 여인의 부모와 머리를 맞대고 울었다.

여인의 부모가 양생에게 말했다.

"은주발은 자네가 쓰도록 하게. 또 내 딸자식의 몫으로 논밭 몇 마지기와 머슴 몇 사람이 있으니, 자네는 이것을 근거로 하여 내 딸자식을 잊지 말아 주기 바라네."

이튿날 양생이 고기와 술을 가지고 개녕동 옛 자취를 찾아가니, 과연 시체를 임시로 묻어 둔 곳이 있었다. 양생은 제물을 차려 놓고 슬피 울면서, 그 앞에서 저승에서 쓰라고 종이돈을 태우며 정식 장례를 치러 주었다. 이어 양생은 제문*을 지어 죽은 여인의 넋을 위로해 주었다.

"아아, 임이시여! 당신은 태어나면서부터 성품이 온순하였고 자라서는 얼굴이 티 없이 맑았소. 당신의 아리따운 모습과 뛰어난 글재주는 어느 누구도 견줄 수 없었습니다. 쓸데없이 집 밖으로 나다니지 않았으며, 부모님의 가르침을 잘 따랐소. 난리를 겪으면서도 정조를 지켰으나, 왜구를 만나 목숨을 잃었소. 황량한 다북쑥 속에 몸

---

* **제문** : 죽은 사람에 대한 슬픔을 나타내는 글

을 내맡기고 홀로 있으면서 꽃 피고 달 밝은 밤에는 마음이 아팠겠구려. 봄바람에 애간장 끓으며 두견새의 피울음 소리에 슬퍼하고, 가을날 서리 내리는 때는 버림받은 비단 부채를 보며 탄식했겠구려. 어제 하룻밤 그대와 만나 기쁨을 이었으니, 비록 이승과 저승이 서로 다르다는 것을 알면서도 물 만난 고기처럼 즐거워하였소. 장차 백년을 같이 지내려 하였더니 어찌 하룻저녁에 이별이 있을 줄 알았겠소.

임이시여! 그대는 응당 달나라에 가서 난새를 타는 선녀가 되고, 무산에 비 내리는 아가씨가 되리다. 땅은 어둠침침해서 돌아볼 수가 없고, 하늘은 막막하여 바라보기도 어렵소. 나는 집에 들어가도 어이없어 그저 말없이 지내고, 밖에 나가도 아득하여 갈 곳도 없구려. 그대의 영혼을 모신 휘장을 대하면 눈물겹고, 좋은 술을 따를 때엔 더욱 마음이 슬프다오. 아리따운 그 모습이 눈에 보이는 듯, 낭랑한 그 목소리 귀에 들리는 듯하오. 아아, 슬프도다! 총명한 그대의 성품, 말쑥한 그대의 기상, 몸은 비록 흩어졌을망정 혼령만은 남아 있을 것이니, 응당 하늘에서 내려와 뜰에 오르시고, 어쩌면 나타나서 곁에 있겠는지요. 비록 죽음과 삶이 다를지라도 그대는 이 글월에 느낌이 있을 줄 아오.”

장례를 치른 뒤에도 양생은 슬픔을 이기지 못하였다. 이에 논밭과 집을 죄다 팔아 절에 가서 계속해서 사흘 저녁 재를 올렸더니, 여인이 공중에 나타나 양생에게 말하였다.

"저는 당신의 은덕을 입어 이미 다른 나라에서 남자의 몸으로 태어나게 되었습니다. 비록 저승과 이승은 더욱 멀어졌지만, 그대의 두터우신 은혜에 깊이 감사드립니다. 당신도 이제 다시 좋은 일을 많이 하시어, 저와 같이 윤회의 굴레에서 벗어나 해탈하시기를 바랍니다."

4. 양생도 여인처럼 한을 다 풀다

양생 역시 여인처럼 이제 모든 한을 풀게 되었다. 그가 모든 한을 푼 것을 알 수 있는 문구가 무엇인지 한번 찾아보자.

 양생은 그 뒤에 다시는 장가들지 않고 지리산에 들어가 약초를 캐며 살았다고 하는데, 그가 어디에서 세상을 마쳤는지 아는 이가 없다.

남자 주인공 양생은 고아로 홀로 살면서, 외로움에 한이 맺힌 인물이다. 그는 짝을 찾아 그 외로움의 한을 풀려고 한다. 마찬가지로 양생의 짝인 여자 주인공도 왜구의 난에 혼례도 해보지 못하고 처녀로 죽어 남자에 대해 한이 맺힌 인물이다. 이들이 부처님의 도움으로 만나 상대의 한을 풀어 주면서 동시에 자신의 한도 푼다. 이것이 이 이야기의 주요 줄거리이다.

한(恨)은 한국인만 가지는 독특한 심리라고 한다. 그래서 이 작품은 한국인의 한풀이 이야기라 한국인에게는 각별하다 할 것이다.

한 많은 양생

작품에 나타난 양생의 외로운 모습을 한번 같이 읽어 보자.

전라도 남원에 양생이란 총각이 살았는데, 그는 일찍이 부모를 여읜 고아였다. 나이 들었지만 아직 장가도 들지 못하고 만복사(萬福寺)라는 절의 동쪽 방에서 혼자 외로이 살고 있었다.

여기서 보면 양생은 상당히 불우하고 외로운 사람으로 기술되어 있다. 그는 일찍이 부모를 여읜 고아인 데다, 나이 들어서까지 장가도 들지 못하고, 사람들의 출입도 드문 절간 방에 홀로 사는 노총각이다. 거기다가 꽃 피는 봄을 배경으로 하고 있어 그의 외로움은 한층 돋보이게 된다. 그는 외로움의 한을 품고 있는 것이다.

그래서 그는 달밤에 나무 밑에서 자신의 신세를 한탄하는 시를 읊다가 하늘에서 신의 음성을 듣게 된다. 그러면 양생은 어떻게 하여 하늘의 소리를 들을 수 있게 되었을까?

달밤과 나무와 시의 상징적 의미

양생이 자신의 서러움과 외로움을 탄식하는 시를 달밤에 나무 밑에서 읊자, 하늘에서 응답이 왔다.

시를 읊고 나자, 별안간 공중에서 이상한 소리가 들려왔다.
"그대 좋은 배필을 구하고자 한다면, 무슨 어려움이 있겠느냐?"
양생은 이 소리를 듣고서 어쩌면 짝을 찾을 수 있겠다는 생각에 마음속으로 기뻤다.

이 이상한 소리는 심리학적으로 말하면 양생의 무의식에서 들려오는 소리다. 이는 하늘에서 들려오는 신의 소리라고도 할 수 있다. 이 상태는 더 쉽게 말하자면, 양생이 꿈을 꾼다고 해도 좋고, 술에 취했다고 해도 좋다. 어떻게 이해해도 좋다. 아무튼 이는 인간 세계가 아닌 신의 세계에서 일어난 일이다.

인간이 어떻게 신과 교통할 수 있을까? 그 비밀은 달밤과 나무와 시에 있다. 왜 그럴까?

첫째, 그가 나무 아래에서 시를 읊은 것이다.

여기의 나무는 널리 알려져 있듯이, 우주목(宇宙木)으로 우주의 축이다. 나무는 땅에 뿌리를 박고 하늘로 올라가려는 성질이 있다. 그래서 사람들은 나무에는 땅과 하늘을 연결하는 기능이 있다고 생각했다. 즉 나무는 인간 세계와 신의 세계를 연결하는 통로인 것이다.

단군신화에서도 환웅천왕이 하늘에서 이 신단수라는 나무를 통해서 땅으로 내려온다. 더욱이 석가모니가 나무 밑에서 깨달음을 얻은 것이나, 예수가 나무 십자가 위에서 하늘나라로 올라가는 것이나 모두 나무를 매개물로 해서 하늘과 땅이 연결됨을 쉽게 발견할 수 있다. 무당집 마당에 꽂아 놓는 대나무도, 무당이 그 나무를 통해서 자신이 믿는 신과 교통하기 위한 도구인 것이다.

양생 역시 이 나무를 통해서 인간 세계가 아닌 무의식의 세계인 신의 세계로 들어가게 되는 것이다.

둘째, 시간적으로는 달밤이었다.

달밤은 낮도 아니고 밤도 아닌, 그 중간이라고 할 수 있다. 낮은 의식계인 인간 세계요, 밤은 무의식계인 신의 세계이다. 그러므로 달밤은 인간과 신이 만날 수 있는 경계선인 것이다. 양생은 이 경계선에서 의식의 현실 세계에서 무의식의 꿈의 세계로 쉽게 들어갈 수 있었던 것이다.

셋째, 하필 왜 독백이 아닌 시를 읊었는지에 관심을 기울여야 한다.

시는 『금오신화』의 곳곳에 나타나는 기능으로 볼 때, 인간과 신 그리고 죽은 사람과 산 사람을 연결시키는 통로 역할을 한다. 그러므로 양생의 시에 대해 하늘에서 신이 응답했던 것이다. 즉 양생은 이 시를 통해서 무의식의 세계, 즉 신의 세계로 나아갔던 것이다.

결국 양생은 인간과 신이 만날 수 있는 나무 아래에서, 의식과 무의식이 만날 수 있는 달밤에, 인간과 신이 교통할 수 있는 시를 통해서, 무의식으로 들어갔음을 알 수 있게 된다. 이 상태는 쉽게 말해서 꿈을 꾸는 상태라고도 할 수 있고, 술에 취해 의식을 잃은 무의식의 상태라고도 할 수 있다. 작품에서는 뒤에 나오겠지만 술에 취해 있었다고 한다.

이런 무의식적인 꿈의 상태에서 양생은 부처와 저포놀이로 내기를 한다. 양생이 지면 큰 제사상을 차려 공양을 드리고, 대신 부처님이 지면 아름다운 아가씨를 구해 내라는 내기였다. 물론 양생이 이겼다. 왜냐하면 그는 무의식 속에서 꿈을 꾸고 있기 때문이다. 꿈에서는 모든 일이 자기 소망대로 이루어지듯이, 양생이 원하는 대로 부처님을 이긴 것이다.

이렇듯 달빛과 나무와 시는 신과 인간을 연결하는 기능을 하는 것이다. 따라서 양생이 달밤에 나무 밑에서 시를 읊으니 신이 그 아래로 내려와 양생에게 응답했다고 할 수 있다.

한국인은 귀신을 어떻게 생각하는가

양생이 만난 여자는 왜구의 난에 죽은 처녀귀신으로 햇수로는 벌써 3년이 다 되어 간다고 했다. 여기서 우리는 우리 민족이 가지고 있는 귀신에 대한 일반적인 생각을 한번 알아보고 논의를 계속하기로 하자.

한국인은 본래 하늘로부터 자기의 정해진 수명을 가지고 태어난다는 정명(定命) 사상을 가지고 있다. 그래서 사람이 자신의 수명을 다 채우고 죽는 것을 복으로 생각한다. 자기의 수명을 다 채우고 죽으면 바른 정귀(正鬼)가 되어 바로 저승으로 돌아간다고 본다. 그러나 불의의 사고로 자기의 수명을 다 채우지 못하고 비명횡사하게 되면 반대로 요망한 사귀(邪鬼)가 되어 바로 저승으로 돌아가지 못하고 이승에 떠돌며 남에게 해코지를 한다는 믿음을 가지고 있다.

대개 사람이 환갑을 넘기고, 제사 지내 줄 아들을 두고, 집에서 정상적으로 죽으면 정귀가 되어 바로 저승으로 돌아간다고 본다. 그러나 장가나 시집을 못 가고 죽거나, 교통사고나 자살 등 비정상적으로 죽었을 때는 사귀가 된다는 것이다. 이렇게 비정상적으로 죽었을 때는 죽은 혼이 한이 맺혀 저승으로 가지 못하고 사고 장소에 머물면서 원귀가 되어 가족이나 친족에게 해를 끼친다는 믿음을 가지고 있다. 사고가 난 곳에 다시 사고가 이어서 나는, 사고다발 지역도 이런 귀신의 해코지로 생각할 수 있다. 그래서 이들의 한을 풀어 주기 위해서 굿을 하는데, 그런 굿을 오구굿이라고 한다.

재미있는 것은 이런 사귀들은 이승에서 못다 한 한을 죽어서 3년 동안 다 풀고서야 저승으로 간다는 것이다. 3년 대상을 치르는 것도 이 3년에서 온 것이 아닌지 모르겠다. 죽어서도 기어이 한을 풀어야 하는 민족이다. 우리가 흔히 하는 말로, '죽은 놈 한도 풀어 주는데, 산 사람 한도 못 풀어 주느냐?'고 하는 말에서, 이런 믿음을 엿볼 수 있다. 이러한 한(恨)은 세계에서 한국인만이 가지고 있는 독특한 감정이라고 한다.

이렇게 보면, 여인은 왜구의 난에 처녀로 억울하게 죽은 귀신으로, 정귀가 아닌 사귀이다. 그녀는 처녀로 죽었으므로, 결혼을 해보지 못한 한이 있는 것이다. 그러므로 그녀는 3년 동안 이승에서 이 한을 풀어야 하는데, 벌써 3년이 다 되어 감으로 다급했던 것이다. 그래서 그녀는 부처님께 달려가서 한을 풀어 달라고 매달렸던 것이다. 다행히 그녀는 부처님의 도움으로 양생을 만나 그 한을 풀게 된다. 마찬가지로 양생 역시 혼자 사는 외로움을 이 여인을 만나 해소하게 된다. 즉 서로가 서로의 한을 풀고, 풀어 주는 것이다.

이제 처녀귀신의 한풀이 과정을 따라가 보기로 한다.

왕 귀신의 첫 번째 한풀이

귀신 중에 가장 무서운 귀신은 어떤 귀신일까? 귀신 중의 왕은 어떤 귀신일까? 처녀귀신이야말로 왕 귀신이라고 한다. 그리고 총각으로 죽은 귀신은 흔히 몽달귀신이라고 한다. 몽달귀신은 왜 한이 맺혔을까? 결혼하여 자식을 두지 못했으니, 제삿밥을 얻어먹을 수 없어서 그런 것이 아닐까? 이렇게 모든 의문은 상상으로 그 해답을 찾아가는 것이다. 그래서 인문학은 상상력이 그 출발점인 것이다.

양생이 만난 귀신은 처녀귀신으로 왕 귀신이다. 여인은 왜구의 전쟁 통에 비정상적으로 죽은 귀신이다. 그러므로 그녀는 정귀가 아니라 사귀다. 사귀는 3년 안에 한을 다 풀고 올라가야 한다고 했다.

여인은 자신의 한, 즉 결혼하지 못하고 죽은 한을 풀어 달하고 부처님을 찾아갔다. 거기서 양생을 만나게 된다. 양생과 여인은 만나자마자 먼저 만복사 행랑에 붙어 있는 작은 판자 방으로 들어간다. 급하긴 급했나 보다. 거기서 그들은 그간에 쌓인 외로움의 한을 푼다. 그리고 나서 이들은 술을 마시고 노래 부르면서 그간의 서러움을 서로 이야기하며 신세타령을 한다.

왕 귀신의 두 번째 한풀이

이들은 '먼 마을에서 닭 우는 소리가 들려오고, 절의 새벽 종소리가 울려오자' 여인이 술자리를 거두고는 양생에게 자기 집으로 가자고 한다.

닭이 울고 새벽 종소리가 울린다는 것은 새벽이 온 것이요, 새벽이란 낮이 시작되는 것이다. 이를 심리학적으로 말하자면, 밤의 무의식의 세계에서 낮의 의식의 세계로 넘어간다는 것을 상징한다. 그러므로 무의식계의 귀신인 여인은 닭 우는 소리에 더 이상 이 세상에 머물 수 없는 것이다. 제사를 낮이 아니라 밤에 지내는 이유도 바로 여기에 있다. 귀신은 밤에 나타나 활동하지, 낮에는 나타날 수 없기 때문이다.

양생은 여인에게 이끌려 그녀의 집으로 간다. 이때 그가 마을 사람들을 만나 이야기하는 내용을 들어보면 양생은 아직 무의식에 빠져 있음을 더욱 분명히 알 수 있다. 제정신이 아닌 것이다. 이 부분을 한번 읽고 넘어가기로 한다.

둘이서 마을을 지나가니, 개들은 울타리 안에서 짖고 사람들은 벌써 길가에 나다니고 있었다. 그러나 행인들은 여인을 보지 못하고, 양생에게만 이렇게 물어보았다.

"양생! 이른 새벽에 어디를 갔다 오시오?"

양생이 대답했다.

"간밤에 만복사에서 술에 취해 누워 자다가 친구가 사는 마을을 찾아가는 중입니다."

여기서 보면, 양생은 아직 술에 취해 여인을 따라가고 있음을 알수 있다. 그리고 의식 있는 행인들이 보지 못하는 여인을 양생만이본다는 사실은 양생은 아직 술에 취해 무의식에 빠져 있음을 암시한다. 술은 의식을 마비시키는 음식이다. 양생이 어제 만복사에서 술에취해 의식이 마비되어 귀신을 만났고, 아직 술에서 깨어나지 못해 남들이 보지 못하는 무의식계의 여자 귀신을 따라가고 있었던 것이다.그러므로 행인들은 양생만 알아보고 여인을 보지 못한다. 왜냐하면그녀는 무의식계의 귀신이기 때문이다.

이들은 가는 중에 서로 시구를 주고받으면서 개녕동(開寧洞)으로간다. 여인이 인도하는 곳으로 가자, 그곳은 다북쑥이 들을 덮고 가시나무가 공중에 높이 솟아서 늘어선 속에 한 채의 집이 있는데, 자그마한 것이 매우 아름다웠다. 이곳은 바로 그녀의 무덤이다.

양생은 그곳에서 사흘을 머물렀는데, 즐거움은 평상시와 같았다.사흘이 지나자 여인이 양생에게 말하였다. 이들이 이별하면서 서로주고받는 말들을 한번 음미해 보기로 한다.

사흘째 되던 날 여인이 양생에게 말했다.

81

"이곳의 사흘은 인간 세상의 삼 년과 같습니다. 당신은 이제 집으로 돌아가셔서 하던 일을 다시 계속하십시오."

양생은 헤어지기가 싫어 탄식하면서 말했다.

"왜 이렇게 갑자기 헤어지자는 거요?"

여인의 말에서 우리는 여인과 양생이 만난 지가 3년 가까이 되었음을 알 수 있다. 그 사이 여인은 이 세상에서 부부간의 즐거움을 누리지 못했으므로, 자기와 같이 외로운 양생을 불러다가 스스로 처녀귀신으로서의 한을 풀었음을 알 수 있다. 그리고 우리 고유의 귀신관에 따라 3년 동안 맺힌 한을 풀었으므로 이제 저세상으로 떠나야 함을 알게 된다.

그러나 그녀는 아직 한이 완전히 풀리지 않았음을 알 수 있다. 그것은 그녀가 '이제 이별하더라도 다시 만나 평생의 남은 소원을 다 풀 수 있을 것입니다.'라는 말에서 짐작할 수 있다. 이후 그녀는 남은 소원, 즉 남은 한을 풀게 된다. 이를 알아보기로 한다.

왕 귀신의 세 번째 한풀이

그녀는 양생과 헤어질 때, 은주발 하나를 내어 주면서 이튿날 그녀의 부모를 만나 같이 인사를 하자고 한다. 다음 날 양생은 약속대로 은주발을 들고 보련사로 가는 길가에서 그녀를 기다리고 있었다.

이 '은주발'은 무엇을 상징할까? 바로 그 여인을 상징한다. 왜 그 럴까? 왜냐하면 '금'은 누런 태양빛으로 남성을 상징하고, '은'은 은 은한 달빛으로 여성을 상징한다. 그래서 옛날에 남자들은 금으로 장 식했다. 대신 여자들은 은으로 장식하였으니, 은가락지, 은비녀, 은 장도 같은 것들이 그것이다.

실제 여성들은 번쩍거리는 금으로 장식하는 것보다는 은은한 은 으로 장식하는 것이 더 여성스럽게 보인다. 그리고 '주발'은 여성 의 성기를 나타내는 것으로, 여성이 어떤 것을 받아들이고 생산하 는 풍요로움을 나타낸다. 따라서 은주발은 바로 그 여인을 상징하 는 것이다.

따라서 여인이 양생과 헤어질 때 은주발을 준 것은, 그녀가 그와 헤어지지 않고 계속 그와 같이 있고 싶다는 마음의 표현이다. 또한 양생이 그녀와 헤어질 때부터 은주발을 가지고 있다는 것은, 양생 이 무덤에서 현실 세계로 나왔지만 사실은 아직 무의식계에서 그녀 와 함께 있다는 것을 상징적으로 나타내는 것이다. 상징이 이래서 재미있는 것이다.

길가에서 양생은 여인의 집안에서 딸자식의 대상을 치르려고 수 레와 말을 가지고 보련사로 향하는 그녀의 부모와 만나게 된다. 이 는 그 귀족 집안의 하인이 양생이 들고 있는 은주발이 아가씨 무덤 에 넣었던 부장품임을 발견하게 된 데서 이루어진다. 이런 것을 볼 때, 조선 시대에도 부잣집에서는 무덤 속에 그릇이나 생활용품 등

부장품을 넣었던 것으로 추측할 수 있다. 죽더라도 다시 부활해서 쓰라는 것이다. 이런 것을 볼 때, 우리나라는 고대로부터 부활 신앙이 강했던 것 같다. 요즘 무덤 속에 사랑하는 사람의 금반지나 귀중품을 넣었다는 소리는 들어보지 못했다. 금이빨도 빼고 넣는다는 말은 들었다. 우리 고래로부터의 부활 신앙이 사라진 것으로 보인다.

이때 양생은 그녀의 부모의 말을 듣고, 비로소 그녀의 정체를 바로 알게 된다. 이 말을 한번 들어보기로 한다.

내 슬하에 오직 딸자식이 하나 있었는데, 그 딸자식마저 왜구의 난리 때 싸움터에서 죽었다네. 미처 정식 장례도 치르지 못하고 개녕사 곁에 임시로 매장을 하고는 오늘 내일 장사를 미루어 오다가 이렇게 되었네. 오늘이 벌써 대상 날이라, 부모 된 심경에 보련사에 가서 재를 올려 명복이나 빌어 줄까 해서 가는 길이네.

이 말을 통해 우리는 이제야 양생이 만났던 여인이 산 사람이 아니라, 죽은 귀신임을 확인하게 된다. 즉 그녀는 처녀로 억울하게 죽은 '왕 귀신'이며, 그날이 대상 날임으로 보아 죽은 지 3년이 되어 한을 풀고 하늘나라로 갈 때가 다가왔음을 알 수 있다.

여인의 부모가 보련사로 떠난 뒤, 혼자 길가에서 기다리는 양생에게 여인이 약속대로 나타났다. 이들은 다시 만나 기뻐하면서 손을 잡고 절로 향했다.

여인은 절 안에 들어서자 먼저 법당에 올라 부처님께 예를 올리고는 곧 흰 휘장 안으로 들어가는데, 그 친척들과 승려들은 모두 그 여인을 알아보지 못하였다. 그들은 의식 있는, 즉 제정신이 있는 사람들이었기 때문이다. 오직 양생만이 무의식에 빠졌기에 그녀와 만날 수 있었던 것이다.

이들은 보통 사람들과 마찬가지로 같이 밥을 먹고 휘장 안에서 잠을 자게 되었다. 그러나 그녀의 부모는 무의식계로 들어가지 못했으므로 그녀가 밥을 먹거나 함께 자는 모습을 볼 수 없었다.

여인은 양생에게 그간의 딱한 사정을 이야기한다. 한번 들어보기로 한다.

저의 행동이 법도에 어긋난 것은 스스로 잘 알고 있습니다. …… 그러나 하도 오래 다북쑥 우거진 들판에 묻혀 홀로 외로이 살다 보니, 사랑하는 마음이 한번 일어나자 끝내 걷잡을 수 없었습니다.

지난번에 절에 가서 복을 빌고 부처님 앞에서 향불을 피우면서 한평생 복이 없고 팔자가 사나움을 스스로 탄식하였더니, 뜻밖에도 천생연분인 당신을 만나게 해주었습니다. 저는 검소하고 부지런한 아낙으로서 그대를 받들어 백년의 높은 절개를 바쳐 술을 빚고 옷을 기워 평생 지어미의 길을 닦으려 했습니다. 그렇지만 애달프게도 전생에 주어진 운명을 피할 수 없어 저승길로 떠나야 되겠습니다. 즐거움을 채 다하지도 못하였는데 슬픈 작별의 시간이 닥쳐왔습니다. 저는 이제 떠나야 합니다.

여인은 비로소 스스로 귀신임을 밝히고 있다. 즉 그녀는 다북쑥 우거진 곳에 묻혔는데, 사랑의 정서를 채우지 못한 한을 풀기 위해 부처님을 찾아갔다가 양생을 만나게 되었다는 것이다. 그러나 한국인의 귀신관에 따라 이제 3년이 되었으므로 그녀는 저승으로 떠나야 할 때가 되었다고 한다.

그러나 그녀는 즐거움을 다하지도 못하였는데 슬픈 작별의 시간이 되었음을 안타까워하고 있다. 이는 아직 그녀의 한이 다 풀어지지 않았음을 시사하는 대목이다. 이는 이튿날 그녀가 저승으로 떠나면서 남긴 소리에서도 확인된다. 이를 한번 살펴보기로 한다.

저승길도 기한이 있어 슬프지만 이별이라오.
우리 님께 바라오니, 저버리진 마옵소서.
슬프도다! 우리 부모 나의 배필 못 지었네.
아득한 저승에서 마음에 한만 맺히겠네.

이 소리를 들어보면, 그녀는 저승길도 3년이라는 기한이 있다고 한다. 그리고 아직도 자신의 배필을 짓지 못했으므로, 저승에서도 한이 맺힌다는 것을 솔직히 이야기하고 있다. 아직 한이 남아 있다는 것이다.

이후 이야기는 양생이 이 남은 한을 완전히 풀어 주는 것으로 계속된다.

왕 귀신의 마지막 한을 풀어 주다

여인이 떠난 후, 양생은 그녀의 부모로부터 그녀를 잊지 말라는 신표로 그녀의 몫으로 되어 있던 전답 몇 이랑과 노비 몇 사람을 물려받는다.

여인이 떠난 이튿날 양생은 고기와 술을 갖추어 개녕동 옛 자취를 찾아가니 임시로 안치한 무덤이 있었다. 그녀와 무의식 속에서 같이 살았던 무덤이었다. 양생은 제물을 차려 놓고 슬피 울면서 종이돈을 태우고는 정식 장례를 치렀다.

정식 장례를 치르고도 양생은 슬픔을 이기지 못하여 전답과 가옥을 죄다 팔아 절에 가서 재를 올렸다. 이는 아직 그녀의 한은 물론 양생의 한도 다 풀리지 않았음을 의미한다. 그래서 사흘 저녁 계속 제사를 드렸더니 드디어 여인이 공중에 나타나 양생에게 말하였다. 그 말을 한번 들어본다.

저는 당신의 은덕을 입어 이미 다른 나라에서 남자의 몸으로 태어나게 되었습니다. 비록 저승과 이승은 더욱 멀어졌지만, 그대의 두터우신 은혜에 깊이 감사드립니다. 당신도 이제 다시 좋은 일을 많이 하시어, 저와 같이 윤회의 굴레에서 벗어나 해탈하시기를 바랍니다.

이 말을 통해 우리는 비로소 그녀가 한을 다 풀었음을 알게 된다. 그녀는 정식 장례와 사흘 제사를 받고 남은 한이 다 풀린 것이다. 그녀가 이제 속세를 벗어나 다른 나라의 남자로 태어났다는 말이 그것이다.

그런데 왜 그녀는 저승으로 가지 않고 다시 남자로 태어났을까?

불교에서의 남녀 차별

원래 부처님은 성인이었으므로 남녀를 차별하지 않았다.

그러나 불교 교리가 만들어지면서, 불교 교단에서 오랫동안 여성을 멸시하는 풍조가 생겼다. 이는 물론 중세 시대 동서양이 모두 남성우위의 사회였기 때문이기도 하다. 특히 동양에서는 남존여비의 유교적 관념이 덧붙여져 여성 차별이 계속되었던 것이다. 사상의 자유를 주장하던 대승불교에서도 이러한 경향은 쉽게 불식되지 않았으니, 예를 들어 『법화경』에서는 여성은 다섯 가지의 장애가 있으므로 성불할 수 없다고 말한다.

이러한 논리는 모든 중생은 성불할 수 있다는 대승불교의 가르침과도 어긋난다. 그래서 여성은 남성으로 다시 태어나서 공덕을 쌓아야 성불하게 된다고 말한다. 즉 여성은 전생에 죄를 많이 지어서 여자로 태어났으므로 바로 해탈할 수는 없다는 것이다. 그러므로 여성들은 이승에서 복을 많이 지으면 다음 세상에 남자로 태어난다는 것이다. 그러므로 남자는 바로 해탈할 수 있지만, 여자는 남자로 태어났다가 다시 수행을 해야 해탈할 수 있다는 논리이다. 여자들에게는 남자들보다 이중으로 불리한 셈이다. 하지만 이건 다 옛적 이야기이다.

이런 불교의 남녀 차별적인 논리가 매월당이 살았던 조선 초기까지 내려왔기에, 작품에서도 그녀는 다른 나라에서 남자의 몸으로 태어났다고 한 것임을 알 수 있다. 그러므로 죽어서 남자가 되었다는 말은 이제 여인의 한이 다 풀렸다는 의미다. 그녀의 미진한 한은 양생이 정식 장례를 치르고 이어 절에서 사흘 밤낮 천도재를 올림으로써 다 풀린 것이다. 그녀는 처녀귀신으로, 정말 한 많은 왕 귀신이 아닐 수 없다.

양생의 한도 다 풀렸다

이제 여인처럼 양생의 한도 다 풀었다. 이런 점은 작품의 끝부분에 잘 드러난다. 어느 부분일지 한번 찾아보기로 하자.

양생은 그 뒤에 다시는 장가들지 않고 지리산에 들어가 약초를 캐며 살았다고 하는데, 그가 어디에서 세상을 마쳤는지 아는 이가 없다.

우리는 양생이 '그 뒤에 다시는 장가들지 않고'라는 부분을 읽어볼 때, 작품의 첫 부분과 상당히 많은 차이가 남을 알 수 있다. 즉 처음의 양생은 짝을 찾으려고 안달하였지만 여기서는 더 이상 짝을 필요로 하지 않음을 알 수 있다. 왜냐하면 양생은 이제 외로움의 한을 다 풀었기 때문이다. 따라서 이 작품의 주제를 '한의 해소'라고 해도 틀리지 않을 것이다.

이제 여인이 한을 풀고 윤회에서 벗어났듯이, 양생도 육체적인 한을 풀고 이제는 정신적인 것을 찾으러 떠나게 된다. 그가 지리산에 들어가 약초를 캐며 살았다는 것은 이제 육체적인 욕구를 추구하던 양생이 더 차원이 높은 정신적인 양식을 찾아 떠났다는 말로 해석해야 할 것이다. 사람은 이렇게 육체적이고 물질적인 것에서 정신적이고 영적인 차원으로 한 단계 더 올라가야 하는 것이다.

이생규장전(李生窺墻傳)

이생이 담 안의 아가씨를 엿보다

1. 꿈속으로 들어가다

이생은 어느 날 국학으로 가던 중 우연히 최 처녀의 집 담 안을 엿보게 된다. 이는 상징적 수법으로, 이생이 그의 깊은 내면, 즉 무의식으로 들어갔음을 의미한다. 무의식은 꿈의 세계라고 해도 된다. 즉 이생이 평소 꿈꾸던 세계로 나아간 것이다. 그가 어떻게 꿈의 세계로 들어가는지를 살펴보기로 한다.

송도* 낙타교 옆에 이생이라는 서생이 살고 있었는데, 나이는 열여덟이었다. 얼굴이 말쑥하고 재주가 뛰어났다. 그는 일찍부터 국학†에 다녔는데, 길을 가면서도 부지런히 글을 읽는 착실한 학생이었다.

그때 선죽리라는 마을의 귀족 집에 최씨 처녀가 살고 있었는데, 나이는 열대여섯쯤 되었다. 몸맵시가 아리땁고, 바느질도 잘하고, 글에도 능통하였다. 세상 사람들은 이들을 이렇게 칭찬하였다.

---

* **송도** : 지금의 개성으로, 고려 때 수도였다.
† **국학** : 신라 때부터 시작된, 오늘날의 국립대학에 해당하는 교육기관이다.

멋과 재주가 있는 이 도령
아리따운 최 처녀
그 재주 그 얼굴
보기만 해도 배부르네.

이생은 책을 옆에 끼고 국학에 다닐 때는 항상 여인의 집 북쪽 담을 지나다녔다. 그 담을 따라 수십 그루의 수양버들이 운치 있게 둘러싸고 있었다.

어느 날 이생은 학교에 가던 중 그 나무 아래에 앉아 쉬다가 우연히 담 안을 엿보게 되었다.

2. 이생이 꿈꾸던 여인을 만나다

사람은 늘 자기에게 부족한 것을 채우고 싶어 한다. 그래서 자기의 짝은 대개 그 자신과 반대인 경우가 많다. 키가 작은 사람은 키가 큰 사람을, 얼굴이 검은 사람은 얼굴이 흰 사람을 찾게 마련이다. 이것이 세상의 법칙이다. 그러므로 세상에는 헌 짚신도 다 자기 짝이 있게 마련이다. 이생 역시 자기에게 부족한 것을 채워 줄 짝을 찾고 있었는데, 우연히 꿈처럼 만났다. 이제부터 적극적인 최씨 처녀와 소극적인 이생, 의리가 있는 최씨 처녀와 의리가 없는 이생을 비교해서 읽어 보면 재미가 쏠쏠할 것이다.

그 담 안에는 아름다운 꽃들이 활짝 피어 있었고, 벌과 새들이 요란스레 재잘거리고 있었다. 그 곁에 작은 누각이 꽃떨기 사이로 은은히 보였는데, 구슬발이 반쯤 가리어 있고 비단 휘장*이 낮게 드리워져 있었다. 그 속에 한 아리따운 여인이 있었는데, 그녀는 얼핏 이생을 본 듯하다. 그러자 바느질을 하던 손을

---

* **휘장** : 옷감을 여러 폭으로 이어서 빙 둘러치는 장막으로, 오늘날의 커튼에 해당한다.

잠시 멈추고 턱을 괴더니 이생이 들을 수 있도록 큰 소리로 시를 읊었다.

> 창가에 홀로 앉아 수놓기도 귀찮구나.
> 꽃떨기 속에 꾀꼬리 소리가 다정도 하네.
> 살랑거리는 봄바람을 쓸데없이 원망하며
> 말없이 바늘 멈추고 생각에 잠기네.

> 저기 가는 저 총각은 어느 댁 도련님인고?
> 선비 옷차림이 버들 사이로 비쳐 오네.
> 어떻게 하면 대청 위의 제비가 되어
> 구슬발 사뿐 넘고 담장 위로 날아갈까.

공부 잘하는 이생은 그 여인이 읊는 시를 듣고는, 이 시가 봄바람이 난 여인이 자기를 유혹하는 시라는 것을 금방 알아챌 수 있었다. 그는 젊은 혈기에 그 담을 넘고 싶은 마음이 굴뚝같았지만 그럴 용기가 없었다. 그 집의 담이 아주 높고 안채가 깊숙한 곳에 있었으므로, 그는 서운한 마음을 뒤로한 채 국학으로 갔다.

그는 국학에서 공부를 하는 둥 마는 둥 하다가, 돌아오는 길에 흰 종이에다 시 세 수를 써서 기와 쪽에 매달아 담 안으로 던져 보냈다. 이들 시 역시 이생이 여인을 유혹하는 시라고 할 수 있다.

무산* 열두 봉우리 첩첩이 싸인 안개 속에

반쯤 드러난 봉우리가 울긋불긋하구나.

양왕의 외로운 꿈 수고롭게 하지 마오.

구름 되고 비가 되어 양대에서 만나 보세.†

사마상여가 탁문군을 꾀어내듯이‡

마음속에 품은 생각 이미 다 이루어졌네.

담장 가에 핀 요염한 복사꽃은

바람에 날려서 어디로 날아가나?

좋은 인연 되려는지 나쁜 인연 되려는지

부질없는 이내 시름 하루가 일 년 같네.

넘겨 보낸 시 한 수에 황혼 가약 맺었으니

선녀같이 고운 님, 어느 날에 만나려나.

여인은 무엇이 떨어지는 소리가 나기에, 시비 향아를 시켜 그것을

---

* **무산** : 중국 사천성 무산현 동쪽에 있는 산
† **구름 되고 비가 되어 양대에서 만나 보세** : 중국 초나라 때 양왕이 고당에서 꿈에 한 여인과 사랑을 나누었다. 그 여인은 떠나면서 자신은 무산 남쪽에 사는데 아침이면 구름이 되고 저녁이면 비가 되어 양대에 내릴 것이라고 했다는 전설이 있다.
‡ **사마상여가 탁문군을 꾀어내듯이** : 전한 사람인 사마상여가 촉나라에 갔다가 부잣집 딸인 과부 탁문군을 거문고 연주로 꾀어내어 부부가 되었다는 이야기가 있다.

금오신화

주워 오게 했다. 그것은 바로 이생이 보낸 시였다. 여인은 그 시를 읽어 보았다. 그러나 그 시는 내용이 너무 모호해서 도무지 무슨 말인지 쉽게 알 수 없었다.

결국 그녀는 그 시를 두세 번이나 꼼꼼히 읽어 본 후에야 비로소 그 뜻을 제대로 알 수 있었다. 그녀는 그 시에서 총각도 자기를 좋아한다는 것을 알았다. 이에 그녀는 바로 종이쪽지에 짤막한 답장을 써서 담 밖으로 던져 주었다.

"도련님! 이상하게 생각하지 마시고, 오늘 저녁 해가 지면 바로 여기에서 만납시다."

이생은 여인의 당돌한 답장에 조금 당황했지만, 그 약속대로 날이 어두워지자 여인의 집을 찾아갔다. 그때 갑자기 복숭아꽃 한 가지가 담장 위로 휘어져 넘어오면서 간들거리기 시작했다. 이생이 이상하여 가까이 가서 살펴보니, 그넷줄에 매달린 대광주리가 담 아래로 드리워져 흔들리고 있었다. 이생이 그 대광주리를 타자, 담 안에서 줄을 당겨 주어 쉽게 담을 넘을 수 있었다.

때마침 보름달이 동산에 떠오르고 꽃 그림자가 땅에 비쳐서 맑은 향기가 그윽하였다. 이생은 주변이 너무 아름다워 자기가 마치 신선 세계에 들어오지나 않았나 하는 생각이 들었다. 이생은 은근히 기뻤으나, 이렇게 숨어서 하는 일들이 혹시 남들에게 들킬까 걱정되어 머리칼이 다 곤두섰다.

이생이 주변을 살펴보니, 한 여인이 꽃떨기 속에서 시비와 같이

이생규장전(李生窺墻傳)

꽃을 꺾어 머리에 꽂고 구석진 곳에 자리를 펴고 앉아 있었다. 그녀는 이생을 알아보고는 방긋 웃으며 먼저 시 두 구절을 읊었다.

> 복숭아나무와 오얏나무 사이에 핀 꽃송이가 탐스럽고
> 원앙새 베개 위엔 달빛도 곱구나.

이생은 여인의 시가 상당히 음란함을 금방 알아차렸다. 그녀가 복숭아와 오얏나무 사이에 핀 꽃의 아름다움을 말하고, 처음부터 베개를 말하며 함께 잠자는 이야기가 그랬다. 그도 그것이 싫지는 않았지만, 무엇보다 우선 겁이 나서 자기 마음을 솔직히 시로 지어 화답했다.

> 이다음에 어쩌다가 우리들의 사랑 이야기가 새어 나간다면
> 무정한 비바람에 더욱 가련하리라.

이생의 시를 듣고, 여인은 약간 얼굴을 찡그리며 말했다.
"저는 애당초 도련님과 함께 부부가 되어 끝까지 남편으로 모셔 오래도록 즐겁게 지내려 하였습니다. 그런데 도련님께서는 어찌 그런 걱정을 하십니까? 저는 비록 여자의 몸이지만 조금도 걱정함이 없는데, 하물며 대장부 사나이가 어찌 이렇게 나약한 말씀을 하십니까? 이다음에 우리들의 비밀이 누설되어 부모님께 꾸지람을 듣게

되더라도 제가 혼자 책임을 지겠으니, 이제부터 도련님은 조금도 걱정하지 마십시오.”

여인은 단호하게 말을 마친 뒤에, 시비 향아에게 집에 가서 술과 안주를 가져오게 하였다. 향아가 가버리자, 사방이 고요하여 인기척조차 없었다. 이생은 그래도 조바심이 나서 최 처녀에게 물었다.

“이곳은 어떤 곳입니까?”

여인이 바로 대답했다.

“이곳은 저희 집 뒷동산에 있는 작은 누각입니다. 저희 부모님께서는 제가 외동딸이므로 여간 사랑하지 않으십니다. 그래서 따로 연못가에 이 누각을 지어 주시고 봄이 되어 아름다운 꽃들이 만발할 때는 향아와 더불어 즐겁게 놀게 한 것입니다. 부모님 계신 곳은 여기서 멀리 떨어져 있기 때문에 비록 웃으며 큰 소리로 떠들어도 쉽게 들리지 않습니다. 그러니 어려워하지 마시고 마음 놓고 편히 말씀하십시오.”

여인은 이생의 마음을 안심시켰다. 그녀는 시녀가 가져온 좋은 술 한 잔을 그에게 권하면서 자신의 마음을 시 한 편에 실어 읊었다.

안개는 흩날리고 봄빛은 화창한데
새 노래 지어 내어 사랑 노래 불러 보세.
꽃그늘에 비친 달빛 방석 위로 스며들고
긴 가지 함께 당기니 붉은 꽃비 떨어지네.

바람 속의 저 향기는 옷 속으로 스미는데
첫봄 맞은 저 아가씨 흥겹게 춤을 추네.
비단 적삼*으로 슬쩍 해당화 가지를 스쳤더니
꽃 사이에 졸고 있던 앵무새만 깨웠도다.

이생은 이 시가 첫봄 맞은 아가씨인 여인이 졸고 있던 앵무새인
자기를 유혹한 내용의 시라는 것을 알았다. 이생은 자기의 느낌도
시에 담아 화답하였다. 그는 여인이 좋으면서도 한편 불안한 마음을
끝내 숨길 수 없었다.

잘못 찾아온 무릉도원†에 복사꽃이 만발한데
가슴속에 품은 생각 어찌 다 속삭일꼬.
구름 같은 쪽찐 머리에 금비녀 낮게 꽂고
산뜻한 봄 적삼을 모시로 지었구나.
봄바람 건듯 불어 꽃망울을 터뜨리니
무성한 꽃가지에 비바람아 부지 마오.
좋은 일 끝나기 전에 근심될 일 따르거니
함부로 새 노래 지어서 앵무새에게 가르치지 마오.

---

* **적삼** : 윗도리에 입는 홑옷으로, 모양은 저고리와 같다.
† **무릉도원(武陵桃源)** : 복숭아나무가 있는 언덕이라는 뜻으로, 이 세상이 아닌 것처럼
아름다운 곳을 이르는 말

이생은 계속 자기의 불안한 마음을 시에 담았다. 그러나 여인은 이제 이생의 마음을 알았는지 더 이상 말하지 않았다. 그리고 술자리가 끝나자 여인이 이생에게 말했다.

"오늘 일은 반드시 작은 인연이 아닙니다. 도련님은 저를 따라오셔서 두터운 정을 맺는 것이 좋겠습니다."

말을 마치고 여인이 곧 북쪽 창문 쪽으로 이생을 안내하였다. 이생은 어쩔 수 없이 그녀의 뒤를 따라갔다. 누각으로 오르는 사다리를 타고 올라가니 다락이 나타났다. 그곳은 서재였다. 방에는 필기도구들과 책들이 매우 깔끔하게 정리되어 있었고, 한쪽 벽에는 멋진 동양화 두 폭이 걸려 있었다. 그 그림 위에 시를 써 놓았는데, 누가 지은 것인지는 알 수 없었다.

첫째 그림에 쓰인 시의 일부는 이러하였다.

끝없는 푸른 물결 멀리 허공에 닿아 있고
저문 날 바라보니 고향 생각 그지없네.
이 그림 구경할 제 마음이 쓸쓸하여
영산강 비바람 속에 배를 탄 듯하여라.

둘째 그림에 쓰인 시의 일부는 이러하였다.

대숲에서는 스산한 바람 소리 들리고

비스듬히 쓰러진 고목은 옛날 생각에 잠긴 듯하다.

제멋대로 뻗은 뿌리에는 이끼가 끼었고

굵고 곧은 저 가지는 비바람을 이겨 왔네.

서재 옆에는 작은 방 하나가 따로 있었다. 그 방은 침실이었는데, 휘장, 요, 이불, 베개 등이 퍽 곱고 정결하게 놓여 있었다. 휘장 밖에는 사향을 태우고, 난초 향의 촛불을 켜 놓기에 환하게 밝아서, 방 안은 대낮과도 같았다. 이생은 그 방에서 여인과 더불어 즐거움을 누리면서 여러 날을 머물렀다.

어느 날 이생이 머뭇거리며 여인에게 말했다.

"옛 성인의 말씀에 '어버이가 계시면 놀러 나가더라도 반드시 가는 곳을 알려야 한다.'고 하였는데, 이제 내가 집을 나온 지 벌써 사흘이나 되었소. 부모님께서는 반드시 마음을 졸여 가며 마을 입구에서 나를 기다릴 것이니, 이 어찌 아들 된 도리라고 하겠소? 이제 그만 집으로 가봐야겠소이다."

여인은 헤어지는 것이 서운하였지만, 이생의 말을 옳게 여겨 담을 넘어 보내 주었다.

이생은 이후로 저녁이면 여인을 찾아가지 않는 날이 없었다. 그러던 어느 날 저녁에 이생의 아버지는 이생을 꾸짖으면서 말하였다.

"네가 아침에 집을 나갔다가 저녁에 돌아오는 것은 옛 성인의 어질고 의로운 가르침을 배우려 함인데, 요사이는 저녁에 집을 나갔다가 새벽녘에 돌아오니 이게 어찌 된 일이냐? 반드시 경솔하고 못된 놈들의 행실을 배워서 남의 집 담을 넘어가 아가씨나 엿보고 다니는 것이겠지? 이 일이 만일 발각되면 남들은 다 내가 자식을 엄하게 가르치지 못하였다고 나를 욕할 것이다. 또한 그 아가씨도 신분이 높은 집안의 딸이라면 반드시 너의 잘못된 행동 때문에 그의 가문이 욕을 먹게 될 것이니, 이 일은 결코 작은 일이 아니다. 너는 속히 영남에 있는 시골집으로 내려가서 종들을 데리고 농사 감독이나 하거라. 이후 다시는 돌아올 생각조차 말아라."

이생은 아버지의 꾸지람을 들으면서도 아무런 대꾸나 저항도 하지 못하고 고개만 숙이고 있었다.

이튿날 이생의 아버지는 아들을 울주로 보내 버렸다.

여인은 매일 저녁 꽃밭에 나와서 이생이 오기를 기다렸으나 여러 날이 되어도 다시 돌아오지 않았다. 여인은 이생이 혹시 병이 나지 않았을까 걱정되어 향아를 시켜 몰래 이생의 이웃 사람들에게 사정을 물어보게 하였다. 이생의 이웃 사람들은 이렇게 대답하였다.

"이 도령은 아버지께 죄를 지어 영남 시골집으로 내려간 지가 벌써 오래되었다오."

여인은 향아로부터 이 소식을 듣고 병이 나서 침상에 쓰러져 일어나지 못하였다. 그러곤 음식을 제대로 먹지 못하고, 말도 두서가 없었으며, 얼굴도 핼쑥해졌다.

여인의 부모는 이를 이상히 여겨 그 병의 증상을 물어보았으나,

그녀는 묵묵히 아무 말도 하지 않았다. 이에 최 처녀의 부모가 책상 속에 있는 딸의 상자 속을 들추어 보았더니, 거기에는 딸이 이생과 서로 주고받은 시들이 가득 들어 있었다. 여인의 부모는 그 시들을 읽어 보고서야 놀라 무릎을 치며 말했다.

"아이쿠, 까딱 잘못하였더라면 우리 귀한 딸을 잃을 뻔했구나."

그들은 딸에게 달려가 물었다.

"이생이란 사람이 대체 누구냐?"

일이 이쯤 되자, 그녀는 더 이상 사실을 숨길 수 없어 목구멍에서 겨우 기어 나오는 소리로 부모님께 모두 털어놓았다.

"고이 길러 주신 아버님과 어머님의 은혜가 깊으니, 어찌 감히 사실을 숨기겠습니까? 저 혼자 가만히 생각해 보니, 남녀 간에 서로 사랑을 느낌은 사람의 정 가운데 가장 중요한 것 같습니다. 그러므로 '결혼할 좋은 시기를 잃지 말라.'는 말은 『시경』에도 나타나고, '여자가 정조를 지키지 못하면 흉하다.'는 말은 『주역』에도 경계되어 있습니다.

저는 냇버들 같은 가냘픈 몸으로써 얼굴빛이 시드는 것도 생각지 않고서 정조를 지키지 못하여 주변 사람들의 비웃음을 받게 되었습니다. 새삼 덩굴과 이끼가 다른 나무에 의지해서 살듯이 벌써 처녀로서 다른 남자와 같이 부부 행세를 하게 되었으니, 죄가 이미 가득 차 수치가 집안에까지 미치고 말았습니다. 저는 장난꾸러기 도련님과 한번 정을 통한 후에야 도련님께 대한 원망이 첩첩이 쌓이게 되었습니다. 저의 연약한 몸으로 괴로움을 참고 홀로 살아가려니 사모하는 정은 날로 깊어 가고 아픈 상처는 날로 더해 가서 죽을 지경에 이르렀습니다. 이젠 원한 맺힌 귀신이 되어 버릴 것 같습니다.

부모님께서 저의 소원을 들어 주신다면 남은 목숨을 보존할 것이고, 만약 이 간곡한 청을 거절하신다면 죽음만이 있을 뿐입니다. 이생과 저승에서 다시 함께 만날지언정, 맹세코 다른 집안에는 시집가지 않겠습니다."

그녀의 부모는 그녀의 단호한 말을 듣고 나서, 이미 그녀의 굳은 뜻을 알았으므로 다시는 병의 증세를 묻지 않고 한편 타이르고, 한편 달래고 하여 그녀의 마음을 안정시키려고 하였다.

한편 최 처녀의 부모는 중매인을 중간에 넣어 예의를 갖추어 이생의 집으로 보냈다. 이생의 아버지는 중매인에게 그 여인의 집안에 대해 이것저것 물어본 뒤에야 말했다.

"우리 집 아이가 비록 어린 나이에 바람이 났다고 하더라도, 공부도 잘하고 생긴 것도 남들에게 빠지지 않습니다. 앞으로 과거에서 장원급제하여 언젠가 세상에 이름을 떨칠 것이니 그의 배필을 서둘러 구할 생각이 없소."

중매인이 돌아가서 들은 대로 이야기하자, 최씨는 다시 중매인을 이씨 집으로 보내어 말하게 하였다.

"저의 친구들이 다 댁의 아드님이 재주가 남달리 뛰어나다고 칭찬하고 있습니다. 지금은 아직 벼슬하지 않고 있습니다만, 어찌 끝까

이생규장전(李生窺墻傳)

지 초야에 묻혀 있을 인물이겠습니까? 제 딸아이도 과히 남에게 뒤쳐지지는 않으니, 빨리 이들의 혼사를 이루어 두 집안의 즐거움을 이루는 것이 어떠하겠습니까?"

중매인이 다시 이생의 아버지를 찾아가서 그대로 전하니, 이생의 아버지가 말했다.

"나도 나이 젊어서부터 책을 읽고 학문을 닦았으나 나이 늙도록 성공을 하지 못했습니다. 그러니 집안의 종들도 뿔뿔이 흩어지고 친척들의 도움도 적어서 생활이 넉넉하지 못해 살림이 궁색해졌습니다. 그런데 문벌이 좋고 번창한 집안에서 무엇을 보고서 이 빈한한 선비의 자제를 사위로 삼으려 하시겠소? 이는 반드시 말하기 좋아하는 사람들이 우리 집안을 사실과 다르게 과장되게 말해서 귀댁을 속이려는 것입니다."

중매인이 돌아와 들은 대로 전하니, 최씨 집에서 다시 이렇게 말하게 하였다.

"모든 예물이나 혼수품은 저희 쪽에서 다 준비하겠습니다. 다만 댁에서는 좋은 날만 가려 화촉의 시기를 정해 주셨으면 좋겠습니다."

중매인은 또 돌아가서 이 말을 전하였다.

이씨 집에서는 최씨 집안에서 이렇게까지 나오자 마침내 뜻을 돌렸다. 그는 곧 사람을 보내 이생을 불러와 그의 생각을 물었다. 이생은 기다렸다는 듯이 좋다고 하면서, 이내 자기의 마음을 시 한 수로 읊었다.

깨어진 거울이 다시 합쳐지니 이것 또한 인연이라

은하수의 까막까치들이 이 아름다운 약속을 도와주었네.

이제 중매쟁이 월하노인*이 붉은 실로 묶어 주었으니

봄바람이 불더라도 두견새를 원망 마오.

이생은 이 모든 일을 인연으로 돌렸다.

한편 여인도 이제 혼사가 성사되었다는 소식을 듣고는 병이 차차
나아서 또한 시 한 수를 지었다.

나쁜 인연을 좋은 인연으로 만들었으니

우리의 굳은 맹세 마침내 이루어졌네.

언제 님과 함께 수레 끌고 시댁에 갈까.

아이야! 날 일으켜라, 꽃 비녀를 꽂으리.

여인은 나쁜 인연이 되어 헤어질지도 모르는 것을 스스로의 노력
으로 좋은 인연으로 바꾸었으며, 두 사람이 지난날 부부가 되기로
맹세한 것을 스스로 이룬 것을 자랑스럽게 노래했다.

---

* **월하노인** : 중국 고대 전설에서 혼인을 관장하는 신으로서 '월노(月老)'라고도 부른다.
또 중매쟁이를 가리키는 뜻으로도 쓰인다.

이에 좋은 날을 가려 마침내 혼례를 이루니 끊어졌던 사랑이 최씨에 의해 다시 이어지게 되었다. 그들은 부부가 된 이후에는 서로 사랑하면서도 존경하여 늘 손님과 같이 대하였다. 이들은 절개와 의리를 굳게 지켰으므로, 세상사람 어느 누구라도 이들을 따를 수 없었다.

이생이 이듬해에 과거에 급제하여 높은 벼슬에 오르니, 그의 명성이 조정에까지 알려지게 되었다.

3. 죽어서도 맹세를 지키기 위해 찾아온 여인

홍건적의 난이 일어났다. 두 사람은 달아나다가 도적이 오자 이생은 아내를 두고 혼자 도망가 버리고, 여인은 도적에게 잡혀 정조를 지키려다 죽는다. 전쟁이 끝나자 숨어 다니던 이생이 여인의 집에서 귀신이 되어 찾아온 아내를 만난다. 그녀는 옛날의 맹세를 지키기 위하여 찾아왔다고 한다. 그녀 덕분에 재물도 다시 찾고, 부모님들의 유골을 찾아 장사도 지내게 된다. 이런 그녀의 모습에 이생이 스스로 부끄러움을 느끼고, 결국 그녀처럼 적극적이고 절개와 의리를 지키는 사람으로 변모된다. 그 변모 과정을 따라가 본다.

 이윽고 신축년*에 홍건적†이 서울을 점거하매, 임금은 지금의 안동군인 복주(福州)로 피란을 갔다. 적들은 집들을 불태워 없애 버리고, 사람과 가축을 닥치는 대

---

* **신축년** : 고려 공민왕 10년(1361년)을 말한다.
† **홍건적(紅巾賊)** : 중국 원나라 말기에 하북성 일대에서 일어난 반란군의 하나인데, 머리에 붉은 두건을 둘렀으므로 이런 이름이 붙었다. 고려 공민왕 4년(1355) 이후 여러 차례 고려를 침범해 들어와 수도인 개경을 함락시키는 등 많은 피해를 입혔다.

로 죽이고 잡아먹었다. 이에 가족과 친척들도 서로 지켜줄 수 없어서 사방으로 뿔뿔이 달아나 숨어서 제각기 살길을 도모하였다.

이생도 아내를 데리고 궁벽한 산골에 숨었더니, 마침 한 도적이 칼을 빼어 들고 그들의 뒤를 쫓아왔다. 이생은 겁이 나서 아내를 내버려 두고 혼자 달아나 목숨을 건졌다. 그래서 여인은 도적에게 사로잡히고 말았다. 도적이 여인을 겁탈하고자 하자, 그녀는 크게 꾸짖어 말하였다.

"이 못된 놈아! 나를 죽여서 씹어 먹어라. 차라리 내가 죽어서 승냥이와 이리의 밥이 될지언정 어찌 개돼지와 같은 네놈의 배필이 되겠느냐?"

도적은 화가 나서 여인을 죽이고 살을 도려내었다.

이생은 거친 들판에 숨어 지내다가 도적이 이미 다 물러갔다는 소식을 듣고서야 숲에서 나왔다. 우선 부모님이 사시던 옛집을 찾아갔다. 그러나 그 집은 이미 전쟁으로 말미암아 불에 타버리고 없었다. 그래서 최 여인의 집으로 가보니, 불에 탄 행랑채는 다 쓰러져 가고 집 안에는 쥐와 새들의 울음소리뿐이었다. 이생은 슬픔을 이기지 못하여 작은 누각에 올라가 눈물을 닦으며 길게 한숨을 내쉬었다. 그는 날이 저물도록 홀로 앉아서 지난날의 일들을 생각해 보니, 한바탕 꿈만 같았다.

밤 열 시쯤 되자 희미한 달빛이 들보를 비추어 주는데, 행랑에서 발자국 소리가 들려왔다. 그 소리는 먼 데서 차차 가까이 다가왔다. 이생이 놀라서 살펴보니 사랑하는 아내였다.

이생은 그녀가 이미 죽은 줄 알고 있었으나, 너무 사랑하는 마음에 반가움이 앞서 의심도 하지 않고 물어보았다.

"당신은 어디로 숨어서 목숨을 보전하였소?"

여인은 어이가 없다는 듯 이생의 손을 움켜잡고 한바탕 통곡을 하더니, 이내 그간의 사정을 이야기했다.

"저는 본디 양가집의 딸로서 어릴 때부터 가정교육을 받으며 수놓기와 바느질에 힘썼고, 시 짓기와 글쓰기, 그리고 예의범절을 모두 배웠어요. 다만 집안의 법도만 알고 그 밖의 일은 알지 못하였습니다.

어느 날 그대께서 붉은 살구꽃이 피어 있는 담 안을 엿보게 되자, 저는 스스로 처녀를 바쳤으며, 꽃 앞에서 한번 웃고 평생의 가약을 맺었고, 휘장 속에서 거듭 만날 때는 정이 백년을 넘쳤습니다. 이런 말까지 하고 보니, 부끄럽고 슬퍼서 견딜 수가 없군요.

장차 백년을 함께하려 하였는데, 뜻밖의 불행을 만나 구렁텅이에 넘어질 줄이야 누가 생각이나 했겠습니까? 끝내 이리 같은 놈에게 정조를 잃지는 않았습니다만, 제 몸뚱이는 진흙탕에서 찢어지고 말았습니다. 하늘의 이치로는 반드시 그렇게 해야 하지만, 사람으로서는 차마 하기 힘든 일이었습니다.

저는 당신과 외딴 산골에서 헤어진 후로는 짝 잃은 새가 되고 말앗지요. 집도 없어지고 부모님도 잃었으니, 피곤한 혼백이 의지할 곳 없음이 한탄스러웠습니다. 절개와 의리는 중하고 목숨은 가벼우므로 쇠잔한 몸뚱이로써 치욕을 면한 것만은 다행이었습니다. 그러나 누가 산산조각 난 제 마음을 불쌍히 여겨 주겠습니까? 저의 원한은 한낱 애끊는 썩은 창자 속에 맺혀 있을 뿐입니다. 해골은 들판에 던져졌고, 몸뚱이는 찢기어 땅에 버려지고 말았으니, 조용히 옛날의 즐거움을 생각할 때 오늘의 이 슬픔을 위해 마련된 것이 아니었던가 생각됩니다.

이제 봄빛이 깊은 골짜기에 돌아왔으니, 저의 허깨비 같은 몸뚱이도 이승에 되돌아와서 남은 인연을 거듭 맺으려 합니다. 당신과 저는 죽어서나 살아서나 깊은 인연이 맺어져 있는 몸, 오랫동안 뵙지 못한 정을 이제 되살려 결코 옛날의 군은 맹세를 저버리지 않겠습니다. 당신께서 지금도 그 맹세를 잊지 않으셨다면, 저도 잊지 않고 끝내 고이 모시려 합니다. 당신께서는 허락하시겠습니까?"

이생은 아내의 말에 너무 감동하여 서둘러 말하였다.

"그것은 애당초 내 소원이요."

이후 두 사람은 서로 정답게 그간의 심정을 털어놓았다. 이윽고 이야기가 집안 재산에 미치자, 여인은 도적에게 약탈당하지 않았다고 말했다.

"조금도 잃지 않고 뒷산 골짜기에 묻어 두었습니다."

이생이 또 물었다.

"그럼 우리 두 집 부모님의 해골은 어디에 안치되었소?"

여인이 대답했다.

"어쩔 수 없이 있던 곳에 그냥 내버려 두었습니다."

두 사람은 그간에 쌓였던 이야기를 끝낸 뒤에 잠자리를 같이하니 지극한 즐거움은 옛날과 같았다.

이튿날 여인이 이생과 함께 재물을 묻어 둔 곳을 찾아가니, 거기에는 금은 몇 덩어리와 약간의 재물이 있었다. 그들은 두 집 부모님의 유골도 찾았다. 그리고 금과 은을 팔아 부모님의 유골을 각각 오관산 기슭에 합장하였다. 그들은 무덤 주변에 나무를 심고 제사를 드려 모든 장사의 예절을 다 마쳤다.

그 후 이생은 벼슬자리에 나아가지 않고 아내와 함께 살았다. 피란 갔던 종들도 하나둘씩 찾아들었다. 이생은 이로부터 인간 세상의 모든 일을 다 잊어버렸다. 비록 친척이나 이웃의 경조사가 있더라도 방문을 닫아걸고 집 밖으로 나가지 않았다. 다만 그는 늘 아내와 함께 시를 주고받으며 금실 좋게 지냈다. 그런 지 몇 년이 지났다.

어느 날 저녁에 여인은 이생에게 말하였다.

"우리가 세 번이나 아름답게 만났습니다마는, 세상일이 우리 뜻대로 되지 않아 즐거움도 다하기 전에 또 슬픈 이별이 닥쳐왔습니다."

말을 마친 여인은 목이 메어 울었다. 이생은 갑작스러운 일이라 놀라서 물었다.

"이게 무슨 말이오?"

여인이 대답했다.

"저승길은 피할 수가 없답니다. 하느님께서 저와 당신의 연분이 끊어지지 않았고, 또 제가 전생에 아무런 죄도 저지르지 않았으므로 이 몸을 환생시켜 잠시 그대와 더불어 남은 한을 풀게 해주셨던 것입니다. 그러니 제가 더 이상 인간 세상에 머물러 있으면서 산 사람을 미혹할 수는 없습니다."

여인은 시비 향아를 시켜 이생에게 술을 올리게 하고는 「옥루춘」 곡조에 맞추어 노래 한 곡을 지어 불렀다.

도적 떼 밀려와서 처참한 싸움터에
옥 부서지고 꽃 떨어지니 원앙새도 짝을 잃었네.
여기저기 흩어진 해골 그 누가 묻어 주랴?
피에 젖어 떠도는 혼들은 하소연할 곳도 없네.

금강산의 선녀가 인간 세상 한번 내려온 뒤에
우리 부부 다시 이별하니 마음만 쓰라리네.
이제 한번 헤어지면 둘 사이 아득히 멀어져
저승과 이승 사이에 소식조차 막히리라.

여인이 노래 한 가락씩 부를 때마다 눈물에 목이 막혀 제대로 노래를 부르지 못하였다. 이생도 또한 슬픔을 걷잡지 못하여 말하였다.

"내 차라리 당신과 함께 황천으로 갈지언정 어찌 홀로 남아 여생을 보내겠소? 지난번 난리를 겪고 난 뒤 친척과 종들이 저마다 서로 흩어지고, 돌아가신 부모님의 해골이 들판에 버려져 있을 때, 당신이 아니었더라면 누가 능히 장사를 지내 주었겠소? 옛사람의 말씀에, '어버이가 살아 계실 때는 예로써 섬길 것이며, 돌아가신 뒤에는 예로써 장사지낼 것이다.' 하였는데, 이런 일들을 모두 당신이 해주었소. 그것은 당신의 타고난 성품이 효성스럽고 정이 많았기 때문이오. 나는 당신의 고마움에 감격해 마지않았으며, 스스로 부끄러움을 이기지 못하였소. 당신은 이승에서 나와 함께 오래오래 살다가 백년 뒤에 같이 죽으면 어떻겠소?"

여인이 대답했다.

"당신의 수명은 아직 남아 있으나, 저는 이미 귀신의 명부에 실려 있어 여기에 오래 머물러 있을 수 없습니다. 만약 굳이 인간 세상을 그리워해서 미련을 가진다면 저승의 법도에 위반되어 저에게 죄가 미칠 뿐만 아니라 당신에게도 해가 미칠 것입니다. 다만 저의 유골이 여기저기 흩어져 있으니, 만약 은혜를 베풀어 주시겠다면 저의 유골을 거두어 비바람이나 맞지 않게 해주십시오."

두 사람은 서로 부둥켜안고 눈물만 흘릴 뿐이었다. 잠시 후 여인은 말하였다.

"여보! 부디 안녕히 계십시오."

여인은 말이 끝나자 점점 사라지더니 마침내 자취가 없어져 버렸다.

4. 이생이 적극적이고 의리 있는 사람으로 바뀌다

이 마지막 부분에서 우리는 이생의 바뀐 모습을 볼 수 있다. 이생은 원래 소극적이고 의리를 모르는 사람이었으나, 최 여인을 만나 감화를 받아 그도 최 여인처럼 적극적이고 의리를 아는 사람으로 바뀌었다. 이 아래 부분에서 그런 점을 찾아보기로 하자. 그가 의리 있는 사람으로 바뀐 것을 알 수 있는 부분은? 그리고 이생이 죽은 것은 병으로 죽은 것일까, 아니면 자살일까?

 이생은 여인의 말대로 그녀의 유골을 거두어 부모님의 묘소 곁에 장사를 지내 주었다. 그 후, 이생은 지나간 일을 지극히 생각한 나머지 병을 얻어 몇 달 만에 세상을 떠났다.

이 이야기를 전해 들은 사람들은 모두 슬퍼서 탄식하며 그들의 절개와 의리를 사모하지 않는 사람이 없었다고 한다.

사람에게는 현재의 '있는 나'가 있다면, 미래의 '있어야 할 나'도 있다. 대개 사람은 '있는 나'에게 만족하지 못하고 '있어야 할 나'를 추구해 간다. 이것은 거의 무의식적이니, 나도 모르게 그것을 추구하는 것이다. 우리가 공부를 하고 일하는 것도 '있어야 할 나'를 위해서일 것이다. 이것을 심리학의 용어를 빌린다면, '있는 나'는 자아이고, '있어야 할 나'는 자기라고 한다. 본 작품은 바로 자아가 자기가 되는 이야기이다. 즉 '있는 나'가 '있어야 할 나'로 변모되는 이야기인 것이다.

주인공 이생은 '있는 나'이다. 그는 소극적이고, 절개와 의리를 잘 지키지 못하는 나약한 청년이었다. 그러니 보통 사람들과 마찬가지로 있는 나에 만족하지 못하고, 있어야 할 나를 찾고 싶었을 것이다. 대개의 사람처럼 그도 자기에게 부족한 것을 채우고자 했을 것이다. 그러다가 우연히 담 안에 있는 최씨 처녀를 만난다. 그녀는 이생과 달리 적극적이고, 절개와 의리를 중시하는 여인이었다. 그녀는 바로 이생이 바라던 '있어야 할 나'의 이상적인 모습이었던 것이다.

보통 남녀가 만나는 것도 이러하다. 목소리가 작은 사람은 목소리가 큰 사람을, 조용한 사람은 시끄러운 사람을……. 이렇듯 자기에게 없는 것을 가진 이성을 자기도 모르게 무의식적으로 좋아하는 법이다. 여러분 자신이나, 아니면 아버지 어머니를 비교해 보라. 대개 반대일 것이다.

이후 이야기는 남들처럼 적극적이고 과감하지 못한 이생이 적극적인 절의를 지닌 여인의 도움으로 결국에는 자신도 그녀처럼 적극적인 절의를 지키는 사람으로 바뀌어 가는 이야기이다. 이를 심리학에서는 바로 자기실현이라고 한다. 즉 '있는 나'가 '있어야 할 나'로 바뀐 것이다. 내가, 내가 된 것이다. 대개 남자는 여자에 의해, 여자는 남자에 의해 그렇게 된다.

'미녀와 야수'라는 영화에서 보면, 야수가 미녀에 의해 왕자로 변하는 것도 이와 같은 유의 이야기라 할 수 있다. 그래서 남자는 여자를 잘 만나야 하고, 거꾸로 여자도 남자를 잘 만나야 하는 것이다.

여기서 이생은 절의를 위해 적극적으로 목숨을 바친 사육신처럼 되지 못한 생육신 김시습의 분신이라고 보아도 좋다. 작가는 언제라도 자기 작품에서 주인공이 될 수 있기 때문이다. 생육신 김시습의 깊은 마음속에는 자기도 모르게 사육신 같은 사람이 되고 싶었던 것이다. 이런 이야기가 본 작품의 큰 줄거리이다.

이생, 담장 안에서 '있어야 할 자기'를 보다

이 작품의 제목이 재미있다. 고소설의 작품치고 이렇게 좋은 제목을 가진 작품은 흔하지 않다. 이런 제목을 붙인 것은 천재 매월당이 아니고는 불가능할지 모른다.

이생(李生)이 엿볼 규(窺), 담 장(墻), 이야기 전(傳)이니, 「이생규장전」은 '이생이 담장 안을 엿본다는 이야기'다. 제목 그대로, 담장 밖의 이생이 현재의 '있는 이생'이라면, 담장 안의 최씨 처녀는 '있어야 할 이생'인 것이다. 이후의 이야기는 이생이 여인의 도움으로 여인처럼 적극적이고, 절의를 지키는 사람으로 변모되는 이야기이다.

이야기는 주인공이 담장 안을 엿보는 것에서 시작된다. 이 부분을 한번 읽어 보기로 한다.

이생이 책을 옆에 끼고 당시의 국학에 다닐 때는 항상 여인의 집 북쪽 담을 지나다녔다. 그 담을 따라 수십 그루의 수양버들이 운치 있게 둘러싸고 있었다.

어느 날 이생은 학교에 가던 중 그 나무 아래에 앉아 쉬다가 우연히 담 안을 엿보게 되었다. 그 담 안에는 아름다운 꽃들이 활짝 피어 있었고, 벌과 새들이 요란스레 재잘거렸다. 그 곁에 작은 누각이 꽃떨기 사이로 은은히 보였는데, 구슬발이 반쯤 가려져 있고 비단 휘장이 낮게 드리워져 있었다. 그 속에 한 아리따운 여인이 있었다.

여기서 우리는 이생이 담장 안을 엿보는 것이 무엇을 의미하는지 한번 알아보기로 한다.

첫째, 여기서 담장은 심리학적으로 말하면, 의식과 무의식을 가르는 경계선이라 할 수 있다. 즉 담장 밖이 의식 세계라면 담장 안은 무의식 세계를 상징한다. 의식 세계가 현실이라면, 무의식 세계는 꿈의 세계라 해도 좋다. 우리가 밤에 잠을 자며 꿈을 꾸는 것은 현실 세계가 아니라 무의식 세계이다.

둘째, 이생은 어느 날 고려 시대 국립대학교에 해당하는 국학에 가던 중 버드나무 밑에서 쉬다가 우연히 담장 안의 한 아리따운 여인을 보게 된다. 여기서 '우연히'라는 말에 유의해야 한다. 이 무의식은 평소에는 잘 나타나지 않다가, 가령 '나도 모르게' 실수를 한다든가, '어쩔 수 없이 이끌리는 듯한 기분'으로 무엇을 한다든지 하는 경우에 나타난다. 이처럼 우리는 의식 세계에서 '우연히' 혹은 '자기도 모르게' 무의식 세계로 빠져들게 된다. 우리가 산책을 하다가 우연히 이상한 생각에 빠지는 것과 같다고나 할까. 여러분들이 공부 시간에 우연히 딴생각을 하는 것도 이와 마찬가지이다. 이렇듯 이생은 우연히 무의식 세계인 꿈속으로 들어가게 된 것이다.

셋째, 담장 주변은 수십 그루의 수양버들로 둘러쳐져 있고, 담 안의 누각도 구슬발로 반쯤 가려져 있으며, 비단 휘장이 낮게 드리워져 있다고 서술하고 있다. 이 수양버들이나 구슬발이나 비단 휘장들은 담장과 마찬가지로 의식계와 무의식계를 구분 짓는 경계선 역할을 하고 있다. 의식계에서 무의식계를 보면 마치 수양버들이나 구슬발이나 비단 휘장을 드리운 듯 보일 듯 말 듯한 것이다.

넷째, 구슬발 안의 아리따운 아가씨는 바로 이생이 꿈꾸고 있는 이상적인 자기(自己)를 상징한다. 그러므로 여기의 여인은 이생의 자기, 즉 '있어야 할 이생'의 모습인 것이다. 이생은 우연히 자신의 있어야 할 모습을 찾게 된 것이다. 행운이라 아니할 수 없다. 이런 여자가 바로 천생연분이 아닐까? 여러분은 스스로 자신의 있어야 할 모습을 알고 있는가?

이후 소극적인 이생이 이 여인과 같이 적극적인 사람으로 변모하는 이야기가 바로 「이생규장전」이다. 즉 적극적이고 절의를 중시하는 여인이 소극적이고 절의를 잘 지키지 않는 이생을 적극적이고 절의를 잘 지키는 사람으로 변모시켜 주는 아름다운 이야기인 것이다. 이처럼 여인이 이생을 적극적이고도 절의를 지키는 사람으로 거듭나게 도와준다. 대개 남성을 구원하는 것은 여성이다. 즉 남성은 여성의 도움으로 전체 정신의 중심인 자기에게로 다가가는 것이다. 쉽게 말하자면, 남자는 여자에 의해 구원을 받고 자기실현을 할 수 있는 것이다.

거꾸로 여자가 남자를, 남자가 여자를 망치는 경우도 있다. 남자의 모든 범죄 뒤에는 여자가 있다는 말이 있다. 여자가 남자를 도둑놈으로 만들기 때문이다.

적극적인 여인의 프러포즈

이들이 처음 만나는 장면에서부터 여인은 적극적인 성격으로 묘사되고, 이생은 소극적으로 묘사된다. 이를 살펴보기로 한다.

그녀는 담장 밖의 이생이 들을 수 있도록 큰 소리로 시를 읊으며, 먼저 프러포즈를 한다. 그녀가 이생에게 들려준 시를 같이 읽어 보자.

저기 가는 저 총각은 어느 댁 도련님인고?
선비 옷차림이 버들 사이로 비쳐 오네.
어떻게 하면 대청 위의 제비가 되어
구슬발 사뿐 넘고 담장 위로 날아갈까.

이 시를 보면, 여인은 바로 제비로 변하여 담 너머의 이생에게 달려가고자 하는 적극성을 내비친다. 그러나 이 시를 들은 이생의 태도는 소극적이기 그지없다. 그는 그녀의 시를 듣고 자신의 재주를 뽐내고 싶어 참을 수가 없었지만, 담이 높고 안채가 깊숙한 곳에 있었으므로 서운한 마음으로 학교로 갔다. 하지만 책 내용이 머리에 들어왔을지는 궁금하다. 그리고 그는 학교에서 돌아오는 길에 종이에다 시를 써서 담 안으로 던져 보냈다. 그 역시 소리 내어 시로 답할 수 있었지만, 그에게는 그럴 용기가 없었던 것이다.

그의 시는 역시 소극적이니, 마지막 시만 살펴보기로 한다.

좋은 인연 되려는지 나쁜 인연 되려는지

부질없는 이내 시름 하루가 일 년 같네.

넘겨 보낸 시 한 수에 황혼 가약 맺었으니

선녀같이 고운 님, 어느 날에 만나려나.

이 시의 첫머리 '좋은 인연 되려는지 나쁜 인연 되려는지'라는 구절에서, 우리는 그들의 관계를 처음부터 걱정하는 이생이 상당히 소극적인 사람임을 짐작할 수 있다. 또한 '선녀같이 고운 님, 어느 날에 만나려나'라는 구절도 아주 관념적이고 막연한 것임을 짐작할 수 있다.

그러나 이 시를 본 최 처녀는 바로 답장을 보내니, '도련님! 이상하게 생각하지 마시고, 오늘 저녁 해가 지면 바로 여기에서 만납시다.'라고 답한다. 그녀는 어느 날이 아니라, 바로 그날 저녁에 자기 집에서 만나자는 것이다. 얼마나 적극적이고 현실적인가.

이생과 여인이 처음 만나다

이생은 여인의 말에 따라 그날 밤 그녀의 집으로 갔다. 그러나 그는 담이 높은 줄 알면서도 아무런 준비도 하지 않고 맨손으로 갔다. 그가 담을 넘는 것도 역시 여인의 주도면밀한 준비 때문이었다. 그것은 그가 여인이 준비해 둔, 밧줄에 매인 대나무 바구니를 타고 담을 넘어 그녀를 만날 수 있었다.

이들이 처음 만났을 때도 여인이 먼저 시를 읊었다.

복숭아나무와 오얏나무 사이에 핀 꽃송이가 탐스럽고
원앙새 베개 위엔 달빛도 곱구나.

이 시는 조금 음탕하다 할 정도이다. 여기서 '복숭아나무와 오얏
나무 사이에 핀 꽃송이'가 무엇을 말하는가? 상상력을 동원해 보라.
인문학은 상상력이다. 그것이 탐스럽다는 것이다. 그녀는 스스로의
아름다운 육체를 자랑하며, 바로 베개를 말하며 침대 위의 일을 말
한다. 그러나 이생은 걱정뿐이다. 이생의 시를 위의 시와 한번 비교
해서 읽어 보자.

이다음에 어쩌다가 우리들의 사랑 이야기가 새어 나간다면
무정한 비바람에 더욱 가련하리라.

이생은 처녀와 달리 미리부터 혹시 둘 사이의 관계가 소문이라도
나서 부모님에게 곤경을 당할까 봐 걱정이었다. 이를 눈치챈 처녀는
얼굴빛이 달라지면서 말한다. 이 말은 그녀의 성격을 잘 나타내는 말
이므로 함께 차분히 읽어 보기로 한다.

저는 애당초 도련님과 함께 부부가 되어 끝까지 남편으로 모셔 오래도록 즐겁게 지내려 하였습니다. 그런데 도련님께서는 어찌 그런 걱정을 하십니까? 저는 비록 여자의 몸이지만 조금도 걱정함이 없는데, 하물며 대장부 사나이가 어찌 이렇게 나약한 말씀을 하십니까? 이다음에 우리들의 비밀이 누설되어 부모님께 꾸지람을 듣게 되더라도 제가 혼자 책임을 지겠으니, 이제부터 도련님은 조금도 걱정하지 마십시오.

이 말에서 우리는 그녀가 처음부터 이생을 남편으로 모셔 오래도록 즐겁게 지내려는 그녀의 적극적인 절의(節義)를 읽을 수 있다. 또한 그녀는 비밀이 누설되는 것도 걱정하지 않으며, 설사 누설되어 부모님께 꾸지람을 듣게 되더라도 혼자 책임을 지겠다고 한다. 이런 그녀의 말에서, 우리는 그녀의 적극적인 절의를 읽을 수 있다. 이생은 이 말을 들은 후, 최 처녀와 함께 누각 밑에 있는 여인의 방으로 가서 즐거움을 누리면서 여러 날을 지내게 된다.

사흘이 지나자 이생이 부모님 걱정에 먼저 돌아가겠다고 했다. 처녀는 서운하게 여기면서도 그를 보내 주었다. 이후 이생은 저녁마다 처녀를 찾아갔다. 하지만 꼬리가 길면 밟힌다고, 어느 날 이생의 아버지는 매일 밤에 나갔다가 새벽녘에야 돌아오는 이생을 보고 '반드시 경솔하고 못된 놈들의 행실을 배워서 남의 집 담을 넘어가 아가씨나 엿보고 다니는 것'이라고 판단하고, 이생을 영남 시골 농장으로 유배 보내듯 쫓아낸다.

이에 대해 이생은 아버지에게 한마디 변명이나 저항도 하지 못하고 떠나고 만다.

여인의 단식투쟁

그러나 처녀는 이생과 달랐다. 그녀는 이생이 오지 않자 몸종인 향아를 시켜 그 까닭을 알아본다. 그녀는 이생이 부친에게 죄를 얻어 영남 시골로 내려갔다는 소문을 듣고는 상사병이 나서 몸져누웠다. 그러곤 음식도 먹지 않고, 말도 두서가 없었으며, 혈색도 잃었다. 소위 말해서 단식투쟁에 들어간 것이다.

처녀의 부모는 딸이 몸져누운 이유를 물었으나 그녀는 침묵으로 대항했다. 침묵시위다. 이에 그녀의 부모는 딸의 상자 속을 들추어 보고는 거기서 딸이 이생과 서로 주고받은 시를 본 후 그제야 딸이 아픈 이유를 알아차렸다. 여기서 상자는 바로 그녀의 마음을 상징하는 물건이다. 그 안에서 그녀의 부모가 최 처녀의 속마음을 알아내었던 것이다.

처녀의 부모는 딸에게 이생이 누구냐고 물었다. 그녀는 이제 더이상 숨길 수 없어 솔직하게 고백한다. 그녀는 부모의 허락 없이 이생과 정을 통해 수치가 가문에 미치었다고 하면서도, 이생에 대한 사무치는 정이 깊어 죽을 지경에 이르렀다고 말한다. 그러면서, '부모님께서 저의 소원을 들어 주신다면 남은 목숨을 보존할 것이고, 만약

이 간곡한 청을 거절하신다면 죽음만이 있을 뿐입니다.'라는 말에서, 우리는 부모와 죽음으로 맞서는 그녀의 적극성을 엿볼 수 있다. 또한 '이생과 저승에서 다시 만날지언정, 맹세코 다른 집안에는 시집가지 않겠습니다.'라는 말에서, 그녀의 굳은 절의를 엿볼 수 있다.

여기서 우리는 그녀가 적극적이면서 절개와 의리를 목숨보다 소중하게 생각하는 여인임을 알 수 있다.

여인에 의한 결혼

이에 그녀의 부모는 모든 사실을 알아차리고는 중매인을 통해 격식에 맞는 혼례를 치르고자 하였다. 처녀의 부모 역시 그녀처럼 상당히 적극적인 사람들이었다. 그러나 이생의 부모는 이생처럼 소극적이었으니, 중매인에게 '앞으로 과거에서 장원급제를 하여 언젠가 세상에 이름을 떨칠 것이니 서둘러 배필을 구할 생각이 없소.' 하며 소극적으로 나온다. 그러나 처녀의 부모는 이에 아랑곳하지 않고 중매인을 다시 보내나 역시 거절당한다. 그러자 처녀의 부모는 포기하지 않고, 세 번째로 중매인을 다시 보내어 '모든 예물이나 혼수품은 저희 쪽에서 다 준비하겠습니다. 다만 댁에서는 좋은 날만 가려 화촉의 시기를 정해 주셨으면 좋겠습니다.' 하며, 최대한 양보한다. 날만 잡으라는 것이다. 이에 이생의 집안에서는 마침내 마음을 돌려 이생을 불러올린다.

울주에서 올라온 이생은 그간의 이야기를 듣고는 스스로 기쁨을 이기지 못한다. 그 역시 속으로는 그녀와 결혼하고 싶었기 때문이다. 그는 이 기쁨을 시 한 수로 읊었다. 아주 소극적인 시이니, 한 번 읽어 보기로 한다.

깨어진 거울이 다시 합쳐지니 이것 또한 인연이라
은하수의 까막까치들이 이 아름다운 약속을 도와주었네.
이제 중매쟁이 월하노인이 붉은 실로 묶어 주었으니
봄바람이 불더라도 두견새를 원망 마오.

이 시에서 보면, 이생은 두 사람이 다시 맺어지게 된 것을 오직 우연과 운에 돌리고 있다. 인연이라든가, 까막까치들이 아름다운 약속을 도왔다거나, 중매쟁이 월하노인이 붉은 실을 묶어 주었다는 것들이 그것이다. 그는 아직도 이 결혼이 최 처녀가 목숨을 걸고 단식 투쟁을 해서 얻은 결과임을 모르고 있다. 그러나 최 처녀의 반응은 이와 정반대다.

나쁜 인연을 좋은 인연으로 만들었으니
우리의 굳은 맹세 마침내 이루어졌네.
언제 님과 함께 수레 끌고 시댁에 갈까?
아이야! 날 일으켜라, 꽃 비녀를 꽂으리.

이 시에서 나타나듯 처녀는 나쁜 인연을 좋은 인연으로 바꾼 적극적인 여인이다. 그리고 그들이 맺은 굳은 맹세를 마침내 이루어 낸 절의의 여인이다. 이런 처녀의 적극성과 절의의 덕택으로 두 사람은 혼례를 이루어 다시 끊어졌던 사랑을 잇게 된다.

이상적인 부부의 모습

결국 둘은 결혼하여 부부가 되었다. 이들은 가장 이상적인 부부의 모습을 보여 주고 있다. 왜 그럴까. 이 부분을 한번 읽어 보자.

그들은 부부가 된 이후에는 서로 사랑하면서도 존경하여 늘 손님과 같이 대하였다.

우리 조상들은 이상적인 부부 사이를 '빈경(賓敬)'이라 했다. 손님 빈(賓), 공경할 경(敬)으로, '빈경'은 손님처럼 서로를 공경한다는 말이다. 우리가 손님에게 함부로 하지 않듯, 부부도 서로 함부로 하지 않고 공경하며 존경하라는 말이다.

우선 서로 존경하는 표시로 서로가 존댓말을 사용해야 한다. 요즘 부부간에 서로 반말을 하는 사람들이 꽤 있는데, 고소설을 보더라도 우리 조상들은 옛적부터 부부 사이에 서로 존댓말을 사용한 것을 알 수 있다.

여기서 '바람과 함께 사라지다'라는 소설로 노벨문학상을 받은 마거릿 미첼 여사의 일화를 한번 살펴보고 이야기를 계속하기로 한다.

미첼 여사는 일생 동안 '바람과 함께 사라지다'라는 소설 한 권만 썼다. 그리고 이 한 권으로 노벨문학상을 받았다. 이 소설은 남북전쟁을 다룬 소설로, 곧 흑인과 백인의 문제를 다룬 것이다. 노벨상을 받고 나서 기자회견이 있었다. 그때 한 기자가 이런 질문을 했다.

"미첼 여사! 만약 어떤 흑인 청년이 당신 딸과 결혼하고자 한다면, 그 결혼을 허락하시겠습니까?"

미첼에게는 예쁜 딸이 하나 있었다. 그리고 이 질문 속에는 상당히 복잡한 내용이 숨겨져 있다. 지금과 달리 당시는 남북전쟁 이후라, 흑백 문제가 상당히 심각했기 때문이다. 만약 결혼을 허락한다고 하면 백인들이 들고일어날 것이고, 또 만약 결혼을 허락하지 않겠다고 하면 흑인들이 들고일어날 날카로운 질문이었다. 우리나라에도 이 정도의 지적인 기자들이 많았으면 좋겠다. 그때 미첼 여사는 조금도 망설임 없이 이렇게 대답했다.

"만약 그 흑인 청년이 내 딸을 사랑한다면 그 결혼을 반대할 것이고, 만약 그 흑인 청년이 내 딸을 존경한다면 그 결혼을 허락할 것입니다."

얼마나 멋진 말인가? 미첼 여사는 사랑과 존경의 차이를 잘 알고 있었던 것이다. 참사랑은 존경과 같은 말이지만, 요즘은 사랑이 너무 흔해져서 그런지 사랑을 잘못 이해하는 사람이 많은 것 같아 안타깝다. 즉 사랑하기 때문에 자기 마음대로 해도 되는 것으로 아는 것이다. 그러므로 사랑하기 때문에 때리고, 사랑하기 때문에 반말하고, 심지어는 사랑하기 때문에 죽이기까지 한다. 어디 무서워서 사랑을 하겠는가? 이건 사랑이 아니고 독선이다.

미첼 여사는 진정한 사랑은 존경이라고 생각한 것이다. 우리 조상들 역시 진정한 사랑은 존경이라고 여겼던 것이다. 이생과 여인은 서로 사랑하고 존경까지 했으니, 진정한 사랑을 나누는 부부 사이라는 것을 알 수 있다.

비겁한 이생, 혼자 도망가다

이생은 이듬해 과거에 급제하여 높은 벼슬에 오르게 되었다. 그러나 좋은 일이 다하면 슬픈 일이 닥친다는 흥진비래(興盡悲來)라는 말처럼, 신축년에 홍건적이 쳐들어와 서울을 점거하자 임금까지 안동으로 피란을 갔다. 이에 백성들도 뿔뿔이 흩어져 제각기 살길을 찾았다.

이생 역시 아내를 데리고 궁벽한 산골에 숨었다. 그때 한 도적이 칼을 빼어 들고 그들의 뒤를 쫓아오자, 이생은 겁이 나서 아내를 버리고 혼자 달아났다. 그는 아내를 보호하기 위해 도적과 싸우거나, 아니면 아내와 같이 도망가는 것이 아니라 혼자 도망을 쳤던 것이다. 얼마나 비겁한가.

홀로 남은 그의 아내는 도적에게 사로잡히고 만다. 도적이 부인을 겁탈하고자 하자, 여인은 크게 꾸짖어 말했다. 여인의 말을 한번 들어보자.

"이 못된 놈아! 나를 죽여서 씹어 먹어라. 차라리 내가 죽어서 승냥이와 이리의 밥이 될지언정 어찌 개돼지와 같은 네놈의 배필이 되겠느냐?"

도적은 화가 나서 여인을 죽이고 살을 도려내었다.

이에서 보듯 여인은 죽음을 무릅쓰고 정조를 지켰다. 왜 그녀는 정조를 지켰을까? 그것은 그녀가 남편인 이생에게 절의를 지키기 위한 것이었다. 이생이 잘났든 못났든 그녀의 남편이었다. 결국 이들의 혼인 생활도 전쟁과 도적의 침범으로 끝나고 말았다.

이생은 여인을 버리고 혼자 달아났으며, 여인은 그런 이생에게라도 아내로서의 절의를 지키기 위해서 목숨을 버렸다.

죽어서까지 이생을 찾아온 여인

세 번째로 이들이 다시 만나게 되는데, 이것도 여인에 의해서이다.

이생은 들판에 숨어서 목숨을 보전하다가 도적들이 모두 사라지고 없어졌다는 소식을 듣고서야 자기의 집으로 돌아갔다. 그러나 그의 집은 불타고 없었다. 그는 여인의 집으로 갔다. 거기서 그는 슬픔을 이기지 못하여 날이 저물도록 혼자 앉아서 한숨만 쉬고 있었다. 밤중이 거의 되자 희미한 달빛이 들보를 비추는데, 행랑에서 발자국 소리가 들려왔다.

여기서 달밤은 밝은 낮도 아니고, 그렇다고 캄캄한 밤도 아닌 그 중간이라고 할 수 있다. 낮은 의식 세계요 밤은 무의식 세계이다. 그러므로 달밤은 의식계와 무의식계가 만날 수 있는 경계선인 것이다. 의식계가 인간의 세계라면, 무의식계는 귀신의 세계이다. 이 지점에서 살아 있는 이생과 죽은 여인이 만나는 것이다. 이는 마치 「만복사저포기」에서 양생이 달밤에 여인을 만나는 것과 같은 모티브인 것이다. 따라서 이 부분부터는 무의식계의 일이 된다. 다른 말로 하면 꿈의 세계라 해도 좋고, 귀신의 세계라 해도 좋다. 다만 인간 세상의 일은 아닌 것이다.

이 달밤에 여인이 이생을 찾아온다. 이생이 여인을 찾아가는 것이 아니라 여인이 이생을 찾아오는 점을 지나쳐서는 안 된다. 특히 만나는 곳도 이생의 집이 아니라 여인의 집에서 이들이 만나도록 구성하여 여인의 적극성을 나타낸 것은 작가의 탁월한 소설 기법이라 할 것이다.

오랜만에 여인을 만난 이생은 다만 '당신은 어디로 숨어서 목숨을 보전하였소?'라고 묻는다. 무책임하기 짝이 없는 말이다. 그러자 여인은 너무 한심하고 답답한 마음에 이생의 손을 잡고 한참을 통곡하다가 그간의 사정을 이야기했다.

그녀는 우선 이리와 승냥이 같은 놈에게 끝내 정조를 잃지 않았다고 한다. 그 이유는 '절개와 의리는 중요하고 목숨은 가볍기' 때문이라고 한다. 여인에겐 절의가 목숨보다 소중했던 것이다. 그러했기에 그녀가 귀신이 되어서까지 이렇게 찾아온 것 역시 '옛날의 굳은 맹세를 저버리지 않겠다'는 약속을 지키기 위해서라고 한다. 이 부분의 말을 한번 들어보자.

이제 봄빛이 깊은 골짜기에 돌아왔으니, 저의 허깨비 같은 몸뚱이도 이승에 되돌아와서 남은 인연을 거듭 맺으려 합니다. 당신과 저는 죽어서나 살아서나 깊은 인연이 맺어져 있는 몸, 오랫동안 뵙지 못한 정을 이제 되살려서 결코 옛날의 굳은 맹세를 저버리지 않겠습니다. 당신께서 지금도 그 맹세를 잊지 않으셨다면, 저도 잊지 않고 끝내 고이 모시려 합니다. 당신께서는 허락하시겠습니까?

이에서 보면, 여인은 억울하게 죽어서 외로운 귀신이 되었다. 여기서 사람이 죽으면 3년간 이 세상에 떠돈다는 한국인의 죽음에 대한 생각이 그대로 나타난다. 한국인은 한을 품고 죽으면 3년간 이승에서 떠돌며 한을 풀고 저승으로 간다고 생각한다. 여인은 전쟁으로 억울하게 죽은 사귀로 한이 많은 귀신이다. 그러므로 여인은 아직 다하지 못한 남은 인연을 거듭 맺으려 왔다고 한다. 한을 풀어야 한다는 것이다. 더욱이 그녀는 살았을 때 맺은 맹세까지 저버리지 않겠다고 약속한다. 여인이 죽어서까지 절의를 지키려고 하는 점이 돋보인다.

이생은 여인의 말을 듣고는 기뻐서 감격한다. 왜냐하면 그는 소극적이어서 마음에는 있었지만 행동을 하지 못했는데, 반대로 여인은 그가 원하는 것을 적극적인 행동으로 실천했기 때문이다. 그래서 그는 '그것은 애당초 내 소원이요.'라고 말했던 것이다. 이후에도 여인의 적극적인 행위에 의해 이생은 많은 도움을 받게 된다.

우선 이생은 여인이 어느 산골짜기에 재산을 잘 묻어 두었기에, 금은 덩어리와 얼마간의 재물을 하나도 잃지 않고 모두 찾을 수 있었다. 다음으로 여인에 의해 두 집 부모님의 해골도 찾을 수 있었다. 이에 이들은 양쪽 집 부모님들의 해골을 수습하고, 금과 재물을 팔아 각각 오관산 기슭에 합장하고는 나무를 심고 제사를 드리며, 극진히 예의를 다하였다. 이는 모두 여인의 도움 때문이었다.

속세를 떠나 꿈속에서 사는 이생

이후 이생은 벼슬을 구하지 않고, 돌아온 노복들을 데리고 여인과 함께 방 안에 틀어박혀 살았다. 여기서 방 안은 바로 무의식을 상징한다. 즉 그는 이제 속세를 떠나 완전히 무의식계, 즉 귀신 세계로 들어갔으니 다음 구절에서 이런 사실을 짐작할 수 있다.

이생은 이로부터 인간 세상의 모든 일을 다 잊어버렸다. 비록 친척이
나 이웃의 경조사가 있더라도 방문을 닫아걸고 집 밖으로 나가지 않았
다. 다만 그는 늘 아내와 함께 시를 주고받으며 금실 좋게 지냈다. 그런
지 몇 년이 지났다.

여기서 보면 이생은 의식으로가 아니라 무의식으로 살고 있음을 알
알 수 있다. 이를 꿈을 꾸며 꿈속에 산다고 해도 마찬가지이다. 먼
저 그는 인간사에 관심이 없었다는 것은 현실적인 일에 관심이 없어
졌다는 말이다. 그는 의식계가 아니라 무의식계에 빠졌기 때문이다.
따라서 친척의 길흉사에까지도 문을 걸고 밖으로 나가지 않았다고
한다. 인간 의식의 특징이란 무엇보다 체면을 차리는 것이다. 체면이
란 바로 예의를 지키는 것인데, 그가 인간 사회의 가장 큰 의식인 길
흉사에도 참여하지 않았다는 것은 그가 사는 곳이 인간 세계의 의
식 세계가 아니라 귀신 세계의 무의식 세계라는 것을 잘 말해 준다.
다음으로 이들이 서로 시구로 마음을 주고받았다는 것은, 이들
간의 대화는 바로 인간과 귀신 간의 대화를 말한다. 왜냐하면 인
간과 귀신은 노래와 시를 통해서 의사를 전달할 수 있기 때문이다.
이렇게 사람과 귀신이 3년을 살았다. 그동안 이생은 무의식계에
서, 즉 꿈속에서 그녀와 살면서 그녀의 한을 풀어 준 것이다. 그러나

이생규장전(李生窺墻傳)

한국인의 고유한 귀신관에 의하면 귀신은 죽은 지 3년이면 이승의 한을 다 풀고 저승으로 떠나야 한다. 이에 여인은 저승길의 운수는 피할 수 없다면서 이별을 선언한다. 이생과 여인의 세 번째 만남도 결국 이렇게 해서 헤어지게 된다. 그러나 작품의 마지막 부분에서 이생의 의식에 변혁이 일어나게 된다. 이를 살펴보기로 한다.

변모하는 이생

이제까지 살펴본 대로 이생은 원래 아주 소극적이고 의리가 없는 사람이었다. 그러나 이생은 적극적이고 절의를 지키는 여인을 만나, 그녀로 인해 그 역시 적극적이고 절의를 지키는 사람으로 변모한다. 이제부터는 이생이 이렇게 변모되는 이야기이다.

분석심리학은 원래 서로 반대되는 것이 하나로 통합되는 것을 가장 이상적인 것으로 생각한다. 예를 들면, 소극적인 사람이 적극적인 사람과 하나가 되어 완전한 인간으로 변모되는 것이 그것이다. 사실 소극적인 것만도 좋지 않고, 적극적인 것만도 좋지는 않다. 이 둘이 어울려 소극적이면서도 적극적이고, 적극적이면서도 소극적인 것이 가장 좋은 것이다. 즉 소극적이어야 할 때 소극적이고, 적극적이어야 할 때 적극적인 것이 좋다는 말이다. 이게 말은 쉽지만 사실은 어려운 것이다. 이것이 가장 이상적인 것이기는 하지만.

이부영은 이런 자아실현의 과정을 다음과 같이 말하고 있다.

자기실현은 전체적인 꽃을 피운다는 것과 같다. 그러자면 이름 없는 것에서 이름 있는 것으로, 무의식의 상태에서 의식된 존재로 변화되어야 한다. 이 변환의 계기를 만들어 주는 것은 너와 나의 만남의 과정이다. 즉 남성은 여성의 무의식에 잠자는 남성성을 일깨우고, 여성은 남성의 무의식에 남아 있는 여성성을 일깨우고 의식화시킨다. 그리하면 인간은 정말 모두 무엇이 될 수 있는 것이다. 김춘수의 시 마지막 구절처럼.

너는 나에게 나는 너에게
잊혀지지 않는 하나의 눈짓이 되고 싶다.

이 말에서처럼 이생은 여인을 만남으로 해서 그의 무의식의 상태에서 잠자고 있던 스스로의 적극성이 의식화되기 시작한다. 마치 야수가 미인을 만나 훌륭한 임금이 되듯이……. 이렇게 변모되는 이생의 모습은 이승에서 여인과 마지막으로 헤어질 때 나타나기 시작한다.

헤어지기 전에 여인이 이별주를 권하며 노래 한 곡을 지어 불렀다. 이에 이생이 슬픔을 걷잡지 못하면서 말하였다. 이 말을 자세히 음미해 보면 그의 변모가 느껴진다. 이를 한번 자세히 읽어 보기로 한다.

내 차라리 당신과 함께 황천으로 갈지언정 어찌 홀로 남아 여생을 보내겠소? 지난번 난리를 겪고 난 뒤 친척과 종들이 저마다 서로 흩어지고, 돌아가신 부모님의 해골이 들판에 버려져 있을 때, 당신이 아니었더라면 누가 능히 장사를 지내 주었겠소? 옛사람의 말씀에, '어버이가 살아 계실 때는 예로써 섬길 것이며, 돌아가신 뒤에는 예로써 장사 지낼 것이다.' 하였는데, 이런 일들을 모두 당신이 해주었소. 그것은 당신의 타고난 성품이 효성스럽고 정이 많았기 때문이오. 나는 당신의 고마움에 감격해 마지 않았으며, 스스로 부끄러움을 이기지 못하였소. 당신은 이승에서 나와 함께 오래오래 살다가 백년 뒤에 같이 죽으면 어떻겠소?

이것을 보면, 이생이 이제 와서야 스스로 많이 깨닫고 반성하게 되었음을 고백하는 말임을 알 수 있다. 즉 그는 지난번 난리를 겪으면서 일어난 모든 일들을, 그 중에서도 부모님의 해골을 거두어 예로써 장사 지낸 일을 되새기면서, 이런 일을 실천할 수 있었던 것은 모두 '여인' 때문이었음을 깨닫게 된다.

그가 부모님의 장례를 대표적인 예로 든 것은 조선 시대가 유학의 시대로 효를 가장 중요시했기 때문일 것이다. 그는 비로소 이 모든 일들이 적극적이고 절의를 지키는 여인이 의해 이루어진 것을 안 것이다. 그는 이 일에 감격할 뿐만 아니라, 스스로 부끄러움을 이길 수 없다고 고백한다. 부끄러움을 느낀다는 것은 자기의 잘못을 뒤돌아보고 뉘우친다는 말이다. 그는 이제 스스로의 참 자기 모습을 본 것이다. 즉 그는 여인에 의해 스스로 소극적이고 의리가 없었음을 부끄러워하는 지경에 이른 것이다. 이처럼 뉘우치면 고칠 수 있는 것이다. 그러므로 이제부터 그는 적극적이고 절개와 의리를 지키는 사람으로 변하는 것이다.

이생, 죽어서 여인을 찾아가다

여인은 자신이 귀신의 명부에 실려 있으므로 오래 머물지 못하고 떠나지 않을 수 없다고 한다. 그리고 마지막으로 자신의 유해를 거두어 주기를 부탁하고는 마침내 종적 없이 사라진다. 특히 작품의 마지막 장면은 이생이 적극적으로 변한 모습을 보여 주는 중요한 장면이므로 함께 읽어 보기로 한다.

이생은 여인의 말대로 그녀의 유골을 거두어 부모님의 묘소 곁에 장사를 지내 주었다. 그 후, 이생은 지나간 일을 지극히 생각한 나머지 병을 얻어 몇 달 만에 세상을 떠났다. 이 이야기를 전해 들은 사람들은 모두 슬퍼서 탄식하며 그들의 절개와 의리를 사모하지 않는 사람이 없었다고 한다.

이 글에서 우리는 이생이 적극적이고 의리를 지키는 사람으로 바뀌었음을 확인할 수 있다. 우선 그는 여인의 말대로 그녀의 유골을 거두어 부모님의 묘소 곁에 장례를 지내 주었다. 그의 이런 모

습은 과거의 무책임한 그의 모습과는 대조를 이루는 장면이라 할
수 있다.

끝으로 그는 여인을 추모하고 생각하다가, 병을 얻어 수개월 만
에 세상을 떠났다고 한다. 우리는 여기서 그가 추모하고 생각한 여
인은 적극적이고 절의를 지킨 여인이었다. 즉 그가 처음 그녀를 만났
을 때부터 그녀와 헤어질 때까지 모든 일을 여인이 적극적으로 절개
와 의리를 지키면서 임했던 것이다.

처음 만나게 된 것은 물론 결혼하게 되는 과정이나, 특히 홍건적
이 쳐들어왔을 때 이생은 아내를 두고 도망가 버렸지만 여인은 이생
에 대한 아내로서의 절개와 의리를 지키기 위해서 목숨까지 바쳤다.
그리고 여인은 죽어서 귀신이 되어서까지 옛날의 맹세를 지키기 위
해 이생을 찾아왔던 것이다. 더구나 그녀는 전쟁 통에 잃어버린 재
산은 물론 부모님들의 유골을 찾아 이생이 부모님에 대한 예를 차
릴 수 있게 해주었다. 이런 것들을 모두 생각한 이생은 스스로 부끄
러움을 느끼고, 여인을 추모하고 생각하다가 결국에는 병을 얻게 되
어 죽고 만다.

여기서 우리는 그의 죽음을 나타난 글자 그대로 읽어, 단지 슬픔
을 이기지 못해 죽었다는 식으로 해석해서 이를 비극으로 보는 어리
석음을 범해서는 안 된다. 이 부분은 이생이 스스로 자살했다고 보
아야 앞뒤의 문맥이 맞는다. 왜냐하면 이제까지는 여인이 이생을 찾
아왔지만, 이제는 이생이 스스로 죽어서 그 여인을 찾아 나선 것으

로 보아야 하기 때문이다. 이제야 이생이 여인에게 절개와 의리를 지킨 것이다. 그러기 위해서 스스로 목숨을 끊은 것이다. 그러므로 이 장면은 비극이라기보다는 비장한 장면이라 할 수 있다.

특히 우리는 마지막 구절에서 이런 사실을 재차 확인할 수 있다. '이 이야기를 들은 사람들은 모두 슬퍼서 탄식하며, 그들의 절개와 의리를 사모하지 않는 이가 없었다.'고 한다. 이 구절에서 우리는 '그들의 절개와 의리'란 단어에 유의해야 한다. 여기서 '그들'이란 여인은 물론 이생까지 포함된다는 사실이다. 이생 역시 절개와 의리를 지키는 남자로 변한 것이다. 이생이 남들의 사모를 받을 만큼 절개와 의리를 지킨 것은, 바로 스스로 목숨을 끊어 그녀를 따라갔기 때문이다. 이생은 완전히 적극적으로 의리를 지키는 사람으로 변모한 것이다. 물론 최 여인에 의해서.

소극적인 작가의 의지

인간은 누구나 자신에게 부족한 것을 채우려는 무의식적 욕구가 있다. 특히 그것이 그에게 불리하게 작용할 때 그 욕구는 자연적으로 더욱 커질 것은 분명한 이치이다. 매월당도 이에서 예외는 아니었다. 그가 본 작품을 쓸 때는 10여 년의 방랑생활을 끝내고 금오산실에 숨어 지낼 때이다.

그는 왜 10년간이란 긴 시간을 방랑하였던가? 그것은 세조의 정권이 왕도가 아니고 패도라고 생각하였고, 또한 죽은 왕에 대한 절의 때문이었다. 그러나 그는 상왕으로서 수강궁에 있던 단종의 복위에 성삼문, 박팽년, 유응부, 이개 등의 사육신과 같이 죽음으로 맞서지 못하고 남효온, 원호, 이맹전, 조려, 성담수 등과 같은 세칭 '생육신'으로 남아 죽을 때까지 초야에 묻혀 세상을 피하면서 비판하며 살아갔던 것이다. 따라서 적극적으로 사육신처럼 되지 못한 그는, 무의식적으로 스스로의 소극성을 비판하고 적극적인 절의를 사모하게 된다. 그것이 작품 「이생규장전」으로 나타나게 된 것이라고 생각한다.

취유부벽정기(醉遊浮碧亭記)

홍생이 부벽정에서 취하여 놀다

1. 인생무상을 느끼는 홍생

세상에 부자가 행복할까? 홍생은 큰 부자였다. 그리고 얼짱에다 몸짱에다, 나이도 젊고 글재주도 뛰어났다. 무엇 하나 부족할 것이 없어 보인다. 그러나 세상에서 죽음을 이길 장사는 없다. 많이 가질수록 더 허무해지는 이유가 바로 여기에 있다. 그가 허무한 세계를 벗어나 새로운 세상을 찾아가는 길을 같이 따라가 보기로 한다. 그보다 먼저 그가 꿈속으로 들어가는 과정부터 살펴보기로 한다.

평양은 그 옛날 단군조선의 서울이었다. 당시 주나라 무왕이 은나라를 정복하고 기자*를 찾아가서 나라를 다스리는 법을 물었다고 한다. 기자는 그에게 천하를 잘 다스릴 수 있는 아홉 가지의 법칙인 '홍범구주†'의 법을 일러 주었다고 한다. 이에 무왕이 그를 이 땅에 왕으로 봉하고, 신하로 삼지는

---

* **기자** : 중국 은나라의 현자로, 이름은 서여(胥余)이다. 기(箕, 지금의 산서성) 땅에 봉해져 기자(箕子)라고 한다.
† **홍범구주** : 중국 하나라 우왕이 요순시대의 사상을 집대성한 것으로, 정치도덕의 기본적 아홉 가지 법칙을 말한다.

않았다고 한다.

이곳 명승지로는 금수산, 봉황대, 능라도, 기린굴, 조천석, 추남허 등이 있는데, 모두 다 오래된 유적지들이다. 영명사와 부벽정도 그 유적지 중의 하나이다.

영명사 자리는 바로 고구려 동명왕의 구제궁 터이다. 이 절은 평양성에서 동북쪽으로 약 20여 리 떨어진 곳에 있다. 그 절은 긴 강을 내려다보며 멀리 평평한 들판이 끝없이 펼쳐졌으니, 경치가 정말 좋은 곳이었다.

날이 저물 무렵이면 장사하는 큰 배와 고기 잡는 작은 배들이 대동문 밖에 있는 버드나무 우거진 강기슭에 정박하며 하룻밤을 머물렀다 가곤 했다. 뱃사람들은 배에서 내려와 강물을 따라 거슬러 올라가서 영명사를 구경하며 실컷 즐기고 돌아가곤 하였다.

부벽정의 남쪽에는 돌로 깎아 만든 사닥다리가 있었다. 왼쪽 사닥다리는 청운제라 하고, 오른쪽 사닥다리는 백운제라고 불렀다. 그 앞에 이정표†를 나타내는 돌기둥을 크게 세워 놓았는데, 그것이 사람들의 구경거리가 되었다.

조선 세조 3년, 고려의 서울이었던 개성에 홍생이라는 큰 부자가 살고 있었다. 그는 나이도 젊고, 얼굴이 잘생기고, 풍채가 좋았으며,

---

† **이정표** : 주로 도로상에서 어느 곳까지의 거리 및 방향을 알려 주는 표지

거기다가 글재주도 뛰어났다. 무엇 하나 부족한 것이 없었다.

　홍생은 추석 한가위를 맞이해서 명주실도 살 겸 친구들과 함께 평양 기생들과 하룻밤을 즐기기 위하여 배를 대동강가에다 대었다. 이 소문을 들은 성안의 이름난 기생들이 모두 성문 밖으로까지 나와서 홍생에게 추파를 던졌다.

　그날 성 중에 살던 홍생의 친구인 이생이 오랜만에 평양을 찾은 홍생을 대접하기 위하여 술자리를 마련하여 주었다. 많은 친구들은 서로 어울려 흥겹게 술을 마시며 즐겁게 놀았다. 술자리가 끝나자, 술이 취한 홍생은 왠지 쓸쓸한 기분이 들어 같이 잠을 자자는 친구들을 뿌리치고 혼자서 배로 돌아왔다.

　그러나 밤바람이 서늘하여 잠도 오지 않고, 문득 장계(張繼)*의 「풍교야박(楓橋夜泊)」이라는 시가 생각났다. 그는 맑은 흥취를 견디지 못하여 작은 배에 올라 달빛을 싣고 노를 저어서 강물을 따라 거슬러 올라갔다. 흥이 다하면 돌아가리라 생각하고 올라가는데, 어느덧 부벽정 밑에 이르렀다.

　홍생은 뱃줄을 갈대숲에 매어 두고 사닥다리를 밟고 정자로 올라갔다. 그러고는 정자 난간에 기대어 앞을 바라보다가 흥을 이기지 못하여 소리를 내어 「풍교야박」이란 시를 읊었다.

　그때 달빛은 바다처럼 넓게 비치고 물결은 흰 비단처럼 고운데,

---

* **장계(張繼)** : 당나라 때 시인

기러기는 모래밭에서 울고, 두루미는 소나무 잎에서 떨어지는 이슬 방울에 놀라 푸드득거렸다. 주변이 상서롭고 서늘하여 마치 하늘 위의 옥황상제가 계신 곳에라도 오른 듯하였다.

홍생이 부벽정 누각에서 옛 고려의 서울 평양성을 내려다보니 하얀 회칠을 한 성가퀴†에는 안개가 끼어 있고, 외로운 성 밑에는 강물만 철석일 뿐이었다.

'나라가 망하고 보니 성터에 잡초만 우거졌구나.' 하는 탄식이 절로 나와, 그는 이내 시 여섯 수를 지어 읊었다. 모두 국가흥망과 인생무상을 읊은 시들인데, 여기서는 한 수만 읽어 보기로 한다.

> 임금 계시던 궁궐터에는 가을 풀만 쓸쓸한데
> 구름 낀 돌층계는 길마저 희미하네.
> 기생집 옛터에는 냉이 풀만 우거졌고
> 희미한 달빛 아래 담장에는 까마귀만 우지짖네.
> 풍류 즐기던 옛 영웅들은 모두 흙먼지가 되었고
> 적막한 빈 궁궐엔 찔레넝쿨만 무성하네.
> 오직 강물만이 옛날처럼 소리를 내며
> 도도히 흘러흘러 서쪽 바다로 향하누나.

---

† **성가퀴** : 성 위에 낮게 쌓아 올린 담인데, 이곳에 몸을 숨기고 적을 감시하거나 공격한다.

홍생은 시를 읊으며 흥에 겨워 손바닥을 치고, 아까 마신 술이 덜 깨어서 비틀거리며 춤을 추었다. 시 한 구절을 읊을 때마다 한숨 짓고 울었다. 비록 뱃전을 치고 퉁소 불며 서로 화답하는 것과 같은 즐거움은 없었으나, 마음이 북받쳐서 가슴이 벅찼다. 이 소리에 깊은 구렁텅이에 잠긴 용도 따라서 춤출 것 같고, 외딴 배에 있는 과부도 울 만하였다.

2. 홍생이 선녀를 만나다

허무를 이기지 못한 홍생이 달빛 아래에서 노래를 부르다가 우연히 선녀를 만난다. 선녀는 죽음을 극복하고 영원한 생명을 얻은 존재다. 홍생은 선녀에게서 허무를 이길 방법을 배운다. 우리도 같이 한번 배워 보기로 한다.

 이윽고 홍생이 시를 다 읊고 돌아오려고 했을 때는 이미 밤 열두 시가 다 되었다. 이때 홀연히 발자국 소리가 서쪽으로부터 들려왔다.

홍생은 마음속으로, '아마도 절에 계신 스님이 내가 시 읊는 소리를 듣고 이상해서 찾아오시는 것이겠지.'하고 앉아서 기다렸다. 그런데 뜻밖에 나타난 사람은 한 아름다운 여인이었다. 두 시녀가 좌우에서 따르며 그녀를 모셨다. 한 시녀는 모기나 파리 같은 벌레를 쫓기 위해 옥자루가 달린 먼지떨이처럼 생긴 불지를 잡았고, 다른 한 시녀는 비단 부채를 들고 있었다. 여인의 몸가짐은 엄숙했고 의복도 단정하여, 마치 귀족집 아가씨 같았다. 홍생은 너무 놀라서 얼른 계단 아래로 내려가 담 틈에 숨어서 그녀가 하는 행동을 유심

히 살펴보았다.

여인은 남쪽 난간에 기대어 서서 달을 바라보며, 작은 소리로 시를 읊었다. 시를 읊는 그녀의 모습은 멋있고, 몸가짐이 단정하며, 예의범절이 있어 보였다. 시를 다 읊고 나자, 시녀가 가지고 온 비단 방석을 정자 바닥에 깔았다. 여인은 얼굴빛을 바로 하고 자리에 앉아 옥같이 맑은 목소리로 말했다.

"여기서 방금 시를 읊은 사람이 있었는데, 지금 어디 계신가요? 나는 꽃이나 달의 요정도 아니고, 연꽃 위를 걸어 다닐 수 있는 특별한 여자도 아닙니다. 다행히 오늘 밤은 끝없이 넓은 하늘에 구름 한점 없고 달은 높이 솟아, 푸른 하늘에 은하수가 매우 아름답습니다. 더구나 계수나무 열매가 우수수 떨어지고, 달 속에 백옥으로 만든 누각이 차가운 이 가을밤에, 한 잔 술에 시 한 수로 그윽한 심경을 유쾌하게 풀어 볼까 합니다. 이렇게 좋은 밤을 어찌 그냥 홀로 보내겠습니까. 어디에 계시는지요?"

홍생은 이 말을 듣고 한편으로는 겁이 났으나, 한편으로는 기쁘기도 하였다. 그는 어찌할까 망설이다가 가늘게 기침 소리를 내며 사람이 있음을 알렸다.

여인은 홍생이 있는 곳으로 시녀를 보내어 왔다. 시녀가 홍생을 알아보고 말했다.

"저희 아가씨께서 모시고 오라 하십니다."

홍생은 조심해서 나아가 그녀에게 절하고 꿇어앉았다. 여인은 별로 어려워하는 기색이 없이 말했다.

"어려워하지 마시고, 이리로 올라오시지오."

홍생은 조심스럽게 일어나 그녀 앞으로 나갔다. 시녀가 이미 그들 사이를 낮은 병풍으로 가렸으므로, 그들은 병풍 너머로 서로의 얼굴을 반만 볼 수 있었다.

여인은 다시 조용히 말하였다.

"선비께서 조금 전에 읊은 시는 무엇을 말하는 것인지요? 내게 다시 한번 들려주시면 고맙겠습니다."

홍생은 방금 읊은 그 시를 빠짐없이 외워서 들려주었다. 여인은 눈을 지그시 감고 시를 다 듣고 나서는, 미소를 지으며 말했다.

"그대는 나와 같이 시에 대하여 이야기를 할 만하오."

여인은 이내 시녀를 시켜 홍생에게 술 한 잔을 권하였는데, 차려 놓은 음식이 인간 세상의 것과 같지 않았다. 홍생이 먹어 보려고 해도 굳고 딱딱하여 먹을 수가 없었다. 술맛 또한 써서 도저히 마실 수가 없었다.

여인은 빙그레 웃으면서 말했다.

"속세의 선비가 어찌 신선들이 마시는 술인 백옥례와 용 고기로 포를 만든 홍규포를 알겠습니까?"

여인은 시녀에게 말했다.

"너는 급히 신호사에 가서 절밥을 조금만 얻어 오너라."

시녀가 시키는 대로 가더니 잠시 후에 절밥을 얻어 왔다. 그러나 반찬이 없었다. 여인은 또 시녀에게 말했다.

"네가 술바위에 가서 반찬을 좀 얻어 오너라."

얼마 아니 되어 시녀는 잉어구이를 얻어 가지고 왔다.

홍생은 그 술과 음식들을 맛있게 먹었다. 그사이 여인은 홍생의 시에 화답하는 시를 지었다. 홍생이 음식을 다 먹자, 여인은 향기로운 종이에 쓴 시를 시녀로 하여금 홍생에게 전하게 하였다. 그 시들은 모두 인생무상을 읊었는데, 시의 일부만 읽어 보기로 한다.

오늘 밤 부벽정의 달빛은 더욱 밝은데
맑은 그대 이야기에 감흥이 절로 일어난다.
푸르른 나무 빛은 일산*처럼 펼쳐 있고
넘실대는 저 강물은 비단치마 두른 듯.
세월은 나는 새처럼 빨리도 지나갔고
세상일도 놀랄 만큼 물처럼 흘러갔네.
오늘 밤 이 내 심정 그 누가 알아주랴.
이따금 종소리만 숲속에서 들려오네.

듬성듬성 별들은 하늘에 널려 있고
은하수 맑고 옅어 달빛 더욱 밝구나.

―――――――――――――

*   일산(日傘) : 햇볕을 가리려고 세우는 큰 우산

이제야 알겠네, 모두가 헛것인 줄을!

저승도 기약하기 어려우니, 이승에서 만나 보세.

좋은 술 한 동이에 취해 본들 어떠리.

이 풍진 세상에 어찌 죽은 뒤를 걱정하랴.

만고의 영웅들도 흙먼지 되었으니

세상에 남는 것은 죽은 뒤의 이름뿐일세.

이 밤을 어이하랴, 밤은 이미 깊어졌고

담장 위에 걸린 달이 바야흐로 둥글구나.

그대와 나는 다른 세상 살지라도

오늘 저녁 나와 같이 한없이 즐겨 보세.

강 위의 누각에는 사람들도 흩어졌고

뜰 앞의 홰나무에는 찬 이슬 내리누나.

이 뒤에 다시 한번 만나고자 한다면

봉래산에 복숭아 익고 푸른 바다 마를 때라네.

홍생은 시를 받아 읽어 보고 기뻤다. 그녀와 이야기가 통할 것 같았기 때문이다. 그러나 혹시 그녀가 바로 돌아갈까 염려되어, 이야기를 하면서 붙들어 두려고 이렇게 물었다.

"감히 성씨와 집안에 대해 물어봐도 괜찮겠습니까?"

여인은 길게 한숨을 내쉬고 하늘을 쳐다보며 대답하였다.

"나는 원래 은나라 임금의 후손이며 기씨의 딸입니다. 내 선조 기자께서는 이 땅에 오시어 예법과 정치제도를 모두 탕왕*의 가르침에 따라 행하였고, 팔조금법(八條禁法)†으로써 백성을 가르쳤으므로 문물이 천여 년이나 빛나게 되었지요. 그러나 나라의 운수가 갑자기 꽉 막혀 환난이 닥쳐와 나의 돌아가신 아버지이신 준왕‡께서 보잘것없는 사람의 손에 크게 패하여 드디어 나라를 잃으셨지요. 이 틈을 타서 위만이 왕위를 훔쳤으므로, 우리 기자 조선의 왕업은 여기서 끊어지고 말았지요.

나는 이런 어지러운 때를 당하여 굳게 절개를 지키기로 스스로 맹세하고 죽기만 기다렸을 뿐이었는데, 홀연히 신과 같은 사람이 나타나 나를 위로하시면서 이렇게 말씀하셨어요. '내가 본디 이 나라의 시조인데, 임금이 되어 나라를 다스린 뒤에 바다 가운데 섬에 들어가 영원히 죽지 않는 신선이 된 지가 이미 수천 년이나 되었다. 너도 나를 따라와 하늘나라 궁궐에 올라가 즐겁게 지내는 것이 어떻겠는가?' 이에 내가 좋다고 했더니, 그분은 마침내 나를 이끌고 자기가 살고 계시는 곳으로 가서 별당을 지어 나를 살게 하고, 또 나에

---

* **탕왕** : 하나라의 폭군 걸왕을 정벌하고 은나라를 세운 임금
† **팔조금법(八條禁法)** : 고조선에서 사회 질서를 유지하고 백성을 다스리기 위한 법이었다. 8개가 있었는데, 그 중에 세 개가 현재까지 전해져 내려오고 있다. '사람을 죽인 자는 사형에 처한다', '남을 다치게 한 자는 곡식으로 갚아야 한다.', '도둑질을 한 자는 데려다 노비로 삼는다. 만일 도둑질한 사람이 죄를 벗으려면 많은 돈을 내야 한다.
‡ **준왕** : 기자 조선의 마지막 임금으로, 연나라에서 망명해 온 위만에게 나라를 빼앗김.

게 신선이 된다는 불사약을 주셨소. 그 약을 먹은 지 몇 달이 지나자 홀연히 몸이 가벼워지고 기운이 세어지더니, 날개가 나서 신선이되는 듯했소. 그 뒤로는 공중에 높이 떠서 날아다니며 천하의 이름난 산과 경치 좋은 곳을 빠짐없이 찾아다니며 구경하였어요. 곧 신선들이 산다는 열 개의 섬과 세 개의 산인 봉래산, 방장산, 영주산들을 빠짐없이 구경하였소.

어느 날 가을 옥황상제가 계시는 하늘나라가 맑고 밝으며, 달빛이 휘영청 밝아 달을 쳐다보니, 갑자기 먼 곳에 가보고 싶은 생각이났어요. 그래서 달나라에 올라가서 수정궁에 거처하는 항아 선녀를 방문하였는데, 선녀는 나를 보더니 절개가 곧고 글월에 능통한여인이라 칭찬하면서 이렇게 말했습니다. '인간 세상의 명승지를 흔히 복 받은 땅이라 하지만 모두 바람에 날리는 티끌에 지나지 않는다. 그러니 하늘나라에 올라와서 흰 난새를 타고, 계수나무 밑에서맑은 향기를 맡고, 달빛을 받으며 옥황상제가 사시는 하늘나라에서즐겁게 놀며, 은하수에서 목욕하는 것보다야 더 낫겠는가?' 그는 나를 옥황상제 앞에 놓인 향로를 받드는 시녀로 삼아 자기 곁에 있게해 주었는데, 그 즐거움은 이루 말할 수 없었어요.

그런데 오늘 저녁에 갑자기 옛날 생각이 나서 인간 세상을 내려다보며 고향을 굽어보았답니다. 산천은 옛날 그대로인데 그때 사람들은 간데없고, 밝은 달빛이 세상의 먼지를 가려 주고, 맑은 이슬이대지에 쌓인 먼지를 깨끗이 씻어 놓았으므로, 옥황상제 사시는 곳을 잠시 하직하고 아무도 모르게 슬며시 이곳으로 내려왔지요. 우선 조상님들의 산소를 찾아뵙고, 부벽정이나 구경하면서 회포를 풀어 볼까 해서 이리로 왔지요.

마침 글하는 선비를 만나고 보니, 한편 기쁘고 한편 부끄러워요. 더구나 감히 그대의 뛰어난 글월에 어리석고 둔한 붓으로 화답하였으니, 시라 할 수 없겠지만 다만 마음속에 품은 생각을 대강 나타냈을 뿐이오."

홍생은 여인의 말을 다 듣고 나서 일어나 두 번 절하고 머리를 조아리면서 말했다.

"저야 인간 세상의 어리석은 백성으로 초목과 함께 썩을 몸입니다. 그런데 어찌 이 나라 임금님의 후손이신 선녀를 모시고 시를 주고받을 줄이야 꿈엔들 생각하였겠습니까?"

홍생은 그 자리에서 여인이 쓴 시를 한번 훑어보고는 그대로 외워 버렸다. 그러고는 다시 엎드려 말했다.

"어리석은 이 사람은 전생에 지은 죄가 많아 신선의 음식은 먹을 수 없습니다만, 다행히 글자는 대략 알고 있습니다. 그래서 선녀님께서 지으신 시도 조금은 이해가 되었는데, 참으로 기이한 시들입니다.

무릇 시에서 네 가지 아름다움, 즉 '좋은 계절, 아름다운 경치와 이를 즐기는 마음, 그리고 즐겁게 노는 일' 등을 다 갖추기란 어려운 일인데, 선녀님의 시에는 이 네 가지가 모두 갖추어져 있습니다. 그러니 이번에는 「강정추야완월(江亭秋夜玩月)」, 즉 '가을밤에 강가 정자

에서 달을 구경함'이란 제목으로 사십 운(韻)의 시를 지어 저를 가르
쳐 주시면 고맙겠습니다."

여인은 머리를 끄덕여 허락하고는, 붓을 적셔 한 번에 죽 내려쓰
니 구름과 연기가 서로 얽히는 듯하였다. 붓을 달려 바로 지었는데,
그 시의 일부를 옮겨 보면 다음과 같다.

부벽정 달 밝은 밤에, 먼 하늘에서 구슬 같은 이슬이 내렸네.

맑은 달빛은 은하수에 잠기고, 서늘한 기운은 오동잎에 서려 있네.

눈부시게 깨끗한 삼천 세계에, 열두 누각*이 아름답구나.

비단 같은 구름이 하늘에 떠 있고,

산들바람이 불어와 두 눈을 씻어 주네.

힘차게 흐르는 강물 따라, 저 멀리 배가 떠나가네.

문틈으로 엿보니, 갈대꽃이 물가에 비치는구나.

……

옛날 일 생각하면 눈물만 흐르고,

오늘 일을 생각하면 근심만 늘어 가네.

단군의 옛터에는 목멱산†만 남아 있고,

기자 조선의 서울에는 실개천만 흐르네.

---

* **열두 누각** : 신선들이 사는 곳이다.
† **목멱산** : 평양 동쪽에 있는 산이다.

굴속에는 동명왕의 기린마* 자취만 있고,

들판에는 숙신의 화살촉†만 남았구나.

선녀는 이제 하늘로 돌아가고, 직녀도 용을 타고 떠나가네.

글 짓는 선비는 붓을 놓고, 선녀는 노래를 멈추었네.

노래가 끝나니 사람들도 흩어지고,

바람도 자고 노 젓는 소리만 들려오네.

여인은 이 시를 다 쓰고는 붓을 던지고 공중에 높이 솟았는데, 그녀가 간 곳을 알 수 없었다. 그녀는 돌아갈 때, 시녀에게 시켜 홍생에게 말을 전해 왔다.

"옥황상제의 명령이 엄하시어 나는 이제 흰 난새를 타고 돌아가야 합니다. 다만 맑고 깨끗한 이야기를 다하지 못하고 보니 내 마음이 매우 섭섭합니다."

얼마 뒤에 회오리바람이 불어와 땅을 휘감더니 홍생이 앉은 자리를 걷어 가고, 또 여인의 시들도 걷어 가버렸는데, 그 간 곳을 알 수 없었다. 아마도 이런 괴상한 이야기를 인간 세상에 전하여 퍼뜨리지 않게 하기 위한 것이리라고 추측해 볼 뿐이다.

홍생은 조용히 일어서서 가만히 생각해 보니, 꿈도 아니요 생시

---

* **기린마** : 고구려 동명왕이 탔다고 하는 말이다.
† **숙신의 화살촉** : 고조선 시대 만주 지방에 있던 나라 숙신은 화살촉으로 유명했다고 한다.

도 아니었다. 그는 난간에 기대서서 정신을 똑바로 차리고는 잊어버리기 전에 그녀가 한 말과 시들을 모두 종이에 기록하였다.

그는 좋은 인연을 만났으나 가슴속에 쌓인 이야기를 다하지 못한 것이 너무 아쉬워서, 조금 전 일을 회상하면서 시 한 수를 읊었다.

부벽정에서 꿈결에 님을 만났는데
가신 님은 어느 때에 다시 오시려나.
대동강 푸른 물결이야 비록 생각이 없다지만
임 떠난 곳으로 슬피 울며 흘러가네.

시 읊기를 마치고 사방을 살펴보니 산속의 절에서는 종이 울리고, 강가의 마을에서는 닭이 우는데, 이미 달은 성 서쪽으로 기울었고 샛별만이 반짝이고 있었다. 다만 뜰아래에서는 쥐 소리가 들리고, 주변에서는 벌레 우는 소리만 들릴 뿐이었다.

홍생은 쓸쓸하기도 하고, 슬프기도 하며, 두렵기도 해서 심정이 비통해져 더 이상 그 자리에 머물러 있을 수 없었다. 그는 배로 돌아왔으나 우울하고 답답하여 배를 저어 어제 놀던 강가로 갔더니, 친구들이 다투어 붙었다.

"어제저녁에는 어디서 자고 왔는가?"

홍생은 그들에게 사실대로 말하지 않고, 속여 거짓말로 얼버무렸다.

"어제저녁에 낚싯대를 메고 달빛을 따라 장경문 밖 조천석 기슭으로 가서 물고기를 낚으려 하였으나, 마침 밤 날씨가 서늘해서 물이 차가워 붕어 새끼 한 마리도 낚지 못하였네. 유감스럽기 짝이 없네그려."

친구들은 그의 말을 의심하지 않고 그대로 믿었다.

3. 신선을 따라 신선이 되다

인생 허무를 느끼던 홍생이, 꿈속에서 허무를 이긴 선녀를 만나 봤다. 그는 꿈속에서 죽음을 이긴 세계를 맛본 것이다. 이에 그는 더 이상 허무한 이 세상에 미련이 있을 수 없었다. 부귀공명도 다 헛된 꿈인 것이다. 이에 그는 여인처럼 허무를 이긴 신선의 세계를 찾아간다. 그가 간 곳을 따라가 보기로 한다.

그 뒤 홍생은 그 여인을 연모하다가 병을 얻어 쇠약한 몸으로 자기의 집으로 돌아왔으나, 정신이 황홀하여 말을 횡설수설하며 제정신이 아니었다. 그는 병상에 누운 지 오래되었으나 조금도 나아지지 않았다.

홍생이 어느 날 밤에 꿈을 꾸었는데, 엷게 화장을 한 미인이 나타나서 말했다.

"우리 아가씨께서 선비님의 이야기를 옥황상제께 아뢰었더니, 상제께서 선비님의 재주를 사랑하시어, 견우성 막하의 종사관으로 삼게 하셨습니다. 옥황상제의 명이오니 피할 수가 없습니다."

홍생은 놀라서 잠에서 깨었다. 그러곤 곧 죽을 것임을 알았다. 그는 집안사람들을 시켜서 자기 몸을 깨끗이 목욕시켜 옷을 갈아입히게 하고는, 향을 태우고 땅을 깨끗이 한 후 뜰에 자리를 펴게 하였다. 그는 턱을 괴고 잠깐 누웠다가 문득 세상을 떠났는데, 그날이 바로 9월 보름이었다.

그의 시체를 빈소에 안치하였는데, 여러 날이 지나도 얼굴빛이 변하지 않았다. 이에 주변 사람들은, '홍생이 신선을 만났다더니, 몸만 남겨 두고 그대로 신선이 되어 올라갔구나.'라고 하였다.

작품 해설 **취유부벽정기**

본 작품에는 죽고 사는 문제에 대한 작가의 사생관(死生觀)이 잘 드러난다. 즉 인생 허무를 느끼고 있던 매월당이 인생의 허무를 이기고 초월의 세계로 나아가고자 하는 욕구를 표현한 작품이다. 즉 '현실의 그'로 비유된 홍생이 인생의 허무를 느끼다가 신선인 여인으로 인하여 초월의 세계를 알게 되고, 드디어 영원히 그 세계로 나아간다. 물론 여인은 매월당이 무의식적으로 원하던 그 자신의 모습이다. 즉 그가 허무감에서 벗어나, 여인처럼 영원히 죽지 않는 세계에 살고 싶었던 무의식적 생각이 작품으로 반영된 것이다. 이는 인간이면 누구나 꿀 수 있는 꿈이기도 하다.

매월당은 이 작품으로 하여 자신의 허무감에서 벗어날 수 있는 길을 모색하였던 것이다. 그러나 그 길은 유학도 아니요, 불교도 아니요, 신선 설화를 이용하였다. 이는 '홍생이 신선을 만났다더니, 몸만 남겨 두고 그대로 신선이 되어 올라갔구나.'라는 작품의 말미에 잘 드러난다.

허무한 인생

작품의 제목과 배경은 물론 주인공 역시 허무한 존재로 설정되어 있다.

「취유부벽정기」의 '취유(醉遊)'는 '취하여 놀자'라는 뜻으로 상당히 허탈한 상태를 암시한다. '부벽정(浮碧亭)' 역시 뜬구름 같은 인생의 무대를 연상시키기에 충분하다. 그래서 '뜬구름 같은 인생, 취하여 놀아나 보자'라는 제목은 다분히 허무한 감을 주는 표제라 하겠다.

또한 작품은 옛날 한때 고조선의 서울이었던 평양의 내력에 대한 이야기로부터 시작된다. 더욱이 주 무대가 이미 멸망한 고구려 동명왕의 구제궁 터인 영명사이다. 따라서 우리는 작품의 배경에서 상당히 허무한 느낌을 받는 것이 사실이다.

그리고 시대적 배경으로 되어 있는 '천순 초년'은 세조 3년(1457)이다. 이때는 정치적으로 상당히 복잡한 시기로, 세간에서는 인생무상을 충분히 느낄 수 있는 때이기도 하였다. 왜냐하면 세조 3년은 세조가 단종을 죽인 단종손위 사건으로 많은 사람이 죽거나 벼슬에서 물러났지만, 또한 그와 같은 수의 많은 사람들이 윗자리로 올라간 직후였기 때문이다. 그러므로 작품의 제목이나 지리적, 시대적 배경 등이 모두 인생의 허무를 충분히 느낄 수 있도록 해주는 사실적 상황으로 설정되어 있다. 주인공 역시 마찬가지이다. 이런 점을 볼 때, 매월당의 문학적 자질 역시 천재적이었음을 느낄 수 있다.

주인공 홍생은 세상에서 무엇 하나 부족한 것이 없는 남자였다. 이런 사람이 행복할까? 모든 것을 가졌기에 오히려 인생무상을 더 느꼈을지도 모른다. 더 많이 가질수록 죽음이 더욱 허무하게 느껴질 것이기 때문이다. 세상에 죽음을 이길 장사는 없는 법이다.

홍생이 어떤 사람인지를 작품에서 만나 보기로 한다.

조선 세조 3년, 고려의 서울이었던 개성에 홍생이라는 큰 부자가 살고 있었다. 그는 나이도 젊고, 얼굴이 잘생기고, 풍채가 좋았으며, 거기다가 글재주도 뛰어났다. 그는 무엇 하나 부족한 것이 없었다.

홍생은 추석 한가위를 맞이해서 명주실도 살 겸 친구들과 함께 평양 기생들과 하룻밤을 즐기기 위하여 배를 대동강가에다 대었다. 이 소문을 들은 성안의 이름난 기생들이 모두 성문 밖으로까지 나와서 홍생에게 추파를 던졌다.

이에서 보면, 주인공은 개성의 부호로, 나이 젊고, 얼굴도 잘생기고, 풍채도 좋고, 또 글도 잘하는 남자였다. 이는 「만복사저포기」의 주인공인 양생과는 완전히 다른 모습이다. 즉 홍생은 이 세상에서 무엇 하나 부족한 것이 없는 사나이였다. 여자관계에 있어서도 성 중의 이름 있는 기생들이 다 성문 밖까지 나와서 홍생에게 추파를 던졌으므로, 양생과는 근본적으로 다른 처지였다. 이처럼 세상에서 모든 것을 다 갖추었기 때문에, 오히려 그는 인생 자체에 허무를 더 느낄 수 있었던 것은 아닐까. 많이 가질수록 더욱 죽는 것이 두려울지도 모른다.

결국 작품은 시대적, 지리적 배경이나 주인공이 모두 인생의 허무를 느낄 수 있도록 설정하고 있다. 이후 그는 이 허무를 이길 세계를 찾아 나선다.

꿈의 세계로 들어가다

홍생은 가장 큰 명절의 하나인 한가윗날을 맞이하여 명주실도 살 겸 친구들과 함께 평양기생들과 하룻밤을 즐기기 위하여 배를 대동강가에다 대어 놓았다. 이때 성 중에 살던 친구인 이생이 잔치를 벌여 홍생을 대접해 주었다. 그는 장사도 잘 끝났고, 더구나 술까지 거나하게 얻어 마셨다.

술이 취한 홍생은 배로 돌아갔으나 밤은 서늘하고 잠이 오지 않아 문득 옛날 당나라 시인 장계의 시 「풍교야박」이 생각나서, 작은 배에 올라 달빛을 싣고 배를 저어 부벽정에 이른다. 여기서 우리는 홍생이 현실의 의식 세계에서 꿈의 무의식 세계로 들어가는 모습을 볼 수 있다.

먼저 하늘에는 희미한 달빛이 비치고 있었다. 이 달빛은 「만복사저포기」나 「이생규장전」에서와 마찬가지로, 낮과 밤의 경계선으로 의식계와 무의식계가 만나는 지점이라고 할 수 있다. 그는 낮과 밤이 만나는 달빛 아래에서 쉽게 무의식계로 나아갈 수 있었던 것이다. 이를 꿈속으로 빠져들었다고도 할 수 있다.

다음으로 그는 술에 취해 있었다. 술 역시 「만복사저포기」에서와 마찬가지로 우리의 의식을 마비시키는 역할을 한다. 따라서 홍생은 의식이 마비되어 쉽게 무의식계로 나아갈 수 있었다고 하겠다.

끝으로 그는 강물에 작은 배를 저어 부벽정에 이른다. 이때 물은 무의식을 상징하는 것으로, 그가 강을 건넜다는 것은 강 이쪽의 의식계에서 강 저쪽의 무의식계로 나아갔다는 것을 상징적으로 보여주는 장면이다.

아무튼 그가 술에 취해 달빛을 받으며 강을 건너간 것은 인생의 허무를 느끼고 다른 세계를 찾아 나선 것을 말한다. 꿈속이라 해도 좋고, 술에 취했다고 해도 좋고, 무의식계라 해도 좋다. 그때 그는 인생무상을 노래한 장계의 「풍교야박」이 문득 떠올랐던 것이다. 이 시의 일부분을 읽어 보기로 한다.

달은 지고 까마귀 울고 서리 내리는데
단풍 사이로 고기잡이배의 등불이 내 시름처럼 반짝인다.
고소성 밖 아득한 한산사에서
한밤의 종소리가 나그네 뱃전에 들려오네.

이 시는 홍생이 처한 상황과 똑같은 처지에 놓인 어느 나그네가 인생의 허무를 느끼고 잠을 이루지 못한 심정을 읊은 노래이다. 특히 고소성은 옛날 오나라 도읍지로 작품 속의 평양과 마찬가지로 인생무상을 느끼게 해주는 옛날 수도이기도 하다.

이와 같이 홍생은 인생의 허무를 느끼고 부벽정에 올라가 한때 옛날 고조선의 서울이었던 평양을 돌아다보니 '고국이 망하고 보니 보리만 우거졌구나.' 하는 탄식이 절로 나와 이내 시 여섯 수를 지어 읊었다. 여섯 수의 시는 모두 국가 흥망이 무상함을 읊은 것으로, 대표적인 몇 행만 뽑아 보면 다음과 같다.

> 임금 계시던 궁궐터에는 가을 풀만 쓸쓸한데
> 구름 낀 돌층계는 길마저 희미하네.
> ......
> 풍류 즐기던 옛 영웅들은 모두 흙먼지가 되었고
> 적막한 빈 궁궐엔 찔레넝쿨만 무성하네.

이 시들은 모두 나라가 망한 한과 인생무상을 노래한 것이라 하겠다.

이에 홍생은 일어나 춤을 추며 시 한 구를 읊을 때마다 한숨짓고 울며, 진심으로 느꺼워했으므로 깊은 구렁에 잠긴 용도 따라서 춤출 것 같고, 외딴 배에 있는 과부도 울릴 만하였다. 즉 귀신도 울릴 수 있을 만큼 감동적이었다는 말이다. 시의 본질이 하늘과 땅과 인간을 감동시키는 것이 아니겠는가.

선녀가 나타나다

홍생의 시에 감동을 받았는지, 이때 '한 아름다운 여인'이 그의 앞에 나타났다. 허무를 탄식하는 홍생에게 그 허무를 초월하고 신선이 된 여인이 나타난 것이다. 이것은 홍생이 현실 세계에서 갈망한 것이 꿈속에서, 무의식에서 나타난 것으로 보아야 할 것이다. 즉 기씨녀는 바로 홍생이 원하는 그 자신의 모습인 것이다. 그도 여인처럼 인생의 허무를 초월하고 싶었기 때문이다. 그러므로 이후의 이야기는 홍생이 이 여인으로 말미암아 허무를 극복하고 영생을 얻게 되는 것이라 할 것이다.

여인은 두 시녀를 데리고 와서 자리를 정하고는, 한 시녀를 시켜 홍생을 모셨다. 그녀는 홍생이 읊은 시를 다시 한번 청하여 듣고는 '그대는 나와 같이 시에 대하여 이야기를 할 만하오.'하며, 자리를 같이하였다. 즉 시로써 서로의 마음을 주고받을 수 있다는 말이었다. 선녀가 양생과 더불어 시를 이야기할 수 있다고 한 것은, 그녀와 양생이 여러 가지 면에서 같은 수준으로 서로 마음이 통할 수 있는 사이라는 것을 알려 준다. 그러므로 작품 말미에 양생도 그녀처럼 신선이 될 수 있었는지도 모른다.

이어 여인은 홍생에게 신선세계의 음식을 대접하고는 홍생의 시에 화답하였다. 그 중 대표적인 몇 행만 옮겨 본다.

세월은 나는 새처럼 빨리도 지나갔고
세상일도 놀랄 만큼 물처럼 흘러갔네.
……
만고의 영웅들도 흙먼지 되었으니
세상에 남는 것은 죽은 뒤의 이름뿐일세.

여인이 부른 이 시들은 홍생의 시와 마찬가지로 또한 망국의 한
과 인생의 허무를 노래한 것이다. 이어서 그녀는 홍생에게 시로 말
했다.

그대는 나와 다른 세상 살지라도
오늘 저녁 나와 같이 한없이 즐겨 보세.

여인은 홍생에게 서로 사는 곳이 달라도, 오늘 저녁은 자기와 한
없이 즐겨 보자고 제안한다. 이후 두 사람은 시를 주고받으며 서로
의 속마음을 이야기한다.

신선이 되고 싶은 홍생

이어 홍생은 여인이 세속의 인연을 벗어났다는 말에 기뻐하며,
그 방법을 물어보았다. 그는 그녀가 어떻게 하여 세속을 벗어나게

되었는지 궁금하였던 것이다. 그 역시 그녀처럼 세속을 벗어나고 싶었기 때문일 것이다. 여인은 한숨을 쉬면서 대답하였다.

나는 원래 은나라 임금의 후손이며 기씨의 딸입니다. …… 나라의 운수가 갑자기 꽉 막혀 환난이 닥쳐와 나의 돌아가신 아버지이신 준왕께서 보잘것없는 사람의 손에 크게 패하여 드디어 나라를 잃으셨지요. 이틈을 타서 위만이 왕위를 훔쳤으므로, 우리 기자 조선의 왕업은 여기서 끊어지고 말았소.

여기서 볼 때, 그녀는 이 세상에 있었을 때는 왕족의 딸로서 부귀영화가 남부러울 것이 없는 사람이었다. 이는 이 세상에서의 홍생이 무엇 하나 남부러울 것이 없는 처지와 그리 다를 것이 없다. 그러므로 모든 것을 가졌던 그녀는 홍생과 마찬가지로 인생무상을 느꼈을지 모른다.

그러면 여인과 홍생은 다른 점이 무엇인가? 이는 그녀의 계속되는 말 속에 잘 나타나고 있다.

나는 이런 어지러운 때를 당하여 굳게 절개를 지키기로 스스로 맹세하고 죽기만 기다렸을 뿐이었는데, 홀연히 신과 같은 사람이 나타나 나를 위로하시면서 이렇게 말씀하셨어요…….

'너도 나를 따라와 하늘나라 궁궐에 올라가 즐겁게 지내는 것이 어

떨겠는가?'

이에 내가 좋다고 했더니, 그분은 마침내 나를 이끌고 자기가 살고 계시는 곳으로 가서 별당을 지어 나를 살게 하고, 또 나에게 신선이 된다는 불사약을 주셨습니다. 그 약을 먹은 지 몇 달이 지나자 홀연히 몸이 가벼워지고 기운이 세어지더니, 날개가 나서 신선이 되는 듯했지요. 그 뒤로는 공중에 높이 떠서 날아다니며 천하의 이름난 산과 경치 좋은 곳을 빠짐없이 찾아다니며 구경하였어요.

여기서 알 수 있는 것은, 그녀가 절개를 지키려고 하다가 곤경을 당해 죽게 되자 신인(神人)의 도움으로 신선이 되어 영원히 죽지 않게 되었음을 말하고 있다. 즉 그녀는 현실의 세계를 뛰어넘어 초월의 세계에서 신선이 되었으나, 홍생은 아직 현실의 세계에서 초월의 세계를 동경만 하였지, 아직 초월의 세계로 나아가지 못한 것이 다른 점이라 하겠다. 이러한 차이로 인해 여인과 홍생이 부벽정에 나온 이유부터가 달라진다. 우선 여인이 부벽정에 나온 까닭을 들어 보자.

오늘 저녁에 갑자기 옛날에 살던 나라 생각이 나서 인간 세상을 내려다보며 고향을 굽어보았답니다. 산천은 옛날 그대로인데 그때 사람들은 간데없고, 밝은 달빛이 세상의 먼지를 가려 주고, 맑은 이슬이 대지에 쌓인 먼지를 깨끗이 씻어 놓았으므로, 옥황상제 사시는 곳을 잠시 하직하고 아무도 모르게 슬며시 이곳으로 내려왔지요. 우선 조상님들의 산소를 찾아뵙고, 부벽정이나 구경하면서 회포를 풀어 볼까 해서 이리로 왔지요.

이 말로 미루어, 여인은 인생의 허무를 이긴 상태에서 옛날의 정을 생각하여, 즉 향수에 잠겨 부벽정에 내려온 것이다. 그러나 홍생은 인생의 허무를 느끼고, 그것을 이기지 못하여 부벽정으로 올라온 것이다. 초월한 사람과 초월하려는 사람, 이 둘은 똑같이 부벽정에 나왔지만 이같이 그 처지가 서로 달랐던 것이다. 즉 홍생은 초월하려는 처지이고, 여인은 초월한 처지에 있었던 것이다. 그러므로 홍생은 이 여인을 매개로 하여 허무를 초월하려는 것이다. 홍생은 선녀에게 '가을밤에 강가 정자에서 달을 구경함'이란 제목으로 사십 운의 시를 지어 자신을 가르쳐 달라고 한다. 즉 그에게 허무를 초월할 수 있는 길을 가르쳐 주기를 바란 것이다.

이에 여인은 인생은 무상하니 거기에 애착을 가질 필요가 없고, 결국 그것은 초월되어야 할 그 무엇임을 시로 나타낸다. 따라서 그녀의 시는 허무의 경지를 극치로 나타낸 것이라 하겠다. 그 마지막 부분만 옮겨 보기로 한다.

옛날 일 생각하면 눈물만 흐르고,
오늘 일을 생각하면 근심만 늘어가네.
단군의 옛터에는 목멱산만 남았고,
기자 조선의 서울에는 실개천만 흐르네.

굴속에는 동명왕의 자취 있고,

들판에는 숙신의 화살촉만 남았구나.

선녀는 이제 하늘로 돌아가고,

직녀도 용을 타고 떠나가네.

글하는 선비는 붓을 놓고,

선녀는 노래를 멈추었네.

노래가 끝나니 사람들도 흩어지고,

바람도 자고 노 젓는 소리만 들려오네.

여인은 이 시를 다 쓰고는 붓을 던지고 공중에 높이 솟았는데, 그
간 곳을 알 수 없었다. 또한 얼마 뒤에는 회오리바람이 불어와 땅을
휘감더니 홍생이 앉은 자리를 걷고 그 시도 앗아가 버렸는데, 역시
그 간 곳을 알 수 없었다. 곧 여인은 신선들이 사는 세계로 돌아갔고,
홍생은 다시 인간들이 사는 현실 세계로 나온 것이다.

더욱 허무하게 느껴지는 세상

홍생은 무의식인 꿈의 세계에서 다시 의식계인 허무한 현실 세계
로 돌아왔다. 그러고는 가만히 생각해 보니 '꿈도 아니요, 생시도 아
니라.' 좋은 인연을 얻었으나 가슴속에 쌓인 이야기를 못다 한 것이
서운해서 조금 전 일을 회상하면서 시 한 수를 읊었다.

부벽정에서 꿈결에 님을 만났는데
가신 님은 어느 때에 다시 오시려나.

이 시를 보면, 그는 가신 님을 그리워하면서 다시 돌아오기를 기대하고 있다. 그는 꿈같은 그 일이 다시 오기를 기대하는 것이다.

그러나 잠시나마 초월의 세계를 한번 맛본 홍생에게 주변은 더욱 허무하게 느껴졌으니, 그 광경을 옮기면 다음과 같다.

시 읊기를 마치고 사방을 살펴보니 산속의 절에서는 종이 울리고, 강가의 마을에서는 닭이 우는데, 이미 달은 성 서쪽으로 기울었고 샛별만이 반짝이고 있었다. 다만 뜰아래에서는 쥐 소리가 들리고, 주변에서는 벌레 우는 소리만 들릴 뿐이었다.

여기서 절에서 종이 울리고, 마을에서 닭이 울고, 달이 성 서쪽에 기울어져 샛별만 반짝인다는 것은, 이때는 밤이 끝나고 이미 낮이 시작되었다는 것을 알려 주는 말들이다. 밤이 무의식계라면 낮은 의식계이다. 그러므로 밤의 신선은 떠나고, 홍생은 현실의 의식세계로 돌아왔음을 상징하는 것이다. 그리고 주변의 쥐 소리와 벌레 소리는 더욱 그를 허무하게 한다.

이처럼 다시 허무한 세상으로 돌아온 홍생은 쓸쓸하고 슬프기도 하고 두렵기도 해서 심정이 비통해져 더 머물러 있을 수 없었다. 그는 배로 돌아갔으나 우울하고 답답하여 배를 저어 옛 물가로 갔다. 이는 그가 이미 초월의 세계를 맛보았기에 다시 돌아온 현실이 허무하여 더욱 견디기 힘들었기 때문일 것이다.

그때 그의 친구들이 어제저녁의 일을 물었을 때, 그는 속여서 거짓말로 얼버무린다. 왜냐하면 그들은 아직 그런 세계를 맛보지 못하였기 때문에, 홍생의 말을 믿을 리 없었기 때문이다. 이 부분을 한 번 읽어 보기로 한다.

"어제저녁에는 어디서 자고 왔는가?"
홍생은 그들에게 사실대로 말하지 않고, 속여 거짓말로 얼버무렸다.
"어제저녁에 낚싯대를 메고 달빛을 따라 장경문 밖 조천석 기슭으로 가서 물고기를 낚으려 하였으나, 마침 밤 날씨가 서늘해서 물이 차가워 붕어 새끼 한 마리도 낚지 못하였네. 유감스럽기 짝이 없네그려."
친구들은 그의 말을 의심하지 않고 그대로 믿었다.

이를 보면 홍생은 친구들에게 거짓말을 한다. 그들은 아직 그 세계를 알지 못하기 때문이다. 또한 그것은 그가 본 초월의 세계를 혼자서만 간직하고 싶은 마음의 발로라고 보아도 좋을 것이다. 아니면 그만이 품고 있는, 초월의 세계로 가고픈 가슴속의 비밀이기에 친구들에게 거짓말을 했는지도 모른다. 상상은 자유다.

신선의 세계를 찾아 나서다

다시 현실로 돌아온 홍생은 그 여인을 연모하다가 병을 얻어 쇠약한 몸으로 자기의 집으로 돌아왔으나, 정신이 황홀하고 말에 두서가 없었다. '정신이 황홀하여 말을 횡설수설하며 제정신이 아니었다.'는 것은, 의식이 없어졌다는 것으로 그가 다시 무의식계로 들어갔다는 말이다. 즉 그는 다시 그 초월의 세계로 들어가고자 하는 꿈을 꾸고 있는 것이다.

여기서 그 여인을 연모한다는 것은, 그 여인이 이성으로서의 여인이 아니라, 초월적 존재로서의 여인이다. 왜냐하면 그는 「만복사저포기」의 양생과 같이 여성을 만날 수 없었던 것이 아니라, 성 중의 모든 기생을 차지할 수도 있었기 때문이다. 그러므로 여기서 홍생이 연모한 여인은 남자의 반대인 여자가 아니라, 허무의 반대인 초월의 세계를 대표하는 혹은 상징하는 존재로 보아야 하는 것이다. 여인은 현세의 허무를 딛고 유한의 세계에서 무한의 세계로 초월한 여인이기 때문이다. 홍생은 이러한 여인을 매개로 하여, 그 자신도 그런 세계에 들어갈 꿈을 꾸었던 것이다.

그러나 홍생이 처음 허무를 느껴 부벽정에 올라갔을 때와 지금의 그와는 많은 차이가 있다. 즉 처음의 그는 단순히 인생의 허무를 느꼈으나, 지금의 그는 새로운 초월의 세계를 보고 난 뒤라 한층 더 허무감을 느꼈다. 따라서 그가 본 그 세계로 다시 돌아가려고 병이 날

정도가 되었다. 정신병리학에서는 자아(있는 나)가 자기(있어야 할 나)가 되지 못하였을 때 정신적인 병이 생긴다고 한다. 곧 홍생은 허무한 현실에서 '있어야 할 영생의 세계'로 나아가지 못해 병이 난 것이다.

그러던 어느 날 밤 꿈에 한 선녀가 내려와 말하였다.

홍생이 어느 날 밤에 꿈을 꾸었는데, 엷게 화장을 한 미인이 나타나서 말했다.

"우리 아가씨께서 선비님의 이야기를 옥황상제께 아뢰었더니, 상제께서 선비님의 재주를 사랑하시어, 견우성 막하의 종사관으로 삼게 하셨습니다. 옥황상제의 명이오니 피할 수가 없습니다."

홍생은 놀라서 잠에서 깨었다. 그러곤 곧 죽을 것임을 알았다. 그는 집안사람들을 시켜서 자기 몸을 깨끗이 목욕시켜 옷을 갈아입히게 하고는, 향을 태우고 땅을 깨끗이 한 후 뜰에 자리를 펴게 하였다. 그는 턱을 괴고 잠깐 누웠다가 문득 세상을 떠났는데, 그날이 바로 9월 보름이었다.

그의 시체를 빈소에 안치하였는데, 여러 날이 지나도 얼굴빛이 변하지 않았다. 이에 주변 사람들은, '홍생이 신선을 만났다더니, 몸만 남겨 두고 그대로 신선이 되어 올라갔구나.'라고 하였다.

꿈속에서 선녀의 말에 놀라 홍생은 잠을 깬다. 선녀의 말에서, 그는 그의 꿈이 꿈으로 끝나지 않고 실현될 것임을 깨닫게 된다. 이에 홍생은 자기 몸을 깨끗이 목욕시켜 옷을 갈아입히게 하고는, 향을 태우고 땅을 소제한 뒤 자리를 뜰에 펴게 하였다. 그러고는 턱을 괴고 잠깐 누웠다가 문득 세상을 떠났다.

이제 그는 그가 열망하던 세계, 즉 영원히 죽지 않는 장생불사의 세계로 스스로 찾아간 것이다. 그렇기에 '그의 시체를 빈소에 안치하였는데, 여러 날이 지나도 얼굴빛이 변하지 않았다.' 이를 보고 사람들은 '홍생이 몸만 남겨 두고 그대로 신선이 되어 올라갔구나.'라고 하였다.

그렇다. 홍생은 바로 세상을 초월한 신선인 여인을 통하여 그 자신도 죽음에서 해탈한 것이다. '죽음에서의 해탈', 이것을 감히 이 작품의 주제라고 하겠다. 남자 주인공이 여자 주인공으로 인하여 구원받게 되는 이런 모티프는 『파우스트』나 『죄와 벌』의 마지막 장면과 너무나 똑같은데 우리는 그저 놀랄 따름이다.

죽음을 사랑하는 주인공들과 작가

이제까지 살펴본 작품의 주인공들은 모두 산 사람이 아니라 죽은 사람과 사랑을 나누었다. 「만복사저포기」는 물론 「이생규장전」, 「취유부벽정기」에도 죽은 여인과의 사랑 이야기이다.

이에 여기서는 주인공들이 어떤 심리적 상태에 있었기에 죽은 사람과 사랑을 나누었는지를 한번 생각해 보기로 한다. 더불어 작가 김시습의 심리도 이런 주인공들과 공통점이 없는지를 한번 검토하고자 한다. 이를 위해 우리는 심리학의 예비적 고찰이 필요하다.

심리적으로 사람들을 구별하는 경우, 죽음을 사랑하는(necrophilous) 사람과 삶을 사랑하는(biophilous) 사람이라는 구별보다 더 근본적인 구별은 없다고 한다. 사람에게 삶의 본능뿐만이 아니라 죽음의 본능이 있다는 것은 프로이트의 가장 위대한 발견 중의 하나이다.

많은 사람들의 경우 죽음을 사랑하는 경향과 삶을 사랑하는 경향을 함께 가지고 있는데, 다만 그 혼합의 정도는 사람에 따라 다양하게 나타난다. 사람마다 다르다는 것이다. 중요한 것은 생명 현상에 있어서는 언제나 그렇듯 어느 경향이 더 강해서 그 사람의 행동을 결정하는가 하는 점이다. 즉 죽음을 더 사랑하느냐, 삶을 더 사랑하느냐에 따라 정해진다는 말이다.

'necrophilia'는 글자 뜻 그대로는 '죽은 자에 대한 사랑'을 뜻한다. 이 말은 보통 성적도착(性的倒錯), 다시 말해서 성교의 목적으로 여자의 시체를 가지려는 욕망, 또는 죽은 자와 함께 있으려고 하는 병적 욕망을 가리킨다. 곧 죽음을 사랑하는 사람의 특징은 죽어 있는 모든 것, 곧 시체, 부패물, 배설물, 오물에 집착하고 매혹당하는 사람이다. 또 죽음을 사랑하는 사람들은 병에 대해서, 장례에 대해서, 죽음에 대해서 말하기를 좋아한다. 극단적인 경우 스스로 목숨을 끊는다.

이런 점들을 염두에 두면서, 우리는 작품에서 주인공들이 죽음을 좋아하는 사람임을 몇 가지로 나누어 살펴볼 수 있다.

첫째, 죽음을 사랑하는 사람은 밝은 낮보다는 어두운 밤에 집착한다.

양생이나 홍생은 모두 밤에 여인을 만난다. 이생이 전쟁 뒤에 죽은 여인을 만난 것도 밤이다. 양생은 달 밝은 밤에 배나무 아래에 나와서 시를 읊고 여인을 만났으며, 이생도 달밤에 귀신이 되어 찾아온 여인을 만나고, 홍생 역시 밤에 선녀를 만났다. 이런 점들로 미루어 볼 때 이들은 모두 밤을 사랑한 사람들이라 할 것이다. 곧 죽음을 사랑했기 때문이다.

둘째, 양생이나 이생은 산 여자가 아니라, 죽은 여자와 만나 성교를 나눌 뿐만 아니라 죽은 귀신과 3년을 같이 지낸다. 이런 점을 보더라도 양생이나 이생은 죽음을 극히 좋아하는 사람들임을 알 수 있다.

끝으로 죽음을 사랑하는 사람은 삶을 몹시 무서워한다. 삶은 그 본성에 있어서 무질서한 것이고, 마음대로 지배할 수 없는 것이기 때문이다. 삶은 제멋대로인 것이다.

작품의 말미에 양생이 세상을 떠나 지리산으로 들어간 것이나, 이생이 죽어서 여인을 찾아간 것이나, 홍생이 신선이 되어 속세를 떠난 것도 이런 맥락에서 이해할 수 있다. 이들은 현실적 삶을 무서워하여 이 세상이 아닌 다른 세상으로 간 것으로도 이해할 수 있다.

더욱이 죽음을 사랑하는 사람의 모든 힘은 궁극적으로 죽이는 힘에 바탕을 둔다. 곧 죽음을 사랑하는 사람을 두 가지로 나눌 수 있으니, 죽이는 자와 죽음을 당하는 자가 있을 뿐이다. 이렇게 보면 여주인공들 역시 모두 죽임을 당하였으므로, 이들도 죽음을 사랑하는 사람들이라고 볼 수 있지 않을까?

다음으로 매월당이 죽음을 사랑하는 사람들을 주인공으로 설정하게 된 까닭을 살펴보고자 한다. 작품의 주인공은 항상 작가의 분신일 수 있기 때문이다.

우선 사람이 죽음을 사랑하게 되는 일반적인 계기를 에리히 프롬의 말로 한번 살펴보기로 한다.

삶의 본능은 사람의 1차적 가능성이고, 죽음의 본능은 2차적 가능성이다. 1차적 가능성은 마치 습도, 온도 등 조건이 적당할 때만 씨가 싹트는 것처럼 삶을 위한 적절한 조건이 있을 때에만 발전한다. 만약 적당한 조건이 없다면 죽음을 사랑하는 경향이 나타나 그 사람을 지배할 것이다. 이처럼 환경적 요소는 삶의 본능에서 죽음의 본능 쪽으로 사람을 유도할 수 있다. 특히 어린이의 경우 삶에 대한 사랑의 발달에 가장 중요한 조건은 삶을 사랑하는 사람들과 어린이가 함께 사는 것이다. 곧 어릴 적의 따뜻하고 애정 어린 사람들과의 접촉, 자유롭고 위협이 없는 상태, 내면적 조화와 힘을 기르는 원리의 가르침, 살아가는 기술에 대한 가르침, 다른 사람의 영향에 자극을 받고 이에 반응하는 것, 참으로 즐거운 생활 방식 등이다. 이러한 조건들과 반대되는 것은 죽음에 대한 사랑의 발달을 촉진한다.

다음으로 삶에 대한 사랑의 발달에 중요한 조건은 자유이다. 즉 물질적 조건이 위협받지 않는다는 의미에서 안전 보장이 있고, 어떠한 사람도 다른 사람의 목적을 위한 수단이 될 수 없다는 의미에서 정의롭고, 각자가 사회의 능동적이고 책임 있는 일원이 될 가능성을 갖고 있다는 의미에서 자유로운 사회에서 삶에 대한 사랑은 가장 잘 발달할 수 있다.

이 논의에 따라 김시습을 한번 생각해 보기로 한다.

첫째, 김시습은 어릴 때의 환경이 삶을 사랑하기보다는 죽음을 사랑하는 조건에 노출되었다. 즉 그는 어려서 부모가 아닌 외조부 밑에서 자란다. 이는 아마도 아버지가 병들어 누워 있었기 때문일 것이다. 그가 13세 때, 어머니가 돌아가시고 나면 외숙모의 손에 자라지만 얼마 되지 않아 그녀마저 죽고 만다. 이렇게 그는 어려서의 가정환경이 즐거운 생활 방식과는 거리가 멀었다.

융은 자신의 어린 시절을 떠올리면서 어린아이들은 그에게 실제로 일어났던 사건보다는 가정의 분위기에 더 큰 영향을 받는 법이라고 말한 적이 있다. 결국 김시습은 슬픈 가정적 분위기 속에서 삶을 사랑하기보다는 죽음을 사랑하는 마음이 더욱 발달한 것이 아닌가 한다.

둘째, 물질적으로 풍요롭고 정의로운 사회에서 삶을 사랑하는 마

취유부벽정기(醉遊浮碧亭記)

음이 발달한다고 하였다. 그러나 김시습은 이와 정반대였으니, 그의 아버지는 집안 덕으로 하급무관이 되었으나 중병으로 취임도 하지 못한 가난한 가정에서 자랐다.

또한 그가 과거로 막 입신양명할 기회가 왔을 때는 수양 대군이 김종서, 황보인 등을 죽이고 안평 대군을 죽이는 소위 계유정난이 일어난 불의한 사회가 되었다. 이런저런 이유로 김시습은 죽음을 사랑하는 마음을 갖게 되었다고 보인다.

더구나 순수하게 죽음을 사랑하는 사람은 미친 사람이고, 순수하게 삶을 사랑하는 사람은 성인뿐이다. 대부분의 사람들에게 있어서는 이 두 본능이 섞여 있으나, 중요한 것은 두 경향 중 어느 것이 지배적인가 하는 점이다.

김시습이 40대에 금오산에서 내려와 미치광이 짓을 하며 길을 지나가는 정창손을 이유 없이 심히 놀려 꾸짖기도 하고, 관청에 가서 관리와 얼굴을 맞대고 다투어 싸우기도 했으므로 당시의 사람들이 그를 미쳤다고 손가락질한 것은 이런 측면에서 한번쯤 생각해 볼 필요가 있을 것이다. 즉 그는 당시에 죽고 싶을 정도로 절망적이었던 것은 아니었을까?

남염부주지(南炎浮洲志)

남쪽 염부주 이야기

1. 어지러운 세상

박생은 태학관에서 유학을 공부하는 우수한 학생이었지만 과거에는 한 번도 합격하지 못하여 불만이 많았다. 왜냐하면 그가 과거에 떨어진 것은 자신의 실력 때문이 아니라 세상이 공정하지 못하다고 생각했기 때문이다. 또한 그는 유학을 공부했으므로, 유학이 아닌 불교나 무속, 그리고 귀신 등을 믿는 세상을 탐탁지 않게 생각했다. 그가 왜 세상이 어지럽다고 생각했는지 같이 생각해 보기로 한다.

조선 시대 세조 초기에 경주에 박생이라는 서생이 살고 있었다. 그는 유학에 뜻을 두고 늘 태학관*에 다녔으나, 아직 한 번도 과거 시험에는 합격해 보지 못하여 항상 불만을 품고 있었다. 과거 시험이 공정하지 못하다고 생각했기 때문이다. 그러나 그는 뜻과 기상이 매우 고상하여 현실의 부패한 세력과 타협하거나, 그에 굴복하지 않았으므로 남들은 모두 그를 오만한 청년이라 하였다. 그러나 그는 남들

---

* **태학관** : 국학인 성균관을 말한다.

과 교제하거나 이야기할 때는 늘 태도가 성실하고 순박하였으므로 주변 사람들이 다 그를 좋아하였다.

박생은 일찍부터 불교나 무속이나 귀신 등의 이야기에 대하여 맞는지 틀리는지 항상 의문을 품고 있었다. 이에 대하여 아직 어떠한 결론을 내리지 못하고 있다가, 그가 나중에 『중용』†과 『주역』‡ 같은 책을 읽고서야 자기의 생각을 확실하게 정립할 수 있었다. 그리고 더이상 자기 생각을 의심하지 않게 되었다.

그러나 그는 성격이 온순하고 인정이 많아 불교 신도들과도 잘 어울렸다. 불교 신도들 또한 그를 선비로서 대하였으니, 이들은 서로 아주 친한 사이로 지냈다.

하루는 박생이 한 스님과 함께 천당과 지옥에 대해서 이야기하다가, 자기가 평소에 의심하고 있었던 점을 물어보았다.

"하늘과 땅에는 하나의 음인 땅과 하나의 양인 하늘이 있을 뿐인데, 어찌 이 하늘과 이 땅 이외에 또 다른 하늘과 땅이 있겠습니까? 즉 이 하늘 이외에 어찌 극락이 있으며, 이 땅 이외에 어찌 지옥이 있겠습니까? 그것은 잘못된 말 같습니다."

그의 질문에 스님은 명쾌하게 대답하지 못하였다. 다만 스님은 '죄와 복은 지은 데 따라 응보가 있다.'는 말로써 대답을 대신하며 얼

---

† **중용** : 중국 철학서로 공자의 손자인 자사가 지었다고 한다.
‡ **주역** : 동양 고대의 철학서

버무렸다. 그러나 박생은 마음속으로 그 말을 받아들일 수 없었다.

박생은 일찍이 세상의 이치는 하나뿐이라는 「일리론(一理論)」이란 글을 지어서 자신의 생각을 바로잡았는데, 이는 다른 이단자의 유혹에 빠지지 않기 위한 것이었다. 그 요지는 이러하다.

"일찍이 '천하의 이치는 하나일 뿐이다.'라고 들었다. '하나'란 무엇이냐 하면, 그것은 '두 개가 있을 수 없다.'는 말이다. 그리고 이치란 무엇이냐 하면, 인간의 성품이다. 인간의 성품이 어디서 왔는가 하면, '하늘로부터 인간에게 주어진 것'으로, 타고난 '천성(天性)'인 것이다.

하늘이 음양'과 '목화토금수'의 오행†으로써 만물을 만들 때 기운(氣)으로써 형체를 만들었는데, 그 형체 속에 이치[理]도 본래부터 들어 있었던 것이다. 이른바 이치란 세상 모든 일이 저마다 각각 마땅히 있어야 할 체계를 가지고 있다는 것이다. 예를 들면, 아비와 자식 사이에는 친함이 있어야 하고, 임금과 신하 사이에는 의리가 있어야 하고, 부부 사이나 어른과 아이 사이에서도 각기 당연히 행하여야 할 일이 있는 것이다. 이것이 바로 사람이 걸어가야 할 바른 길인 도(道)이니, 이 이치는 하늘로부터 타고난 것이기에 본래부터 우리 마

---

* **음양** : 우주 만물을 구성하는 두 가지 상반된 기운, 즉 해와 달, 남자와 여자 등이다.
† **오행** : 만물을 이루는 '목화토금수' 다섯 요소가 가는 다섯 가지 길을 가리킨다.

음속에 갖추어져 있는 것이다.

이 이치에 따른다면 어디로 가더라도 편안하여 불안하지 않지만, 이 이치를 거슬러서 천성을 어긴다면 불행한 일을 당하게 될 것이다. 이치를 궁리하고 천성을 다한다는 궁리진성(窮理盡誠)은 이 이치를 연구하는 일이요, 사물의 이치를 파악하여 자기의 지식을 확실히 하는 격물치지(格物致知)도 이 이치를 따르기 위한 것이다. 대개 사람이 태어날 때부터 모두 이 마음을 타고났으므로, 누구든지 이 천성을 갖추고 있다.

사람뿐이 아니라 세상의 모든 사물에도 또한 이 이치가 모두 갖추어져 있다. 맑고 신령한 마음으로 늘 사물의 이치를 연구하고, 일의 근원을 추구해서 그 극치에 이르게 된다면, 세상의 이치가 모두 분명해질 것이며, 이러한 지극한 이치가 모두 마음속에 나타나게 될 것이다.

이런 방법으로 추구하여 간다면, 세상 이치나 국가에서 일어나는 일들의 이치도 모두 알아낼 수 있을 것이다. 그렇게 해서 세상에 나간다면, 어떤 일을 하더라도 이치에 어긋남이 없을 것이며, 귀신같은 것들에게도 미혹되지 않을 것이다. 아무리 세상이 바뀌더라도 이 이치는 달라지지 않을 것이다.

유학자가 할 일은 오직 이 이치를 연구하는 일뿐이다. 천하에 어찌 두 가지의 이치가 있을 수 있겠는가? 세상의 이치는 오직 하나뿐인 것이다. 나는 앞으로 저 이단자들의 말들을 믿지 않을 것이다."

2. 자신의 생각이 옳음을 꿈속에서 확인하다

박생은 '일리론'이란 글을 지어서 자신의 평소 생각을 정립하였다. 그러나 아직 의심이 완전히 사라지지 않았던 박생은 꿈속에서 염마왕을 만나 자기의 생각이 옳았음을 다시 확인하게 된다. 그가 옳다고 생각하는 세상은 어떤 세상인지 같이 읽어 보기로 한다.

어느 날 밤 박생은 거실에서 등불을 켜고, 세상 이치를 밝힌 『주역』이란 책을 읽고 있다가 베개를 괴고 얼핏 잠이 들었다.

꿈속에 홀연히 한 나라에 이르니, 곧 큰 바다 속에 있는 한 섬이었다. 그곳에는 풀이나 나무나 모래나 자갈도 없었다. 발에 밟히는 것은 모두 구리가 아니면 쇠였다. 낮에는 뜨거운 불길이 하늘까지 치솟아 땅덩어리가 녹아내리는 듯하고, 밤에는 찬바람이 서쪽에서 불어와 뼈와 살을 에는 듯하여 추위를 이길 수 없었다.

그 섬 둘레에는 쇠로 만들어진 벼랑이 성처럼 바닷가를 둘러싸고 있고, 성 입구에는 굳게 잠긴 철문 하나가 크고 웅장하게 서 있었다. 그 문을 지키는 수문장은 험상궂은 얼굴로 창과 쇠몽둥이를 들고 성을 지키고 있었다. 성안에 살고 있는 백성들은 쇠로 지은 집에 살고 있었는데, 낮에는 불에 타서 살이 문드러지고, 밤에는 추워서 몸이 얼어붙었다. 다만 사람들은 조금 시원한 아침저녁으로만 잠시 나다니면서 서로 웃으며 이야기하는 것이 심히 괴로워하는 것 같지는 않았다.

박생은 처음 보는 이런 광경에 몹시 놀라 머뭇거리고 있는데, 멀리서 수문장이 그를 부르는 소리가 들렸다. 박생은 무슨 영문인지 몰라 어리둥절하였지만, 그 말을 거역할 수 없어 조심스럽게 그에게 다가갔다. 수문장은 창을 세우고 박생에게 물었다.

"당신은 누구십니까?"

박생은 무서워 벌벌 떨면서 대답했다.

"예, 저는 조선의 일개 선비로, 아무것도 모르는 유학자올시다. 감히 허락도 받지 않고 이곳에 오게 되었으니, 너그럽게 용서하여 주시기 바랍니다."

박생은 엎드려 두 번, 세 번 절하면서 고개를 들지 못하고 있었다. 수문장이 말했다.

"내가 듣기로는, 유학을 공부하는 사람들은 위협을 당하더라도 몸을 굽히지 않는다던데, 그대는 어찌하여 이와 같이 허리를 굽히는 것이오? 어서 일어나십시오."

박생은 그제야 조심스럽게 일어났다. 수문장이 말을 이었다.

"우리들은 오래 전부터 당신같이 이치에 통달하신 유학자 선비님을 만나 뵙고자 하였습니다. 오늘 마침 잘 오셨습니다. 왜냐하면 저희 임금님께서 당신과 같은 유학자분을 만나 동방 세계에 한 말씀을 전하려고 하기 때문입니다. 여기 잠시 앉아 계십시오. 제가 곧 임금님께 당신에 대해 말씀드리고 오겠습니다."

말을 마치자, 수문장이 허리를 굽혀 인사하고는 빠른 걸음으로 성안에 들어갔다. 수문장이 얼마 뒤에 돌아와서 말하였다.

"임금님께서 당신을 평소 거처하시는 편전에서 뵙겠다고 하십니다. 당신은 아무쪼록 솔직하게 대답하시되, 임금님의 위엄을 두려워하여 질문을 피하거나 사실을 숨겨서는 안 됩니다. 당신의 생각을 솔직하게 말씀드려서, 우리나라 백성들로 하여금 정말 올바른 길이 무엇인지 제대로 알게 하여 주십시오."

이어 검은 옷을 입은 소년과 흰옷을 입은 소년이 각기 손에 문서를 가지고 나타났다. 한 문서는 검은 종이에 푸른 글자로 쓴 것이었고, 다른 한 문서는 흰 종이에 붉은 글자로 쓴 것이었다. 소년들이 그 문서를 박생의 왼쪽과 오른쪽에서 펴 보였다. 박생이 흰 종이를 들여다보니, 자기의 성과 이름이 붉은 글자로 씌어 있었다. 그리고 그 아래에는 다음과 같이 적혀 있었다.

"현재 조선의 박생은 이승에서 지은 죄가 없으므로, 마땅히 이 나라의 백성이 될 수 없다."

박생은 그 글을 보고 어린 소년에게 물었다.

"나에게 이 문서를 보이는 까닭이 무엇이오?"

어린 소년이 대답했다.

"검은 종이에 쓰인 것은 악한 사람의 명부이고, 흰 종이에 쓰인 것은 선한 사람의 명부이옵니다. 선인의 명부에 실린 이는 임금님께서 선비를 초빙하는 예로써 맞이하시고, 악인의 명부에 실린 이는 비록 죄를 물으시지는 않으시나 천민이나 노예로 대우하십니다. 선생님은 선인의 명부에 이름이 있으므로, 아마 임금님께서 선생님을 선비를 초빙하는 예의를 갖추어 맞이하실 것입니다."

말을 끝내자 어린 소년들은 그 명부를 가지고 궁궐 안으로 들어가 버렸다.

잠시 뒤에 온갖 보석으로 아름답게 꾸민 수레가 바람처럼 빠르게 달려왔다. 수레 위에 연꽃 모양으로 만든 자리에는 잘생긴 소년과 예쁜 소녀가 앉아 있었다. 한 사람은 부채를 잡고, 한 사람은 햇볕을 가리는 일산을 들고 있었다. 수문장은 박생을 부축하여 수레 위의 가운데 자리에 앉게 했다. 박생이 수레에 타자, 수레 앞에서 군사들이 칼과 창을 휘두르고 소리를 지르며 사람들을 비켜 길을 내게 하였다.

박생이 그제야 머리를 들고 바라보니, 앞에는 쇠를 세 겹으로 해서 만든 굳은 철성이 있었다. 그 철성 안에는 높다란 궁궐이 금으로 된 산 밑에 있었다. 사방에는 뜨거운 불길이 하늘까지 닿을 듯 이글이글 타오르고 있었다. 길가를 돌아보니, 사람들은 불길 속에서 녹아내린 구리와 쇠를 마치 진흙 밟듯이 밟으면서 지나가고 있었다. 그러나 박생의 앞으로 뻗은 길은 마치 숫돌과 같이 평탄하였으며, 쇠를 녹이는 뜨거운 불길도 없었다. 아마 신의 힘으로 그렇게 바꾸어 놓은 듯하였다.

왕궁 앞에 이르니 사방의 문이 활짝 열려 있었다. 왕궁 앞의 연못가에 세워져 있는 누각은 인간 세계의 것과 같았다. 누각 안에서 두 아름다운 여인이 나와 박생을 맞이하여 궁궐 안에 임금이 계신 곳으로 모시고 들어갔다.

임금은 머리에는 황제가 쓰는 통천관*을 쓰고, 허리에는 옥에 무늬를 아로새긴 아름다운 띠를 두르고, 손에는 홀†을 잡고 뜰 아래로 내려와서 박생을 맞이하였다.

박생은 두려움에 땅에 엎드려 감히 왕을 쳐다보지도 못하고 있었다. 임금이 말했다.

"우리는 서로 사는 곳이 다르기 때문에, 비록 내가 여기에서는 왕이지만 인간 세계의 선비님을 어떻게 할 권한은 없습니다. 그리고 유

---

* **통천관** : 임금이 나라 일을 볼 때 쓰는 관이다.
† **홀** : 천자가 일을 할 때 이것을 지팡이처럼 손에 잡고 나와서 신표로 삼았다.

196
금오신화

학의 이치에 통달하신 선비님을 어찌 위엄이나 세력으로 몸을 굽히게 할 수 있겠습니까."

임금은 박생의 소매를 잡고 일으켜 대궐 마루로 올라가 특별히 한 좌석을 마련해 주었다. 그것은 하얀 옥으로 만든 팔걸이가 달린 황금 의자였다. 자리를 정한 임금은 시중드는 자를 불러 다과를 올리게 했다. 박생이 곁눈질하여 보니, 차는 구리를 녹인 액체였고, 과실은 쇠로 만든 둥근 알이었다. 박생은 놀랍고 두려웠으나 감히 피할 수가 없었으므로, 그들이 하는 짓만 보고 있었다. 시중드는 자가 다과를 탁자 위에 올려놓으니, 차와 과일의 향기가 온 궁궐에 풍겼다.

임금은 박생에게 말하였다.

"선비님은 이곳이 어떤 곳인지 모르실 것입니다. 이곳은 속세에서 이른바 염부주†라고 부르는 곳입니다. 대궐의 북쪽 산이 곧 바다 밑의 물을 흡수한다는 옥초산§입니다. 이 섬은 하늘의 남쪽에 있으므로 남염부주라고 부릅니다. 염부라는 말은 불꽃이 활활 타서 늘 공중에 떠 있기 때문에 그렇게 불리게 된 것입니다. 내 이름은 염마¶이니, 불꽃이 내 몸을 휘감고 있기 때문입니다. 내가 이 땅의 임금

---

† **염부주** : 불교에서는 세계의 중앙에 수미산이 있고, 그 산을 둘러싸고 있는 남쪽 바다에 염부주가 있다고 한다.

§ **옥초산** : 바다 속에 있는 상상의 산으로, 바닷물이 넘치지 않는 것은 이 산이 바닷물을 흡수하기 때문이라고 한다.

¶ **염마** : 염라대왕을 가리킨다. 죽은 사람의 영혼을 다스리고 생전의 행위에 따라 상과 벌을 준다고 한다.

남염부주지(南炎浮洲志)

이 된 지 벌써 만여 년이나 되었습니다. 오래 살다 보니 마음이 귀신 같아져서 하지 못하는 것이 없고, 하고 싶은 일은 뜻대로 되지 않는 것이 없습니다. 옛날에 황제의 신하 창힐*이 글자를 만들 때에는 우리 백성을 보내어 도와주었고, 석가가 부처가 될 때에는 나의 제자를 보내어 보호하였습니다. 그러나 삼황†, 오제‡와 주공§, 공자는 자기 나름의 도를 지켰으므로, 나는 감히 그 사이에 끼어들 수가 없었습니다."

박생이 그 말을 듣고 나서 물었다.

"주공, 공자와 석가는 어떤 사람들입니까?"

임금이 대답하였다.

"주공과 공자는 중국의 훌륭한 문물 가운데서 탄생하신 성인이요, 석가는 인도의 간흉한 민족 가운데서 탄생하신 성인이십니다. 문물이 비록 뛰어나다 해도 성품이 잡스런 사람도 있고, 순수한 사람도 있으므로 주공과 공자는 이것들을 바로잡았습니다.

간흉한 민족들이 비록 몽매하다 해도 기질이 민첩한 사람도 있고, 노둔한 사람도 있으므로 석가는 이것을 일깨워 주었습니다.

---

* **창힐** : 중국 황제의 신하로, 새와 사슴의 발자국을 보고 처음 문자를 만들었다는 전설이 있다.
† **삼황** : 중국 전설에 나오는 세 임금으로, 태호 복희씨, 염제 신농씨, 황제 유웅씨다.
‡ **오제** : 중국 전설에 나오는 다섯 임금으로, 소호, 전욱, 제곡, 요임금, 순임금이 그들이다.
§ **주공** : 주나라 문왕의 아들로, 형인 무왕을 도와 은나라를 멸하고 주나라의 기초를 튼튼히 했다.

주공과 공자의 가르침은 올바른 도리로써 사악한 도리를 물리치는 일이었고, 석가의 법은 사악한 도리로 사악한 도리를 물리치는 일이었습니다. 그러므로 주공과 공자의 말씀은 정직하였고, 석가의 말씀은 거짓되고 허황하였습니다. 주공과 공자의 말씀은 정직하였으므로 군자가 따르기 쉽고, 석가의 말씀은 거짓되고 허황하였으므로 소인이 믿기가 쉬웠던 것입니다. 그러나 그 지극한 경지에 이르러서는 모두 군자와 소인들로 하여금 마침내 바른 도리로 돌아가게 함이요, 결코 세상을 미혹시키고 백성을 속여서 이단의 도리로써 그릇되게 하려는 것은 아니었습니다.”

　　박생이 또 물었다.

　　“귀신이란 어떤 것입니까?”

　　임금이 대답했다.

　　“귀는 음(陰)의 영이요, 신은 양(陽)의 영으로, 대개 귀신은 음양 조화의 산물이고, 음양의 타고난 본성입니다. 사람도 살아 있을 때는 사람이라 하지만, 죽고 나면 귀신이라 하나, 그 이치는 다른 것이 아닙니다.”

　　박생이 말하였다.

　　“세상에는 귀신에게 제사 지내는 예법이 있는데, 제사를 받는 귀신과 음양 조화의 귀신은 서로 다릅니까?”

　　“다르지 않습니다. 선비님은 어찌 그것을 모르시오? 옛 선비는, ‘귀신은 형체도 없고 소리도 없다.’고 하였습니다. 그러나 물질의 시작과 끝은 음양이 어울리고 흐트러짐에 따르는 것이 아님이 없고, 또 천지에 제사 지내는 일은 음양의 조화를 존경하는 것이고, 산천에 제사 지내는 일은 만물의 변화에 보답하려는 것이며, 우리 조상들께 제사 지내는 일은 낳아 주신 은혜를 보답하기 위한 것이요, 천지 사방을 지키는 여섯 신*에게 제사 지내는 일은 재앙을 면하기 위한 것입니다.

이런 제사는 모두 사람들이 공경하는 마음을 지극하게 하기 위해서입니다. 그들은 형체가 뚜렷이 있어서 인간에게 재앙과 복을 함부로 주는 것은 아닙니다만, 사람들이 향불을 사르고 몹시 슬퍼하면서 마치 귀신이 옆에 있는 것처럼 하는 것입니다. 공자가, '귀신을 공경하면서도 멀리하라.'고 하신 말씀은 바로 이것을 일러 주신 것입니다."

박생은 말하였다.

"인간 세상에는 요사스럽게 사람을 홀리는 도깨비가 나타나 사람들을 해치고 마음을 홀리는 일이 있는데, 이것 또한 귀신이라고 말할 수 있습니까?"

임금은 말하였다.

"귀는 굽힌다는 뜻이요, 신은 편다는 뜻입니다. 예를 들면, 팔을 굽히면 '귀'요, 팔을 펴면 '신'이니, 팔을 굽히고 펴는 것이 바로 귀신

---

* **여섯 신** : 동서남북과 중앙의 오방을 지키는 여섯 신이다.

의 작용입니다. 그러므로 세상에 귀신의 작용이 아닌 것은 없습니다. 이렇게 굽히고 펼 줄 아는 정상적인 것들은 조화의 신이라고 합니다. 그러나 굽히되 펼 줄 모르거나, 펴되 굽힐 줄 모르는 비정상적인 것들은, 나쁜 기운이 한곳에 뭉쳐 흐트러지지 않는 요물들입니다.

조화의 신은 천지만물의 변화와 조화를 이루므로 처음부터 끝까지 음양과 더불어 하므로 자취가 없습니다. 그러나 요사스러운 요물들은 뭉쳐져 흐트러지지 않는 까닭으로 사람과 동물 사이에 뒤섞여 원망을 품으며 해괴한 모습을 지니고 있습니다. 이들은 높은 산이나 깊은 물이나 계곡, 심지어 나무나 돌에도 붙어 있습니다. 이들 요물들은 세상 어느 곳에라도 붙어 있으면서 사람들을 유혹하고 괴롭힌다고 합니다. 우리가 흔히 도깨비니 마귀니 귀신이니 하는 것들이 그것들입니다. 이들은 모두 귀(鬼)에 해당하는 요물들입니다.

그러나 음양의 변화를 마음대로 하는 것이 곧 귀신(鬼神)입니다. 귀신이란 것은 이처럼 신묘한 작용을 이르는 것입니다. 하늘과 사람은 똑같은 이치이고, 드러난 세계와 숨겨진 세계에는 떨어져 있지 않습니다. 그러므로 근본으로 돌아가는 것을 정(靜)이라 하고, 천명을 회복하는 것을 상(常)이라 합니다. 처음부터 끝까지 조화와 함께 하면서도 그 조화의 자취를 알 수 없는 것이 있으니, 이것을 바로 도(道)라고 합니다. 그러므로 『중용』에, '귀신의 덕이 성대하다.'라고 한 것입니다."

박생은 또 물었다.

"저는 언젠가 불교도들에게서, 하늘 위에는 천당이라는 극락세계가 있고, 땅 밑에는 지옥이라는 고통스러운 세계가 있다고 들었습니다. 그리고 저승에서는 열 명의 왕들인 시왕(十王)*을 배치하여 18옥†의 죄인을 다스린다고 들었습니다. 그런 것이 있습니까?

또 사람이 죽은 지 칠 일이 된 뒤 부처님께 공양드리고 재를 베풀어 그 영혼을 극락으로 보내기 위해 천도재를 지냅니다. 그리고 대왕께 정성을 드리고 종이로 만든 돈을 불사르면 지은 죄가 벗겨진다고도 합니다. 대왕께서 간사하고 포악한 무리들도 불공을 드리고 정성을 드리면, 임금께서는 그들의 죄를 너그러이 용서하시겠습니까?"

임금은 몹시 놀라면서 말하였다.

"나는 아직 그런 말은 들어 본 적이 없습니다. 옛사람이 말하기를, 한번 음이 되고 한번 양이 됨을 도(道)라 하였고, 한번 열리고 한번 닫힘을 변(變)이라 하였으며, 낳고 또 낳음을 역(易)이라 하였고, 망령됨이 없음을 정성(誠)이라 한다고 하였습니다. 이치가 이와 같은데 어찌 건곤의 밖에 다시금 건곤이 있으며, 천지의 밖에 다시 천국이나 지옥이 있겠습니까?

그리고 임금이라 함은 만백성이 따르고 추대하는 것을 말합니다. 하은주 삼대 이전에는 모든 백성의 군주를 다 임금이라 일컬었고,

---

다른 이름으로 부르지 않았습니다. 다만 공자님께서 『춘추』를 엮으실 때 영원히 바꿀 수 없는 큰 법을 세워 주나라를 높여 그 임금을 천왕이라 하였으니, 임금이라는 이름 이상의 존칭은 있을 수 없습니다. 그럼에도 불구하고 진나라 임금이 여섯 나라†를 멸망시키고 천하를 통일한 뒤에, 스스로 '자기의 덕은 삼황을 겸하고 공은 오제를 능가한다.'고 하며, 임금이란 칭호를 고쳐 황제라 하였습니다. 진나라의 처음 황제라 해서 진시황이라 하였습니다.

당시에는 이 외에 분수에 넘치게 스스로 임금이라 일컬은 자들이 자못 많았으니, 위나라와 초나라 군주가 그러했습니다. 이 뒤부터 임금이란 명분이 어지러워져서 문왕, 무왕, 성왕, 강왕의 존귀함도 땅에 떨어지고 말았습니다. 또 인간 세상의 사람들은 아는 것이 없어서 인정으로 서로 분수에 넘치는 일들을 하니, 이는 말할 것이 못 됩니다. 그러나 신의 세계에서는 존엄함을 숭상하니, 어찌 한 지역 안에 임금이 그렇게 많겠습니까?

선비님은 하늘에는 두 해가 없고, 나라에는 두 임금이 없다는 말을 들어 보지 않으셨습니까? 그러니 열 명의 왕이 있다는, 시왕(十王)이라는 말은 믿을 일이 못 됩니다. 그러므로 천도재를 베풀어 죽은 영혼을 극락세계로 보낸다거나, 대왕에게 제사 지낸 뒤 종이로 만든

---

† **여섯 나라** : 전국시대에 진나라 이외에 6개의 강한 나라로, 초, 제, 연, 한, 위, 조나라가 그것이다.

돈을 불사르는 것 같은 짓을 하는 일은, 나는 그 이유를 알지 못하겠습니다. 선비님은 인간 세상의 거짓된 속임수들을 알고 계시는 대로 상세히 이야기하여 주십시오."

박생은 자리에서 물러나 옷깃을 여미고 대답했다.

"인간 세상에서는 어버이가 돌아가시면 신분이 높고 낮음을 가리지 아니하고, 초상이나 장사는 유학의 예절에 맞게 제대로 치르지 않으면서 오직 절에 가서 49재만을 올리려고 합니다. 부자는 정도에 지나친 경비를 쓰면서 남이 보는 데서 돈 많음을 자랑하고, 가난한 사람도 이에 지지 않으려고 토지와 가옥을 팔고 심지어 돈과 곡식을 빌려서 종이를 아로새겨 깃발을 만들고, 비단을 오려 꽃을 만들고, 불상을 세우고, 여러 스님들을 공양하여 복을 구합니다. 그리고 많은 사람들이 부처님을 찬양하는 노래를 부르고 불경을 외우는데, 마치 새가 울고 쥐들이 찍찍거리는 것 같아서 도무지 무슨 소리인지 알 수가 없습니다.

상주되는 사람은 아내와 자녀를 거느리고 친척과 친구들을 불러 모아 오므로 남녀가 뒤섞여서 대소변이 낭자하니, 깨끗해야 할 절간은 더러운 뒷간으로 바뀌고, 고요해야 할 절간은 소란한 시장바닥으로 바뀌게 됩니다.

또 이른바 시왕상을 모셔 놓고 음식을 차려서 그들에게 제사 지내고, 종이로 만든 돈을 불사르면서 그들이 지은 죄를 면제받으려고 합니다. 시왕이 예의를 돌보지 않고 탐욕스럽게 이를 받아야 하겠습니까? 아니면 마땅히 그 법도를 살펴서 법에 따라 이를 중하게 처벌해야 하겠습니까? 저는 이 문제가 풀리지 않아 슬프고 답답하였지만, 차마 누구에게도 속 시원하게 털어놓지 못하였습니다. 대왕께서는 저를 위하여 제발 무엇이 옳은지 솔직히 말씀하여 주십시오."

임금은 말하였다.

"아아! 세상이 그런 지경에까지 이르렀군요. 사람이 이 세상에 태어날 때에, 하늘은 어진 성품을 내려 주었고, 땅은 곡식으로써 살아가게 해주었습니다. 또한 군주는 법령으로써 다스리셨고, 스승은 도의로써 가르쳤으며, 어버이는 은혜로써 길러 주셨습니다. 이로 말미암아 오륜(五倫)*에 차례가 있고 삼강(三綱)†이 문란하지 않게 되었으니, 이를 잘 따르면 상서로운 일이 생기고, 이를 어기면 불행한 일이 생깁니다. 상서로움과 재앙은 사람들이 삼강오륜을 어떻게 지키느냐에 따라 달려 있을 뿐입니다.

사람이 죽으면 정신과 기운이 이미 흩어져 영혼은 하늘로 올라가고, 몸뚱이는 흩어져 땅으로 돌아가는데, 어찌 다시 캄캄한 저승에 머무르는 일이 있겠습니까? 또 원한을 품은 귀신과 뜻밖의 변을 당해 요절한 귀신은 제대로 죽지 못했으므로, 그 한을 제대로 풀지

---

* **오륜(五倫)** : 유학에서 사람이 지켜야 할 다섯 가지 도리로, 부자유친, 군신유의, 부부유별, 장유유서, 붕우유신을 말한다.
† **삼강(三剛)** : 유학에서 임금과 신하, 부모와 자식, 남편과 아내가 지켜야 할 도리로, 군위신강, 부위자강, 부위부강을 말한다.

못해 죽었던 싸움터나 강가 모래밭에서 시끄럽게 울기도 하고, 목숨을 잃어 원한 맺힌 집에서 간혹 처량하게 울기도 합니다. 그들 중에 어떤 사람은 무당에게 부탁해서 사정해 보기도 하고, 어떤 사람에게 의지해서 원망해 보기도 하지만, 비록 그 당시에는 정신이 흐트러지지 않았다 하더라도 결국에는 다 없어지고 말 것입니다. 그들이 어찌 저승에 나타나서 지옥의 형벌을 받는 일이 있겠습니까? 이런 일은 사물의 이치를 연구하는 군자로서는 마땅히 알 수 있는 일입니다.

부처님께 재를 올리고, 시왕께 제사 지내는 일은 모두 속임수입니다. 더욱이 '재'란 것은 정결하게 한다는 뜻인데, 정결하지 않게 재를 올려 복을 받을 수 있겠습니까? 부처란 청정을 일컫는 칭호요, 임금이란 존엄함을 일컫는 칭호입니다. 그래서 존엄한 임금이 백성들에게 부당하게 물품을 요구하거나 돈을 요구하는 일이 있어서는 아니 됩니다. 그리고 불공드릴 때에 돈을 사용하고 비단을 사용한 일은 근래에 와서야 시작된 일입니다. 어찌 청정한 부처님이 인간 세상의 공양을 받으며, 존엄한 임금이 죄인의 뇌물을 받으며, 저승의 귀신이 인간 세계의 죄악을 용서할 수 있겠습니까? 이것은 또한 이치를 연구하는 선비로서는 마땅히 알 수 있는 문제입니다."

박생은 또 물었다.

"사람은 윤회를 해서, 이승에서 죽으면 저승에서 다시 태어난다는 말을 좀 설명해 주시겠습니까?"

임금은 말하였다.

"죽은 사람의 영혼이 흐트러지지 않았을 때에는 윤회의 길이 있을 듯하나, 시간이 오래 지나면 정신은 흐트러져서 없어지는 것입니다. 다 헛된 소리입니다."

박생은 말하였다.

"그런데 대왕께서는 어떻게 해서 이 이국땅에서 임금이 되셨습니까?"

임금은 말하였다.

"나는 인간 세상에 있을 때, 왕에게 충성을 다 바치며 있는 힘을 다하여 나쁜 놈들을 토벌했습니다. 그리고 스스로 맹세하기를, '죽은 뒤에도 꼭 무서운 귀신이 되어 나쁜 놈들을 다 없애리라.' 하였는데, 죽은 뒤에도 그 소원이 남아 있었고 충성심이 사라지지 않았기 때문에, 이 흉악한 곳에 와서 왕이 된 것입니다.

지금 이곳에 사는 사람들은 모두 전생에서 부모나 임금을 죽인 간악하고 흉악한 무리들입니다. 그들은 이곳에 살면서 나의 지도를 받아 그릇된 마음을 고치려 하고 있습니다. 그래서 정직하고 사심 없는 사람이 아니면 하루라도 이 땅의 왕 노릇을 할 수가 없습니다.

과인이 들으니, 그대는 정직하고 뜻이 굳어 인간 세상에 있으면서 지조를 굽히지 않으셨다 하니, 진실로 모든 이치에 통달한 달인*이십

---

* **달인(達人)** : 모든 사물의 이치에 통달한 사람을 가리킨다.

니다. 그러나 그 뜻을 세상에서 한 번도 펴보지 못하였으니, 마치 천하의 보물이 벌판에 버려지고, 밝은 달이 깊은 연못에 잠겨 있는 것과 같습니다. 훌륭한 장인을 만나지 못하면 누가 지극한 보물을 알아주겠습니까? 이 어찌 애석하지 않겠습니까? 나는 때가 이미 다하여 장차 이 자리를 떠나야 하겠고, 그대 역시 운이 다하여 곧 인간 세상을 하직해야 합니다. 그러므로 이 나라를 맡아 다스릴 이는 그대가 아니고 누구이겠습니까?"

이에 임금이 잔치를 열어 박생을 극진히 대접하여 주었다.

잔치를 하는 중에 임금이 박생에게 삼한*이 흥하고 망한 이유를 물었다. 이에 박생이 일일이 대답해 주었다. 이야기가 고려의 건국에 이르자, 임금이 두세 번이나 탄식하고 나서 서글프게 말하였다.

"나라를 다스리는 이는 폭력으로써 백성을 위협해서는 안 될 것입니다. 백성들이 비록 겉으로는 두려워하며 따르는 것 같지만, 마음속엔 반역할 뜻을 품고 있습니다. 그것이 날이 가고 달이 가서 쌓이고 쌓이면 마침내 큰일이 일어납니다. 그러므로 덕이 있는 사람은 힘으로 임금의 자리에 올라가지 않습니다. 하늘이 비록 임금이 되라고 간곡하게 말하는 것은 아닙니다만 그가 올바르게 행동하는 모습을 백성들에게 보여 줌으로써, 백성들의 추대를 받아 임금이 되게 하니, 옥황상제의 명은 실로 삼엄합니다.

---

* **삼한(三韓)** : 마한, 진한, 변한을 가리킨다.

나라는 백성의 나라이고, 명령은 하늘의 명령입니다. 천명이 가 버리고 민심이 떠난다면, 임금이 비록 제 몸을 보전하고자 한들 장차 어찌 되겠습니까?"

또한 박생이 역대 제왕들이 불교를 숭상하다가 재앙을 입은 일들을 이야기하니, 임금은 문득 이맛살을 찌푸리면서 말하였다.

"백성들이 임금의 덕을 칭송하는데도 홍수나 가뭄이 닥치는 것은, 하늘이 임금으로 하여금 모든 일에 조심하라고 거듭 경고함이요, 백성들이 임금을 원망하는데도 상서로운 일이 일어나는 것은 요괴가 임금에게 아첨해서 더욱 교만 방종하게 만드는 것입니다. 그러므로 비록 제왕에게 상서로운 일이 일어난다고 해서 백성들이 편안할 수 있겠습니까? 그렇다고 백성들이 누구에게 원통하다고 말하겠습니까?"

박생은 말하였다.

"간사한 신하들이 벌 떼처럼 일어나 나라에 큰 어지러움이 자주 생기는데도 임금은 백성들을 위협하고서 그것을 잘한 일로 생각하고 명예를 구하려 한다면, 어찌 나라가 편안할 수 있겠습니까?"

임금은 한참 뒤에 탄식하며 말하였다.

"그대의 말씀이 모두 옳습니다."

잔치가 끝나자, 임금은 박생에게 임금의 자리를 넘겨주겠다고 선언하는 선위문을 손수 지었다. 그 내용은 이러하다.

"우리 염부주는 실로 풍토병이 유행하는 땅이므로 우임금의 발

자취도 이르지 못하였고', 목왕'의 말발굽도 미친 적이 없었습니다. 붉은 구름이 해를 가리고, 독한 안개가 하늘을 막고, 목이 마르면 뜨거운 구리 쇳물을 마셔야 하고, 배가 고프면 불에 달구어진 뜨거운 쇳덩이를 먹어야 하니, 야차나 나찰' 같은 귀신이 아니면 발붙일 데가 없고, 도깨비가 아니면 그 기운을 펼 수 없는 곳입니다.

불길에 휩싸인 성이 천 리를 뻗어 있고, 쇠로 만든 산이 만 겹이나 둘러 있습니다. 이 나라 백성들의 풍속은 드세고 사나워서, 정직하고 사심이 없지 않으면 그 간사함을 판단할 수가 없습니다. 땅의 형세도 굴곡이 심해 험준하니, 신령하고 위엄이 있는 사람이 아니면 그들을 교화시킬 수 없을 것입니다.

아! 그대 동쪽 나라에서 온 박생은 정직하고 사심이 없으며, 강직하고 결단력이 있으며, 마음속에 아름다운 덕을 갖추고 있어 어리석은 자들을 깨우치는 재주를 가지고 있습니다. 인간 세상에서 살아 계실 동안에는 비록 이름을 세상에 드러내지 못하였지만, 죽은 뒤에는 이곳의 규율과 법도를 바로잡을 수 있을 것입니다. 모든 백성이 영원히 믿고 의지할 분이 그대가 아니고 누구이겠습니까? 마땅히 도덕으로 인도하고 예법으로 다스려서, 백성들을 지극히 착하

---

* **우임금의 발자취도 이르지 못하였고** : 중국 하나라 우임금은 9년 동안 홍수가 나자 이를 다스리기 위해 안 간 곳이 없게 돌아다녔다고 한다.
† **목왕** : 왕이 된 뒤에 준마 8필을 타고 천하를 돌아다녔다고 한다.
‡ **야차나 나찰** : 사람을 해치거나 잡아먹는 귀신

게 만들어 주시고, 몸소 실천하고 마음으로 깨달아 세상을 크게 평안하게 만들어 주십시오.

하늘을 본받아 법을 세우고 요임금이 순임금에게 임금 자리를 물려준 일을 본받아, 나도 이 자리를 그대에게 물려주노니, 아아! 그대는 삼갈지어다."

박생은 임금의 선위문을 받아들고는 두 번 절하고 물러나왔다. 임금은 다시 신하들과 백성들에게 명을 내려 축하 인사를 드리게 하고, 태자의 예절로써 그를 전송하게 하였다. 임금은 또 박생에게 말하였다.

"머지않아 다시금 돌아오셔야 합니다. 수고스럽지만 이번에 가시거든 나와 문답한 말들을 널리 인간 세상에 알려 황당한 일들을 다 없애 주십시오."

박생은 다시 두 번 절하며 감사의 뜻을 표하고 말하였다.

"감히 만분의 일이라도 그 뜻을 널리 전하지 않겠습니까?"

박생은 임금에게 하직하고 문밖으로 나와 수레에 올랐다. 그때 수레를 모는 사람이 발을 헛디뎌서 수레바퀴가 넘어졌다. 그 바람에 박생도 땅바닥에 쓰러졌다. 놀라 일어나 깨니, 한바탕의 꿈이었다.

남염부주지(南炎浮洲志)

3. 박생이 염마왕이 되다

꿈속에서 자기의 생각이 옳다고 생각한 박생은 그런 세상을 만들려고 한다. 그래서 그는 현실에서는 불가능함을 알고 죽어서나마 자기의 뜻을 이루려고 염마왕이 된다. 그가 염마왕이 되는 과정을 살펴보자.

 눈을 떠 보니 책은 책상 위에 던져져 있고, 등잔불은 가물거리고 있었다. 박생은 감격 속에 의아히 생각하고 있다가, 장차 죽을 것을 생각하고 날마다 집안일을 정리하기에 전력을 다하였다.

몇 달 뒤에 박생은 병을 얻었다. 그는 결코 병이 나아 일어나지 못할 줄 알았으므로 의원과 무당을 사절하고 드디어 세상을 떠났다.

그가 막 세상을 떠나려 하던 날 저녁에 이웃집 사람들의 꿈에 어떤 신과 같은 사람이 나타나서 말하기를, '너의 이웃집 박생은 장차 염라왕이 될 것이다.'라고 하였다 한다.

남염부주지

본 작품에는 작가의 종교관과 세계관이 잘 드러나 있다. 즉 승복을 걸친 유학자 매월당의 종교관과 그에 따른 벼슬에 대한 정치적 욕망이 주인공 박생을 통하여 잘 나타나고 있다. 이는 개인의 문제이면서 동시에 사회적 문제이기도 하다. 종교가 개인적 문제인가, 사회적 문제인가는 문제를 위한 문제라는 말과 같이, 개인의 종교관과 사회관은 실로 하나라고 해야 할 것이다.

주인공 박생은 자신이 몸담고 있는 세상을 어둡고 불건전한 세상이라고 보았다. 즉 불공정하고 불평등한 사회이면서, 동시에 불교, 무격, 귀신 등의 설이 난무하는 시대라는 것이다. 그는 그런 세상을 밝고 건전한 세상으로 바꾸려고 한다. 즉 공정하고 평등하며, 동시에 타락한 불교가 아닌 유학의 올바른 도로 다스려지는 세상으로 바꾸려는 생각을 이야기한다. 그렇게 해야만 자신도 과거에 급제하여, 세상에 자신의 뜻을 펼칠 수 있기 때문이다. 따라서 이 이야기는 매월당으로 대변되는 박생으로 하여금 새로운 세상을 만들려고 하는 이야기라 할 수 있다.

유학과 기타 종교

세조 초기에 경주에 박생이란 사람이 있었다. 그는 일찍부터 요즘의 대학교에 해당하는 태학관에서 유학을 공부하는 유학자였으나, 한 번도 과거에 오르지 못하여 항상 원망하는 감정을 품고 있었다. 이는 과거제도가 불공정하다고 생각했기 때문이다.

또한 그는 일찍부터 불교, 무속, 귀신 등의 이야기에 대하여 항상 의심을 품고 있었으나 아직 미적거리면서 어떤 결정을 내리지 못하고 있었다.

이는 그가 몸담고 있는 시대가 밝고 건전한 시대가 아니라 어둡고 불건전한 시대라는 것을 밝혀 주는 것이다. 우리는 본 작품이 생성된 시대가 유학이 정도(正道)로 통하는 시대가 아니라 사도(邪道)인 타락한 불교와 무속과 귀신이 난무하는 어둡고 불건전한 시대임을 알 수 있다. 그러므로 불공정과 부정과 부패가 만연하는 시대였다.

따라서 박생이 원망하는 감정을 품은 것은 스스로가 못나서가 아니라, 매월당 김시습처럼 시대를 잘못 만나 뜻을 이루지 못했기 때문이다. 그러므로 그가 과거시험과 종교에 대하여 의심과 불만을 가졌던 이유는 바로 여기에 있는 것이다. 그러므로 그의 갈등은 개인적인 갈등이 아니라 사회적인 갈등인 것이다.

그는 자신의 이런 의심을 떨치기 위하여 일찍이 『주역』과 『중용』

에 바탕을 둔 「일리론(一理論)」이란 글을 지어 스스로를 경계하였다. 즉 그는 '세상의 이치는 하나일 뿐'이라고 하며, 다른 이단의 설을 믿지 않는다고 하였다. 즉 유학만이 진리이고, 불교나 무속이나 귀신 같은 것은 틀렸다는 것이다. 그는 이런 자기 생각을 꿈속에서 확인하고자 한다.

꿈속에 염마왕을 찾아가다

박생은 스스로 「일리론(一理論)」을 지었다. 그러나 이것은 자신의 생각일 뿐 아직 다른 사람으로부터 인정받지 못하였으므로 스스로 확신할 수 없었던 것이다. 그랬기에 그는 이후 꿈속에서 남염부주의 염마왕을 만나 대화하면서 이런 그의 모든 생각이 올바르다는 것을 인정받게 되고, 나아가 그의 모든 의심을 해결하게 된다.

그가 꿈으로 들어가는 장면은 다음과 같이 묘사되어 있다.

어느 날 밤 박생은 거실에서 등불을 켜고, 세상 이치를 밝힌 『주역』이란 책을 읽고 있다가 베개를 괴고 얼핏 잠이 들었다. 꿈속에 홀연히 한 나라에 이르니, 곧 큰 바다 속에 있는 한 섬이었다.

여기서 박생이 『주역』을 베고 잠들었다는 것은, 앞으로의 세계가 주역적으로 전개되리라는 암시를 주는 것으로, 상당히 고급스런 소설기법이다. 『주역』의 내용이 조금 생소하긴 하겠지만 필요한 부분에서는 되도록 쉽게 설명할 예정이다.

박생은 꿈속에서 남염부주의 왕과 토론을 벌이는데, 이는 그가 현실 세계에서 의심과 불만을 가졌던 문제들이다. 크게 나누어 보면 종교적인 문제와 나라를 다스리는 정치적인 문제에 관한 것이었다. 대개는 박생이 묻고 왕이 대답하는 형식으로 구성되어 있는데, 그 대답이 주로 『주역』의 음양 이론으로 되어 있는 것이 재미있다.

이에 여기서는 『주역』의 가장 기본이 되는 음양론을 조금 살펴보고 이야기를 계속하고자 한다. 이 부분이 조금 어렵게 느껴진다면 건너뛰어도 작품 이해에는 관계가 없다.

음양론이란?

흔히들 『주역』의 64괘를 말한다. 여기서 64괘가 어떻게 생겨나는지를 우선 알아보기로 한다.

역(易)에는 태극(太極)이 있다고 한다. 이 태극은 쉽게 말해서, 만물의 근원인 신과 같은 존재라고 이해하면 된다. 이 태극이 음양을 낳는다고 한다. 태초에 음양이 처음 생겼다는 말이다. 이는 우리나라 태극기가 잘 설명하고 있는데, 둥근 원이 태극이라면 붉은색은 양이고, 푸른색은 음이다. 한 태극 안에 음양이 생겨나 있는 것을 볼 수 있을 것이다.

이 음양이 다시 사상을 낳고, 사상이 팔괘를 낳고, 이 팔괘가 서로 거듭해서 64괘를 이루게 된다. 1-2-4-8-16-32-64가 된다. 그러므로 64괘도 사실은 음양을 기본으로 해서 만든 것이므로, 『주역』에서는 음과 양이 가장 주요한 개념이 된다.

이 태극에서 음양이 생긴다고 했다. 이를 거꾸로 말하면, 한 물체 안에 성질이 서로 다른 음양이 같이 들어 있다고도 말할 수 있다. 즉 『주역』에서는 모든 만물이 서로 반대되는 것들로 구성되어 있다고 보는 것을 말한다. 이들은 서로 떨어질 수 없이 항상 같이 있는 것이다.

예를 들면, 물과 불은 음양으로 서로 반대이지만, 물속에 불이 들어 있는 것이다. 물속의 산소와 수소는 바로 불인 것이다. 산소 용접을 하고, 수소탄을 만들 수 있지 않는가. 신기하지 않을 수 없다.

또한 딱딱한 것은 부드러운 것과 같이 있다. 예를 들면, 과일도 껍질이 단단할수록 속이 부드럽다. 가장 딱딱한 야자 속에는 가장 부드러운 물이 들어 있다.

삶과 죽음도 서로 반대된다. 그러나 잘 생각해 보면 살아가는 것은 곧 죽어가는 것이요, 죽어가는 것이 곧 살아가는 것이다. 하루를 살면, 하루만큼 죽음에 더 가까이 간 것이다. 그래서 삶과 죽음은 한 덩어리로 같이 있는 것이다. 죽는 것이 사는 것이고, 사는 것이 죽는 것이다.

남자와 여자는 반대다. 그러면 남자 속에 여자가 있을까 없을까?

그리고 여자 속에 남자가 있을까 없을까? 당연히 있다. 반대되는 것은 같이 있기 때문이다. 실제 분석심리학에서 남자 속에 있는 여자를 '아니마'라 하고, 여자 속에 있는 남자를 '아니무스'라 한다.

음양을 다시 자연 현상으로 한번 설명해 보기로 한다.

음과 양은 따로 떨어져 있을 수 없고, 늘 한 몸이라고 했다. 즉 음양은 서로 붙어서 떨어질 수 없는 존재이다. 예를 들면, 빛이 있으면 그림자가 있다. 빛과 그림자가 떨어져 있는 것이 아니라 같이 있는 것이다. 즉 하나의 언덕이 있다고 보면, 언덕의 그늘진 부분은 음이고, 언덕에 빛이 비치는 부분을 양이라 한다. 한쪽에 볕이 들면 반대편은 그늘지게 마련인 것처럼 이들은 서로 뗄 수 없는 양면 관계인 것이다.

이 음양을 '홀짝'의 획으로써 살피면, 양이 먼저 움직이고 그다음으로 정지하니 음이 뒤따른다 하겠다. 그래서 한 획으로써(첫 번째라는 뜻) 양(—)을 표현하고, 두 획으로써(두 번째라는 뜻) 음(— —)을 상징한다. 그 획이 양은 이어졌으므로 변하지 않는 태양의 상을, 음은 끊어졌으므로 차고 기우는 달의 상을 나타낸다고 본다. 곧 양은 밝은 낮의 도요, 음은 어두운 밤의 도이다.

그러나 오랜 옛적부터 자연의 원형적인 두 극인 음양은 명암에 의해서만이 아니라 남녀, 강약, 상하 등으로도 나타내었다. 곧 양의 상은 강하고 능동적이며 남성적이고 창조적인 힘인 '하늘'과 연결시켰다. 반면에 음의 상은 어둡고 수동적이며 여성적이고 모성적인 요소인 '땅'으로 연결시켰다. 하늘은 위에 있어 움직임으로 충만하고, 땅은 — 고대의 지구 중심적 관점에서는 — 아래에 있고 쉬고 있다. 따라서 양은 움직임을, 음은 정지를 상징하고 있다.

좀 더 구체적으로 말하자면, 양에 속하는 것은 하늘[天], 시간, 해[日], 남자, 정신, 낮, 밝음, 도덕, 위치, 이(理) 등이며, 음에 속하는 것은 땅[地], 공간, 달[月], 여자, 물질, 밤, 어둠, 과학, 상태, 기(氣) 등이라고 할 수 있다.

이로 미루어 보면, 「남염부주지」는 뜨거운 불의 나라이므로 양의 사상으로 정신적인 분야인 종교나 정치 등의 문제를 이(理)를 중심으로 해서 다룬다. 한편 「용궁부연록」은 물의 세계이므로 음의 사상으로 물질적인 세속적 욕구를 기(氣)를 중심으로 해서 다룬다고 할 수 있다.

유교와 불교의 차이에 대하여

이들은 먼저 유교와 불교의 차이에 대해 이야기한다.

박생은 먼저 '주공, 공자와 석가'에 대하여 물었다. 여기서 주공은 주나라를 세운 문왕의 아들로 주나라의 예악과 문물제도를 정비하였으므로, 유학자들에게 공자와 함께 성인으로 추앙받는 인물이다. 그러므로 주공은 공자와 대등한 인물이라고 생각하면 된다.

박생의 물음에 왕의 대답은 유학을 옹호하는 쪽이었다.

주공과 공자의 가르침은 올바른 도리로써 사악한 도리를 물리치는 일이었고, 석가의 법은 사악한 도리로 사악한 도리를 물리치는 일이었습니다. 그러므로 주공과 공자의 말씀은 정직하였고, 석가의 말씀은 거짓되고 허황하였습니다. 주공과 공자의 말씀은 정직했으므로 군자가 따르기 쉽고, 석가의 말씀은 거짓되고 허황하였으므로 소인이 믿기가 쉬웠던 것입니다. 그러나 그 지극한 경지에 이르러서는 모두 군자와 소인들로 하여금 마침내 바른 도리로 돌아가게 함이요, 결코 세상을 미혹시키고 백성을 속여서 이단의 도리로써 그릇되게 하려는 것은 아니었습니다.

여기서 볼 때, 왕은 유학이나 불교가 모두 그 궁극적인 경지나 목적은 같다고 할지라도, 유학이 군자의 도요, 불교는 소인의 도라 하여 불교보다 유학을 우위에 두고 있음을 알 수 있다.

특히 왕은 군자와 소인, 정도와 사도라는 음양적 대비로 이들을 설명한 것이 재미있다 하겠다. 음과 양은 서로 반대되니, 군자와 정도는 양으로 좋은 것이라면, 소인과 사도는 음이라 나쁘다는 것이다. 이는 유학의 남존여비사상에서, 양은 남성으로 좋다고 보고, 음은 여성으로 나쁘다고 보기 때문이다. 그러나 사실은 양과 음은 서로 반대가 될 뿐이지, 어느 쪽이 더 좋다고 말할 수 없는 것이다.

결국 왕의 대답은 박생이 꿈꾸기 전에 생각했던 바와 같았다. 이를 다른 말로 바꾸자면 박생이 몸담고 있는 시대는 유학의 정도가 아니라 불교의 사도가 지배하는 불건전한 시대임을 암시하는 것이다.

이렇게 박생은 꿈에 왕과의 토론을 통해서 자신의 생각이 옳았음을 하나하나 확인하게 된다. 이후의 토론도 이와 같은 맥락에서 이루어지고 있다.

귀신이 있는가, 없는가

다음으로 왕은 귀신을 설명하면서도 '귀(鬼)는 음(陰)의 영(靈)이요, 신(神)은 양(陽)의 영(靈)이니, 대개 귀신은 음양 조화의 산물이고, 음양의 타고난 본성입니다.'하며 음양의 이론으로 귀신을 부정하였다.

'귀신(鬼神)'이란 글자를 분리해 보면 '귀(鬼)'와 '신(神)'이 된다. 귀는 음이고 신은 양이다. 그런데 이 음양이 합해야 조화가 이루어지고, 이런 음양의 조화는 자연 현상이라는 것이다.

하나의 예를 들어 보자. 팔 굽히기 운동을 보면, 팔을 굽히는 것은 '귀(歸)'로 음이고, 팔을 펴는 것은 '신(伸)'으로 양이다. 그러므로 팔을 굽혔다 펴는 것이 음양으로 귀신이다. 이처럼 음과 양이 번갈아 가며 조화를 이루어 자연스런 운동이 일어나는 것이다. 그러므로 귀신이라는 것은 우리 세상에서 일어나는 모든 자연 현상을 말하는 것이지, 별다른 무엇이 아니라는 말이다.

또 다른 예를 들어 보자. 목운동을 하자면, 앞으로 숙이는 것은 음으로 귀이고, 뒤로 젖히는 것은 양으로 신이다. 즉 목운동은 음인 귀와 양인 신이 반복되어, 귀신 귀신이 되는 것이다. 이처럼 세상 모든 것이 음양의 조화에 의해서 이루어진다. 이를 『주역』에서는 귀신이라 하는 것이다. 따라서 귀신은 무슨 무서운 무엇이 아니라 세상에서 일어나는 모든 자연 현상이라고 보아야 할 것이다.

이어 박생은 다시 귀신 섬기는 법에 대하여 물었으나, 왕은 이도 음양론적으로 대답하였다. 즉 물질의 끝과 시작은 음과 양이 합하고 흐트러지는 데에 따르는 것이라고 하였다. 즉 음양이 합하면 물질이 시작되고, 음양이 흐트러지면 물질이 끝나서 없어진다는 것이다. 예를 들어, 수소와 산소를 음과 양으로 봤을 때, 수소와 산소가 합하면 물이 되고, 수소와 산소가 분리되어 흐트러지면 물이 없어지는 것과 같다.

천지에 제사하는 것은 이런 음양의 조화를 존경하는 것이라고 했다. 세상에 음양의 조화 없이는 아무것도 존재할 수 없으므로 음양의 조화를 존경하여 제사 지낸다는 것이다.

또한 그 누구라도 양인 아버지와 음인 어머니가 조화롭게 합쳐지지 않았으면 이 세상에 태어나지 않았을 것이다. 그래서 조상에 대한 제사는 조상이 나의 근본이므로, 근본에 대한 은혜를 갚으려는 것이라고 하였다. 즉 우리가 조상에게 제사를 지내는 것은 나를 있게 한 조상에 대한 감사의 표시이지, 조상귀신에게 제사 지내는 것이 아니라는 것이다.

이처럼 귀신을 섬기는 것은 음양의 조화를 존경하고 근본에 대한 은혜를 갚으려는 이유 때문이지, 귀신이 따로 있어서가 아니라는 것이다. 우리가 아는 도깨비나 허깨비 같은 귀신은 없다는 말이다.

타락한 불교

박생은 계속해서 불교도들에게서 들은 극락세계와 지옥, 그리고 저승의 시왕(十王)에 대해서도 사실인지 묻는다. 이에 왕은 몹시 놀라면서 역시 이를 『주역』의 음양 이론으로 이의 타당성을 부인하니, 다음이 그것이다.

어찌 건곤의 밖에 다시금 건곤이 있으며, 천지의 밖에 다시 천국이나 지옥이 있겠습니까? …… 신의 세계에서는 존엄함을 숭상하니 어찌 한 지역 안에 임금이 그렇게 많겠습니까?

선비님은 하늘에는 두 해가 없고, 나라에는 두 임금이 없다는 말을 들어 보지 않으셨습니까? 그러니 열 명의 왕이 있다는, 시왕(十王)이라는 말은 믿을 일이 못 됩니다.

왕은 먼저 천지 밖에 다시 천지가 없다고 한다. 즉 우리가 사는 하늘과 땅 이외에 다른 천당이나 지옥은 있을 수 없다는 말이다. 하늘 위에 다른 하늘이 있을 수 없고, 땅속에 다른 땅이 있을 수 없다는 것이다. 또 불교에서 저승에는 죽은 사람을 심판하는 열 분의 왕이 있다고 하나, 하늘에 태양이 하나이듯 한 분 이상의 왕이 있을 수 없다는 말로 불교의 시왕을 부인한다. 시왕은 원래 십왕(十王)이나 발음이 불경스럽다 해서 시왕으로 읽는다.

박생은 현실 세계에서는 사람들이 극락과 지옥을 믿으며, 이로 인한 속임수가 많음을 지적한다. 즉 사람들은 부모님이 돌아가시면, 절에 가서 49재를 지내는데 부자는 과도한 경비를 쓰면서 돈 자랑을 하고, 가난한 사람들도 이에 지지 않으려고 토지와 가옥을 팔고 곡식과 돈까지 빌려서 종이돈을 태우면서 복을 빈다는 것이다. 곧 인간 세상에서 사람들이 유교의 예를 돌아보지 않고, 오로지 불교에 현혹되어 속고 있음을 말하여 불교의 폐단을 지적하였다. 이는 바로 유학자 박생이 그가 살고 있던 시대의 타락상을 고발한 것이기도 하다. 종교가 타락하면 사회도 부패하는 것이다.

이에 임금은 다시 박생이 무의식적으로 옳다고 생각하는 유학을 강조한다.

아아! 세상이 그런 지경에까지 이르렀군요. 사람이 이 세상에 태어날 때에, 하늘은 어진 성품을 내려 주었고, 땅은 곡식으로써 살아가게 해주었습니다. 또한 군주는 법령으로써 다스리셨고, 스승은 도의로써 가르쳤으며, 어버이는 은혜로써 길러 주셨습니다. 이로 말미암아 오륜(五倫)에 차례가 있고, 삼강(三綱)이 문란하지 않게 되었으니, 이를 잘 따르면 상서로운 일이 생기고, 이를 어기면 불행한 일이 생깁니다.

여기서 보면, 왕은 유학의 삼강오륜(三綱五倫)만이 바른 생활 태도임을 말한다. 그래서 사람들은 소인의 길이 아니라 삼강오륜을 지키는 군자의 길을 걸어야 상서롭다고 설파하고 있다.

마지막으로 박생은 주요한 불교 교리의 하나인 윤회에 대하여 묻는다. 왕은 '죽은 사람의 영혼이 흩어지지 않았을 때에는 윤회의 길이 있을 듯하나, 시간이 오래 지나면 정신은 흩어져서 없어지는 것입니다. 다 헛된 소리입니다.' 하며, 윤회조차 유학의 이기론(理氣論)으로 부정한다. 즉 육체인 기(氣)가 흩어지면, 정신인 이(理)도 사라진다는 말이다.

유학만이 바른길이다

이제까지 살펴본 결과, 유학자 박생은 그가 평소에 의심하고 있던 여러 가지를 왕에게 물어보았다. 첫째는 유불의 차이에 대하여, 둘째는 귀신에 대하여, 셋째는 극락과 지옥, 시왕에 대하여, 넷째는 제사에 대하여, 다섯째는 윤회에 대하여 물어보았다. 왕의 대답은 모두 불교를 배격하고 유학을 옹호하는 대답이었으니, 유학은 정도이고 불교는 사도라는 것이다. 그리고 유학의 경전인 『주역』의 음양론으로 귀신과 지옥과 시왕은 물론 윤회까지도 있을 수 없다고 하였다. 이로써 박생은 비로소 현실 세계에서 의심하던 모든 문제들을 유학의 『주역』 원리로 확실한 해답을 찾게 되었다.

더구나 박생이 평소에 생각하던 대로, 그가 몸담고 있던 세상이 유학으로 다스려지는 밝고 건전한 세상이 아니라 불교의 폐해가 많은 어둡고 불건전한 세상임을 확인하게 된다. 여기서 우리는 율곡이 「김시습전」에서 김시습을 평하여 '심유적불(心儒跡佛)'이라 한 말의 깊은 뜻을 이해하게 된다. 이는 그가 비록 승복을 걸치고 살았지만, 마음은 유학자였다는 말이다.

종교의 이야기가 끝나고, 이들은 다시 정치에 관한 이야기로 넘어간다.

왕이 되고 싶은 박생

마지막으로 박생은 임금에게 '어떻게 해서 이 이국땅에서 임금이 되셨습니까?' 하고 묻는다. 이는 그도 '왕이 될 수 있는 길'을 알고 싶었기 때문일 것이다. 그 스스로 왕이 되어야 세상을 바로잡을 수 있기 때문이다. 왕의 대답을 한번 들어 보기로 한다.

나는 인간 세상에 있을 때, 왕에게 충성을 다 바치며 있는 힘을 다하여 나쁜 놈들을 토벌했습니다. 그리고 스스로 맹세하기를, '죽은 뒤에도 꼭 무서운 귀신이 되어 나쁜 놈들을 다 없애리라.' 하였는데, 죽은 뒤에도 그 소원이 남아 있었고, 충성심이 사라지지 않았기 때문에, 이 흉악한 곳에 와서 왕이 된 것입니다.

이에서 보면 왕은 생전에 도둑 떼를 토벌하는 충성심이 있었기에 죽은 뒤에 왕이 되어서도 도둑 떼를 죽이는 일을 하고 있다는 것이다. 그러므로 왕이 다스리는 남염부주에는 도둑 떼가 없는 세상이므로, 왕이 추구하는 세상은 밝고 건전한 세계임을 나타내는 말이다.

박생 역시 과거에 급제하지 못한 것은 도둑 떼의 장난으로 생각하였기에 늘 불쾌한 감정을 품고 있었으므로, 그 역시 도둑 떼에 대한 증오심은 왕과 다를 바 없었다. 여기서 말하는 도둑 떼란 임금의 말대로 '모두 전생에서 부모나 임금을 죽인 간악하고 흉악한 무리들'이다. 이들은 모두 삼강오륜에 위배되는 패륜아들이다. 이로써 우리는 박생이나 왕이 이상적으로 생각하는 나라는 밝고 건전한 세상, 즉 유학의 정도로 다스리는 나라임을 짐작할 수 있다.

이어서 왕은 박생에게 나라는 백성의 나라이므로 민본주의로 다스리되, 천명을 거역해서는 안 된다고 했다. 이는 곧 성리학의 왕도정치의 기본 이념이기도 하다. 이어서 왕은 박생이 '정직하고 사심이 없는 사람'이라고 하며, 왕위를 물려줄 선위문(禪位文)을 손수 지었다.

아! 그대 동쪽 나라에서 온 박생은 정직하고 사심이 없으며, 강직하고 결단력이 있으며, 마음속에 아름다운 덕을 갖추고 있어 어리석은 자들을 깨우치는 재주를 가지고 있습니다. 인간 세상에서 살아 계실 동안에는 비록 이름을 세상에 드러내지 못하였지만, 죽은 뒤에는 이곳의 규율과 법도를 바로잡을 수 있을 것입니다. 모든 백성이 영원히 믿고 의지할

분이 그대가 아니고 누구이겠습니까?

박생이 왕이 된다는 것은 박생의 무의식적 욕구이다. 그러므로 이 선위문은 왕이 박생에게 준 것이지만, 기실 박생이 꿈속에서 그 스스로에게 한 말이기도 하다. 왜냐하면 박생은 '강직하고', '재주를 가지고 있었지만', '살아 있을 동안에는 비록 이름을 세상에 드러내지 못하였기에' 꿈에서나마 가장 높은 벼슬을 하고 싶었던 무의식적 욕구가 실현되는 장면이기 때문이다.

박생, 왕이 되다

박생은 이 선위문을 받고 수레를 타고 오다가 넘어지니, 곧 '한바탕의 꿈'이었다. 그는 꿈속에서 다시 현실 세계로 나온 것이다. 이후 박생은 감격 속에 죽을 일을 염두에 두고 날마다 집안일을 정리하기에 전력하였다. 마지막 대목을 읽어 보기로 한다.

몇 달 뒤에 박생은 병을 얻었다. 그는 결코 병이 나아 일어나지 못할 줄 알았으므로 의원과 무당을 사절하고 드디어 세상을 떠났다.

그가 막 세상을 떠나려 하던 날 저녁에 이웃집 사람들의 꿈에 어떤 신과 같은 사람이 나타나서 말하기를, '너의 이웃집 박생은 장차 염라왕이 될 것이다.'라고 하였다 한다.

여기서 박생이 스스로 죽을 준비를 하고, 병이 나자 의원과 무당을 물리친 것은 스스로 죽음을 택한 것으로 보아야 한다. 왜냐하면 이것은 그가 발 딛고 있는 어두운 세계인 현실을 박차고 새로운 이상 세계, 즉 밝고 건전한 세계를 건설하기 위하여 나아간 것이기 때문이다.

박생이 죽어 왕이 되어 다스릴 남염부주의 세계는 밝고 건전한 나라로, 인간의 생각과 행동이 밝고 바르며, 도의적으로나 윤리적으로나 제도적으로 순리적이어서 모든 사람이 제자리를 찾는 세상이 될 것임을 미루어 짐작할 수 있는 일이다. 이런 나라에서는 생전의 박생처럼 '정직하고 사심이 없으며, 강직하고 결단력이 있으며, 마음속에 아름다운 덕을 갖추고 있어 어리석은 자들을 깨우치는 재주를 가진' 사람들이 과거에 떨어지는 일도 없을 것이고, 불교, 무격, 귀신에 대한 설도 난무하는 일이 없을 것이다. 왜냐하면 사심 없는 박생 같은 대인이 유학의 왕도정치를 행하기 때문이다.

따라서 본 작품은 '유학자로서의 통치욕'을 그 주제로 삼고 있다 해도 무방할 것이다. 이는 매월당의 무의식적 욕구이기도 하다. 자기 몸과 마음을 닦은 다음 사람을 다스린다는, '수기치인(修己治人)'을 목적으로 하던 조선조 유학자들이 『금오신화』 5편 중에 「남염부주지」를 제일로 꼽은 것은 이런 각도에서 이해할 때 수긍이 가는 것이다.

용궁부연록(龍宮赴宴錄)

용궁 잔치에 초대받다

1. 임금이 알아주지 않는다

한생은 글을 아주 잘 짓는 사람이다. 그래서 이름이 조정에까지 알려지고, 온 나라에 소문이 자자했지만, 아직 거기에 걸맞은 대접을 받지는 못하고 있었다. 이 부분을 한번 읽어 보기로 한다.

 개성에 천마산(天磨山)이 있는데, 그 산은 이름 그대로 공중에 높이 솟아 험하고 가팔랐다.

그 산속에는 박연이란 못이 있다. 그 못은 크지 않으나, 너무 깊어서 아무도 그 깊이를 알 수 없었다. 못물이 넘쳐서 폭포가 되었는데, 박연폭포는 백여 길이나 될 정도로 높았다. 경치가 깨끗하고 아름다워 지나가는 스님들이나 구경 오는 손님들은 반드시 이곳을 관람하였다.

옛날부터 여기에 용신이 살고 있다는 이야기가 전해 내려온다. 나라에서도 새해에는 큰 소를 잡아서 용신에게 제사를 지냈다.

고려 때 한생이란 선비가 살고 있었다. 그는 젊어서부터 글에 능하여 그 이름이 조정에까지 알려지고, 글 잘하는 선비로 온 나라에 소문이 자자했다.

2. 용궁 잔치를 즐기다

한생은 뛰어난 문장가로 세상에 이름이 났지만, 세상은 그를 대접해 주지 않았다. 이에 한생은 꿈속에서 용왕에게 문장가로 대접을 받는 꿈을 꾼다. 그가 어떤 대접을 받고 싶었는지 같이 읽어 보기로 한다.

어느 날 한생이 거처하는 방에서 해가 질 때까지 편안히 앉아 생각에 잠겨 있었다. 그때 홀연히 남색 도포를 입고, 머리에는 과거에 급제한 사람들이 쓰는 복두*를 쓴 관리 두 사람이 공중에서 내려왔다. 그러고는 뜰에 엎드려 한생에게 말했다.

"박연에 사시는 용왕님께서 선생님을 모셔 오라고 하셨습니다."

한생은 깜짝 놀라 얼굴빛이 변하면서 말했다.

"신과 인간 사이에는 길이 막혀 있는데, 어찌 서로 왕래할 수 있겠소? 더군다나 용궁은 멀리 있고 또 물속에 있는데, 어찌 그리로 갈 수 있겠소?"

---

* **복두** : 조선 시대 과거에 급제한 사람이 홍패를 받을 때 쓰던 관

두 사람이 말하였다.

"걱정하지 마십시오. 빠르게 잘 달리는 말을 문 앞에 대기시켜 놓았으니, 사양하지 마시기 바랍니다."

그래도 한생은 의심이 되어 미적거리고 있었다. 마침내 그들은 몸을 굽혀 한생의 소매를 잡고 문밖으로 안내했다. 과연 거기에는 갈기와 꼬리가 푸르스름한, 멋진 백마 한 필이 있었다. 금으로 된 안장에다 옥으로 만든 굴레에, 누런 비단으로 배띠를 둘렀는데, 양쪽 어깨에 날개까지 돋아 있었다. 거기에 따르는 시종들은 모두 붉은 수건으로 머리를 두르고 비단 바지를 입었는데, 십여 명이나 되었다.

그들이 한생을 부축하여 조심스럽게 말 위에 태우니, 깃발과 일산을 든 사람이 앞에서 인도하고 뒤에는 기생과 악공들이 따랐다. 두 관리도 손에 홀을 들고 말을 타고 뒤를 따랐다.

한생이 탄 말이 공중을 향하여 날기 시작하자, 어느새 말발굽 아래에는 뭉게구름만 보일 뿐이요, 땅에 있는 것은 아무것도 보이지 않았다.

그들은 눈 깜빡할 사이에 용궁 문 앞에 이르렀다. 한생은 말에서 내렸다. 문지기들이 모두 게나 자라 껍질 같은 두꺼운 갑옷을 입고 창을 들고 엄숙하게 서 있었다. 그들은 눈을 부릅뜨고 주변을 지키고 있었는데, 한생을 보고는 머리 숙여 절하였다. 그리고 한생에게 의자를 내어 주며 앉아서 잠시 쉬기를 청하였다. 마치 미리부터 기다리며 준비하고 있었던 듯하였다.

두 관리가 재빨리 궁궐 안으로 들어가서 보고하니, 바로 푸른 옷을 입은 어린 소년 둘이 나와 한생을 조심스럽게 인도하며 안으로 들게 하였다.

한생이 천천히 걸어가며 궁궐 문을 쳐다보니, 현판에 '함인지문(含仁之門)'이라 씌어 있었다. 어진 마음을 품은 문이란 뜻이다.

한생이 안으로 들어서자, 이미 용왕이 높은 관을 쓰고, 칼을 차고, 홀을 쥐고 뜰 아래로 내려와 있었다. 용왕은 한생을 뜰 위의 수정궁으로 모시고, 흰 옥으로 만든 의자에 앉기를 권하였다. 한생은 엎드려 굳이 사양하며 말하였다.

"저는 인간 세상의 어리석은 사람으로 길가의 풀처럼 썩어 없어질 몸인데, 어찌 감히 거룩하신 용왕님과 자리를 같이할 수 있겠습니까?"

용왕이 너그러운 표정으로 웃으면서 말하였다.

"오랫동안 선생의 높으신 명성을 들어오고 있다가, 이제야 뵙게 되었습니다. 이 말을 의심하지 마십시오."

용왕이 손을 내밀어 다시 앉기를 청하였다. 한생은 몇 번이나 사양하다가 어쩔 수 없이 일어났다.

용왕은 남쪽을 향해 일곱 가지 보석으로 꾸며진 의자에 앉고, 한생에게는 서쪽 자리에 앉으라고 하였다. 그가 채 앉기도 전에 문지기가 달려와 말을 전하여 올렸다.

"손님들이 오셨습니다."

용왕은 그들을 맞이하기 위하여 일어나 문밖으로 나갔다. 이어 용왕과 같이 세 사람이 들어왔다. 그들은 붉은 도포를 입고, 울긋불긋한 수레를 타고 왔으며, 따르는 시종들의 차림새로 보아 여느 임금님의 행차와 같았다.

용왕은 그들을 궁전 안으로 안내하였다. 한생은 얼른 창가로 내려가 비켜섰다. 그들이 자리를 정하면 인사를 드릴 생각이었다. 용왕은 그들 세 사람을 동쪽에 앉히고는 말했다.

"오늘 마침 인간 세상에서 글 잘하는 선비 한 분을 모셨으니, 여러분들은 기이하게 생각하지 마십시오."

용왕은 옆에 시중드는 사람을 시켜 한생을 모셔 오게 하였다. 한생이 재빨리 그들 앞에 나아가 절을 올리니, 그들도 모두 같이 머리를 숙이며 답례를 하였다. 그들은 같이 앉기를 권했지만, 한생은 한사코 윗자리에 앉기를 사양하면서 말하였다.

"여러 신들께서는 귀중하신 몸이오나 저는 한낱 가난하고 천한 선비이온데, 어찌 감히 높은 자리에 같이 오르겠습니까?"

한생은 윗자리를 굳이 사양하였다. 그들이 말했다.

"우리와 그대는 수궁과 육지로 서로 사는 곳이 달라서 그렇게 말할 수는 없습니다. 다만 용왕님은 위엄이 있을 뿐 아니라 사람을 보는 안목도 밝으시니, 그대는 틀림없이 인간 세상에서 뛰어난 문장가이실 것입니다. 용왕님의 말씀이니 거절하지 마십시오."

용왕이 말했다.

"자, 다들 앉으십시오."

세 사람은 일시에 자리에 앉았으나, 한생은 몸을 굽히고 자리의 끝에 가서 꿇어앉았다.

용왕이 말하였다.

"일어나 편히 앉으십시오."

한생은 그제야 일어나 자리에 편하게 앉았다. 모두 자리를 정하자, 용왕이 찻잔을 돌린 다음 한생에게 말하였다.

"과인의 슬하에는 오직 딸이 하나 있을 뿐입니다. 이미 결혼할 시기가 되어서 장차 적당한 남자와 혼례를 치르려고 하나, 사는 곳이 좁아서 사위를 맞이할 집도, 화촉을 밝힐 만한 방도 없습니다. 그래서 이제 따로 누각을 하나 지을까 하여 집의 이름을 '아름다운 남녀의 결합'이란 뜻으로, 가회각(佳會閣)이라 하기로 하였습니다.

이미 재주가 뛰어난 장인들도 모았고, 목재, 석재도 다 준비하였으나 다만 없는 것이 대들보를 올릴 때 쓰는 상량문(上樑文)*입니다. 풍문에 들으니, 선생은 이름이 삼한에 떨치며 재주가 많은 학자들 가운데 으뜸간다고 하므로, 특별히 부하들을 먼 곳까지 보내어 모셔 오게 한 것입니다.

부디 과인을 위하여 상량문 한 편을 지어 주시면 고맙겠습니다."

말이 채 끝나기도 전에 두 소년이 들어왔다. 한 아이는 푸른 옥

---

* **상량문(上樑文)** : 들보를 올릴 때 축복하는 글이다.

돌로 만든 벼루와 대나무로 만든 붓을 받들고, 한 아이는 하얀 비단 한 폭을 받들고 들어왔다. 그들은 한생 앞에 꿇어앉아 그것들을 조심스럽게 늘어놓았다.

한생은 고개를 숙이고 엎드려 한참 동안 생각하다가 일어나 붓에 먹물을 찍어서 상량문을 즉시에 이룩하니, 그 힘찬 글씨는 구름과 연기가 서로 얽히는 듯하였다. 그 글은 이러하였다.

"생각하건대, 천지 안에는 용왕님이 가장 신령스럽고, 사람들 사이에는 부부가 지극히 중요한데, 용왕님께서는 이미 비를 내려 만물을 기름지게 하신 공로가 있으시니 어찌 복 받을 근거가 없으랴?

『시경』 관저장에서 '말과 행동이 품위가 있으며 얌전하고 정숙한 요조숙녀는 군자의 좋은 짝'이라 함도 부부 화합의 중요함을 나타낸 것이며, 『주역』의 건괘에서 '용이 하늘을 날아 대인을 봄이 이롭다'라 함도 용처럼 멋진 신랑이 대인처럼 훌륭한 여인을 만나는 것이 좋은 일임을 말한것이다.

이에 새로 용궁을 지어 '아름다운 남녀의 결합'이라는 뜻을 가진 '가회각'이란 아름다운 이름을 높이 걸었다. 이무기와 자라를 불러 힘을 내게 하고, 조개를 모아 재목을 삼으며, 수정과 산호로 기둥을 세우고, 큰 재목과 옥돌로 들보를 세웠다.

휘장을 열면 산들은 높이 푸르러 있고, 백옥으로 만든 창을 열면 골짜기에 구름이 둘러 있다. 부부는 화합하여 복록을 만년토록 누릴 것이요, 서로 화락하여 훌륭한 자손들이 길이 억대에 번성하리라.

용왕께서는 풍운의 변화를 돕고 영원히 조화의 공덕을 나타내어 높은 하늘에 오를 때나 깊은 못에 있을 때나 백성들의 목마름을 구제하고 상제의 어진 마음을 도왔도다. 그 기세가 천지에 떨치고 위엄과 덕망이 먼 지방에도 모자람이 없이 만족하여, 검은 거북과 붉은 잉어는 기뻐 뛰놀며 소리치고, 나무귀신과 산도깨비도 차례로 와서 축하한다.

이에 짧은 노래를 지어 대들보에 높이 걸어야겠다.

(*누각 주변의 동서남북과 상하의 아름다운 경치를 6편의 시로 지었으나, 여기서는 동서의 시만 살펴보기로 한다.)

들보 동쪽으로 눈을 돌려 보니
푸르고 높은 산들이 창공에 솟아 있다.
지난밤 우레 소리 시냇가에 진동하더니
만 길 푸른 벼랑에 구슬 소리 영롱하네.

들보 서쪽으로 눈을 돌려 보니
바위 밑 험한 길에 산새들만 울고 있네.
맑고 깊은 저 웅덩이는 몇 길인지 모르지만
한결같은 봄 물결은 수정처럼 맑아라.

원컨대 이 집을 이룩한 뒤에 화촉을 밝히는 밤을 맞이하여, 만복이 함께 이르고 온갖 좋은 일들이 모여들어 옥으로 만든 용궁에는 상서로운

용궁부연록(龍宮赴宴錄)

구름이 피어오르고, 봉황 베개와 원앙 이불에는 즐거운 소리가 들끓게 되고, 그 덕이 나타나고, 그 신령이 빛나게 될 것이다."

한생은 글을 다 써서 용왕에게 바쳤다. 용왕은 이를 보고 크게 기뻐하며, 이내 세 신들에게도 돌려보도록 하였다. 세 신들도 이를 보고, 모두 떠들썩하게 탄복하고 칭찬하였다.

이에 용왕이 한생에게 글을 지어 준 데 대한 감사의 뜻으로 '윤필연' 잔치'를 여니, 한생은 꿇어앉아서 말하였다.

"높은 신들께서 이 자리에 모이셨는데, 아직 높으신 이름을 감히 묻지 못했습니다."

용왕은 말하였다.

"선생께서는 인간 세상의 사람이라 응당 모르실 것입니다. 이 세 분은 모두 강물의 신이신데, 첫째 분은 조강신†이고, 둘째 분은 낙하신‡이며, 셋째 분은 벽란신§입니다. 우리가 오늘 선생과 더불어서 함께 놀아 볼까 하여 이렇게 초대한 것입니다."

인사가 끝나고, 서로 술을 권하자 풍류가 뒤따랐다.

먼저 미인 십여 명이 푸른 소매를 흔들며 머리 위에 구슬 꽃을 꽂

---

* **윤필연** : 글이나 글씨를 써 준 사람에게 감사하는 잔치다.
† **조강신** : 한강과 임진강이 만난 조강을 지키는 신
‡ **낙하신** : 임진강을 낙하라고도 하는데, 낙하를 지키는 신
§ **벽란신** : 개성 서쪽에 흐르는 예성강 하류의 벽란도를 지키는 신

고 앞으로 나아갔다가 뒤로 물러났다가 하며, 춤을 추면서 「벽담곡」
한 가락을 불렀다. 그 노래의 일부는 이러하였다.

좋은 계절에 길한 날 잡으니
봉황새까지 우는구나.
날아갈 듯한 집 지었으니
상서로운 일이로다.
훌륭한 선비를 모셔다가 상량문을 지어서
높은 덕을 노래하며 대들보를 올리네.

여자들의 춤이 끝나자 이제는 총각 십여 명이 나와, 왼손에는 피
리를 잡고 오른손에는 일산을 들고, 서로 돌아보면서 「회풍곡」 한
가락을 불렀다. 그 일부분을 옮겨 보면 다음과 같다.

가끔 치는 징소리에
취한 춤이 비틀비틀.
강물처럼 많은 술에
언덕처럼 쌓인 고기.
손님 이미 취하셨으니
새 노래를 불러 보세.

춤이 끝나자 용왕은 기분이 좋아 술잔을 씻고 나서, 술을 가득 부어서 한생에게 권하였다. 그리고 용왕이 직접 옥으로 만든 피리를 불며, 용왕 자신을 노래한 「수룡음」 한 가락을 노래하여 즐거운 마음을 다하였다. 그 가사의 일부는 이러하였다.

> 세월은 한가한데 인생은 늙어 가니
> 화살같이 빠른 세월이 애달프구나.
> 풍류가 좋다마는 꿈결처럼 지나가니
> 기쁨과 함께 번뇌가 일어나네.
> 서산에 낀 안개 초저녁에 흩어지자
> 동산에 둥근 달이 반갑게도 찾아오네.
> 술잔 높이 들어 저 달에게 물어보자.
> 인간의 이런저런 모습을 몇 번이나 보았던가?

용왕은 노래를 끝내고, 좌우의 사람들을 돌아보면서 말했다.

"우리들 놀이는 인간 세상과 같지 않으니, 그대들은 귀한 손님을 기쁘게 하기 위하여 각기 재주를 하나씩 보이라."

이에 자칭 곽개사*라 하는 사람이 앞발을 들고 옆으로 뒤뚱거리

---

* **곽개사** : 게의 별칭이다.

며 걸어 나와 말하였다.

"저는 바위틈에 숨어 사는 선비로, 모랫구멍에서 한가하게 지내는 사람입니다. 구월에 바람이 맑은 날이면 동해 가에 까끄라기†를 실어 나르고, 밤하늘이 맑을 때면 게자리별에 광채를 내뿜기도 합니다. 저는 속은 누렇고, 겉은 둥글며, 딱딱하게 굳은 갑옷을 입고, 날카롭고 예리한 창을 여러 개 가졌습니다.

죽을 때는 늘 손발톱이 잘려서 뜨거운 솥에 들어가게 되며, 비록 대가리가 빠개지더라도 사람들의 입맛을 돋우었습니다. 맛이 뛰어나 사내들을 즐겁게 하고, 삐뚤삐뚤 게걸음치는 꼴은 마침내 부인들을 웃게 만들었습니다. 제 꼴이 이래서 징그럽다고 저를 끔찍이 싫어하는 사람도 있지만, 제 맛 때문에 저 없이는 못 살겠다는 사람들이 더 많습니다.

오늘 이런 영광스런 자리에서 저의 특기인 게다리춤을 추어 여러분들과 특히 선비님을 기쁘게 해드리고자 합니다. 제 게다리춤을 한번 보세요."

곽개사는 곧 그들 앞에서 갑옷을 입고 손발에 창들을 쥐고 게거품을 내뿜으며 눈을 부릅뜨고 동자를 굴리더니 사지를 흔들고 비틀거리면서 재빨리 앞으로 나갔다가 뒤로 물러섰다가 하며, 「팔풍무」‡

---

† **까끄라기** : 게의 배 안에 있는데, 이것을 꺼내야만 독이 없어져 먹을 수 있다고 한다.
‡ **팔풍무** : 당나라 때 춤으로, 몸짓이 음란하고 추악하였다 한다.

라는 춤을 추었다.

그의 친구 수십 명이 따라 나와서, 그를 둘러싸고 고개를 숙여 엎드려 돌면서 절도에 맞게 같이 춤을 추었다. 곽개사는 이내 노래를 지어 불렀다. 일부를 보면 다음과 같다.

강과 바다의 구멍 속에 살지언정
기운을 내면 범과도 상대할 수 있다네.
용왕님의 즐거운 잔치에 참석하여
발을 굴리면서 모로 걸어가네.
호수 다리에 사는 사람들은
나를 속없는 놈이라 비웃는다네.
그러나 군자에게도 비길 만한 이 몸
배 속에 덕이 차서 속이 누렇다네.
아름다움이 속에 차서 네 발에 뻗치나니
엄지발엔 기운이 맺혀 오동통 살이 쪘네.

그 춤추는 꼴이 왼쪽으로 돌다가 오른쪽으로 꺾으며 뒤로 물러갔다가 앞으로 달려가며 우스꽝스럽게 춤을 추니, 거기에 있는 모든 사람들이 모두 배꼽을 잡고 몸을 흔들며 웃음을 참지 못하였다.

뒤이어 스스로 현 선생*이라 하는 사람이 앞으로 나왔다. 그는 꼬리를 질질 끌며, 목을 길게 빼고, 기운을 뽐내듯이 눈을 부릅뜨면서 말하였다.

"저는 점치는 풀인 시초 더미 속에 숨어 지내며, 연잎 밑에서 노니는 사람입니다. 저는 옛날 낙수라는 강에서 등에 글을 지고 나왔습니다. 하나라 우임금이 그 글자로 홍수를 다스렸다 해서 '낙서'†라는 글자가 세상에 널리 알려지게 되었습니다.

저는 맑은 강에서 놀다가 그물에 잡혀 사람들에게 앞날을 점쳐 주는 일을 하기도 합니다. 특히 송나라 원군을 위해 일흔두 번이나 정확히 앞날을 맞혀 주었습니다.‡ 비록 배를 갈라 사람의 좋은 안주가 될지언정, 제 등껍질을 불로 태워 거기에 생긴 무늬로 점을 치는 일만은 정말 너무 뜨거워서 참기 어렵습니다.

제 껍질은 본래 무늬가 아름다워 어떤 사람들은 가보로 삼을 정도로 소중히 여겼습니다. 저는 돌같이 단단한 내장을 가지고 검은 갑옷을 입었으니 내 가슴은 장사의 기운이 흘러넘칩니다. 그래서 저는 바다에 빠진 사람을 등에 태워 살려 준 적도 있고, 또 나를 살려

---

* 현 선생 : 거북의 별칭이다.
† 낙서(洛書) : 우임금이 낙수(洛水)에서 얻은 글로, 이것에 천하를 다스리는 대법(大法)으로써의 '홍범구주(洪範九疇)'를 만들었디고 한다.
‡ 송나라 원군을 위해 일흔두 번이나 정확히 앞날을 맞혀 주었습니다. : 송나라 원군이 하백의 꿈을 꾸고, 그 꿈대로 그물에 걸린 흰 거북을 잡아가 점을 쳤더니 일흔두 번이나 다 맞았다고 한다.

준 사람에게는 은혜를 갚기도 했습니다.

저는 살아서는 세상을 기쁘게 하는 보배가 되고, 죽어서는 앞날을 점치는 보물이 되었습니다. 저는 천년 동안이나 살아오면서, 늘 머리와 몸뚱이 그리고 네 팔다리를 껍질 속에 감추고 살아온 한을 오늘 노래로 한번 풀어 볼까 합니다."

현 선생은 사람들 앞에서 기운을 토하매 짙푸른 연기가 실오리처럼 나부끼어 그 길이가 3미터나 되더니, 이를 들이마시매 흔적도 없이 사라졌다. 그리고 그 목을 움츠려 사지 속에 감추기도 하고, 혹은 목을 길게 빼어 머리를 흔들기도 하더니 얼마 아니 되어 앞으로 조용히 걸어와 「구공무」를 추면서 홀로 나아갔다 홀로 물러갔다 하더니 이내 노래를 지어 불렀다. 노래 일부를 옮겨 보면, 다음과 같다.

등에 글자를 지고 나오니 숫자가 생겼으며,*

길흉을 미리 알려 주어 일을 이루게 했네.

슬기가 많다 해도 운이 따르지 않으면 할 수 없고,

능력이 많다 해도 못 할 일도 있었다네.

죽음을 면하려고, 물고기와 벗을 삼아 자취를 감추었네.

목을 빼어 내고 발을 굴리면서, 좋은 잔치 자리에 참여했네.

---

* **등에 글자를 지고 나오니 숫자가 생겼으며** : 옛날 전설에 신령한 거북이 등에 글자를 지고 나왔는데, 9까지의 숫자가 있었다. 우임금이 이것으로 천하를 다스리는 **홍범구주(洪範九疇)**를 만들었다고 한다.

용왕님의 신령한 조화를 축하하려고, 붓을 들어 재주를 보이네.
술 드리자 풍악 울리니, 즐거움이 끝이 없네.

노래는 끝났으나, 현 선생은 아직도 제 흥에 겨워 발을 올렸다 내렸다 하며 춤을 추니, 그 몸짓이 말로 표현할 수 없이 우스꽝스러워 자리에 있던 모든 사람들은 웃음을 그치지 않았다.

이 놀음이 끝나자, 이어 숲속의 도깨비와 산속의 괴물들이 일어나서 각기 그 재능을 자랑하였다. 혹은 휘파람을 불고, 혹은 노래를 부르며, 혹은 춤을 추고, 혹은 피리를 불며, 혹은 손뼉을 치고, 혹은 방방 뛰었다. 그들의 노는 꼴은 각기 달랐으나 소리는 같았다. 이내 노래를 지어 불렀는데, 일부만 보기로 한다.

귀하신 손님 초대하니
신선처럼 의젓하고 점잖으시구나.
새로 지은 글 구경하니
구슬을 꿴 듯하네.
고운 옥돌에다 깊이 새겨
길이길이 전하리라.
님께서 돌아가신다니
성대한 잔치를 벌였구나.

노래가 끝나자, 강물의 신들이 꿇어앉아 시를 지어 용왕에게 바쳤다.

그 첫째인 조강신의 시 일부는 이러하였다.

날이 따뜻하니 거북과 물고기 한가롭게 노닐고
맑은 물 위로 오리 떼가 마음대로 떠다니네.
해마다 바위에 부딪쳐 슬픈 일이 많았는데
오늘 저녁 즐거움에 온갖 근심 다 녹았네.

둘째인 낙하신의 시 일부는 이러하였다.

성스러운 용왕님은 어찌 못 속에만 계시겠나.
선비는 예전부터 덕이 있는 몸이로다.
어찌하면 긴 끈으로 지는 해를 잡아매어
따뜻한 봄날에 흠뻑 취해 지내려나.

셋째인 벽란신의 시 일부는 이러하였다.

용왕님이 술에 취해 높은 상에 기대시니
산 노을 피어나고 해는 이미 석양이네.
비틀거리는 춤에 비단소매 너울너울

맑은 노랫소리 대들보를 감고 도네.

세 강물신들이 글쓰기를 마치고 용왕에게 바쳤다. 용왕은 흐뭇하게 웃으면서 이 시를 읽어 보고 난 뒤에 사람을 시켜 한생에게 주었다. 한생은 이 시를 받아 꿇어앉아 세 번이나 거듭 읽으며 감상하고 난 뒤, 곧 그 자리에서 장편시 이십 운을 지어 성대한 일을 진술하였다. 그 가사의 일부는 이러하였다.

동산의 북소리에 꽃송이 피어나고
술 단지 속에는 무지개가 서려 있네.
선녀는 옥피리 불고
신선은 거문고 타네.
백 번 절하고 술잔 올려
만수무강 삼창하네.
눈 같은 과일에다
수정 같은 채소로다.
온갖 맛난 음식에 배부르고
깊은 은혜 뼈에 스미네.
신선의 이슬을 마신 듯
금강산을 찾아온 듯
즐겁자 이별이라

풍류마저 일장춘몽이네.

한생이 시를 지어 바치자, 자리에 있던 모든 사람들이 감탄하고 칭찬하지 않는 이가 없었다. 용왕은 감사하면서 말하였다.

"마땅히 이 시를 옥돌에다 새겨 제집의 보배로 삼겠습니다."

3. 용궁은 어떻게 생겼을까

한생이 용왕에게 부탁하여 용궁을 구경한다. 우리도 함께 용궁 구경을 하여 보기로 한다.

 한생은 절하고 감사드린 뒤에 용왕에게 나아가 말하였다.

"용궁의 좋은 일들은 여기서 다 보았습니다만, 또한 궁실의 웅장함과 용궁 안의 넓은 땅도 두루 구경할 수 있겠습니까?"

용왕은 말하였다.

"좋습니다. 어렵지 않는 일입니다. 나가서 구경하십시오."

한생은 용왕과 함께 문밖에 나와서 눈을 크게 뜨고 사방을 바라보았다. 그러나 오색구름이 용궁 주변에 깔려 있어 동서남북의 방향도 분별할 수가 없었다. 이에 용왕이 구름을 불어 없애는 사람에게 명하여 구름을 걷어 없어지게 하였다.

한 사람이 대궐 뜰에서 입을 오므리고 구름을 한 번에 불어 버리니, 갑자기 하늘이 환하게 밝아졌다. 더불어 산과 바위, 언덕도 없어지고 다만 끝없이 넓은 세계가 마치 바둑판처럼 펼쳐졌다. 거기에는 아름다운 꽃과 나무들이 그 안에 줄지어 심어져 있고, 바닥에는 금모래가 깔려 있었다. 그 둘레에는 금으로 성을 쌓았고, 성안의 행랑과 뜰에는 모두 푸른 유리벽돌을 펴고 깔아서 광채와 그림자가 서로 비치어 황홀하였다.

용왕이 안으로 들어가면서, 두 사자를 시켜 한생을 인도하여 궁궐을 두루 구경시켜 주도록 하였다.

한 곳에 이르매 누각 한 채가 있으니 그 이름은 '하늘에 조회하는 누각'이란 뜻의 조원지루(朝元之樓)라 하였다. 이 누각은 순전히 유리로 만들어졌고, 진주와 구슬로 장식되었으며, 황금색과 푸른색으로 아로새겨졌다.

그 위에 오르자 마치 허공에 오른 것 같았으며, 그 층계는 10개나 되었다. 한생이 그 층계를 올라갔다. 그가 맨 위층까지 오르려고 하니 사자가 말했다.

"여기는 용왕님께서 신통력으로 당신 혼자만 오르시는 곳으로, 저희들도 아직 구경하지 못하였습니다."

그곳은 구름 위에 솟아 있었으므로 보통 사람으로는 도저히 오를 수 없어 보였다.

한생은 7층까지 올라갔다가 도로 내려와서 또 한 누각에 이르니, 그 누각 이름은 '공중에 높이 솟은 누각'이란 뜻의 능허지각(凌虛之閣)이라 하였다. 한생이 물었다.

"이 누각은 무엇 하는 곳입니까?"

"이 누각은 용왕께서 하늘에 조회하실 때 그 의장을 정돈하고 옷차림을 갖추는 곳입니다."

한생은 두 사자에게 부탁하였다.

"그 의장을 한번 보도록 하여 주십시오."

사자가 한생을 인도하여 한 곳에 이르니 한 물건이 있는데, 마치 둥근 거울처럼 생겼다. 그런데 그것이 번쩍거리고 광채가 나서 눈이 아찔하여 제대로 볼 수가 없었다. 한생이 말했다.

"이것은 무슨 물건입니까?"

사자는 대답했다.

"번개를 맡은 번개신의 거울입니다."

또 북이 있었는데, 크고 작은 것들이 서로 뒤섞여 있었다. 한생이 이 북을 한번 쳐보려고 하자, 사자가 깜짝 놀라면서 북을 못 치게 말렸다.

"만일 북을 한 번 친다면, 세상의 온갖 물건들이 모두 진동합니다. 이것은 곧 우뢰를 맡은 우뢰신의 북입니다."

또 한 물건이 있었는데, 나무상자처럼 생겼다. 한생이 이를 한번 흔들어 보려 하니, 사자는 다시 말리면서 말했다.

"만일 한 번 흔든다면 산속의 바위가 다 무너지고, 큰 나무 뿌리들도 다 뽑히게 됩니다. 이것은 바람을 일으키게 하는 풀무신입니다."

또 한 물건이 있었는데, 모양이 청소하는 빗자루와 같고, 그 옆에는 물 항아리가 있었다. 한생이 빗자루를 들고 물을 뿌려 보려고 하니 사자가 또 말리면서 말했다.

"만일 한 번 물을 뿌린다면 지상에 홍수가 나서 산과 언덕이 모두 물에 잠기게 될 것입니다."

한생이 말했다.

"그런데 어째서 여기에 구름을 만들어 내는 도구는 비치하지 않았습니까?"

사자가 대답했다.

"구름은 용왕님의 신통력으로 되는 것이지, 도구를 움직여서 만들어지는 것이 아닙니다."

한생은 궁금하여 또 물어보았다.

"그러면 바람을 맡은 풍백과 비를 맡은 우사는 어디에 있습니까?"

사자가 대답했다.

"그들은 천제께서 그윽한 곳에 가두어 두시고 함부로 나와서 돌아다니지 못하게 합니다. 다만 용왕께서 필요하시면 바로 불러냅니다."

그 나머지 기구들도 많았으나 일일이 다 볼 수는 없었다.

또 기다란 행랑이 몇 리나 잇달아 길게 뻗어 있었는데, 대문에는 용의 모습을 새긴 자물쇠로 잠겨 있었다. 한생은 물었다.

"여기는 어딥니까?"

사자가 대답했다.

"여기는 용왕님께서 일곱 가지 보물을 간직하여 두신 창고입니다."

한생은 얼마 동안 곳곳을 두루 돌아다니며 자세히 살펴보았으나, 너무 많아서 다 볼 수가 없었다. 한생은 오랫동안 돌아다녔더니 피곤해졌다.

"이제 그만 돌아가시죠."

사자가 말을 받았다.

"예, 그러시지요."

한생이 돌아오려고 하니 문들이 겹겹이 막혀서 갈 길을 알 수 없었다. 그래서 사자로 하여금 앞에서 안내하게 하였다. 한생은 사자를 따라 본래 있던 자리에 돌아와 용왕에게 고마움의 뜻을 표하였다.

"대왕의 두터우신 은덕으로 좋은 경치를 두루 잘 보았습니다. 감사합니다."

한생이 두 번 절하고 작별을 고하였다.

용왕은 산호로 만든 쟁반 위에다 어두운 밤에도 빛이 난다는 야광주 두 알과 흰 비단 두 필을 담아서 노잣돈으로 주었다. 그러고는 친히 문밖에까지 나왔다. 이때 세 강물신들도 같이 나와서 한생에게 하직인사를 한 후 수레를 타고 돌아갔다.

용왕은 다시 두 사자를 시켜 산을 뚫고 물길이 열리는 무소뿔을 가지고 한생을 인도하게 하였다. 사자 한 사람이 한생에게 말하였다.

"선비님! 저의 등에 올라타서 잠깐만 눈을 감고 계십시오."

한생은 그 말대로 하였다. 사자 한 사람이 무소뿔을 휘두르면서 앞에서 인도하는데, 마치 공중으로 올라 날아가는 것 같았다. 오직 바람과 물소리만 들려올 뿐이었다. 이윽고 그 소리가 그쳐서 한생이 눈을 떠 보았더니, 자기 몸이 거처하는 방 안에 드러누워 있을 뿐이었다.

4. 세상을 이기다

한생은 꿈속에서 용왕에게 자기의 재주에 걸맞은 대접을 받았기에, 꿈을 깨고 나서도 그 꿈을 잊을 수 없었다. 그래서 꿈을 확인하는 작업을 하니, 바로 용왕에게서 받은 야광주와 비단을 찾는 일이었다. 그는 아직도 그 꿈을 깨고 싶지 않기 때문이다. 그가 왜 그것을 남들에게는 숨겼을까? 이후 한생은 이 모든 것을 초월한다. 그 부분을 찾아보자.

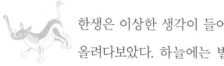 한생은 이상한 생각이 들어 문밖으로 나와서 하늘을 올려다보았다. 하늘에는 별이 드문드문하고, 동방은 밝아 오며, 닭은 세 홰나 치고, 밤은 벌써 새벽 4시쯤 된 것 같았다. 이에 급히 품속을 더듬어 보았더니, 빛이 고운 야광주와 비단이 들어 있었다. 한생은 이 물건들을 비단상자 속에 깊이 간직하여 진귀한 보배로 삼고, 다른 사람들에게는 보여 주지도 않았다.

그 뒤에 한생은 세상의 명예와 이익을 생각에 두지 않고 명산에 들어갔다 하는데, 어느 곳에서 세상을 마쳤는지 알 수가 없다.

작품 해설 **용궁부연록**

「남염부주지」가 나쁜 세상을 좋은 세상으로 바꾸는 이야기라면,
「용궁부연록」은 좋은 세상에서 자신을 인정받고, 또 자신의 욕망을
채우는 이야기라고 할 수 있다.

주인공 한생은 이 세상에서 문사로 이름만 났을 뿐 아직 왕으로
부터 자신의 재주를 인정받는 '지기지은(知己之恩)'의 은혜를 입지 못
하고 있었다. 그래서 그는 꿈속에서 용궁 잔치에 초대받아 거기에서
용왕에게 지기지은의 은혜를 받고, 이어 그의 욕망을 하나하나 이
루는 것으로 사건이 이루어져 있다. 즉 왕에게 문사로 대접받고 또한
풍류에의 욕망도 한껏 채우게 되는 것이다. 매월당뿐만 아니라 인간
이라면 누구나 모두 이런 욕망을 가지고 있는 것이 아닐까.

나를 인정해 주는 세계를 찾아 나서다

고려 때 한생이란 선비가 살고 있었다. 그는 젊어서부터 글에 능
통하여 조정에까지 이름이 알려져서 글 잘하는 문사로 평판이 났다.

그러나 한생은 평판만 높을 뿐 일개 선비로 벼슬이 없었다.

글하는 선비를 사(士)라 하고, 벼슬아치를 대부(大夫)라 한다. 그래서 선비와 벼슬아치를 합해서 흔히 사대부라 하지만, 엄밀히 구분하면 이처럼 다른 것이다. 그러므로 한생은 벼슬이 없는 선비로, 「남염부주지」의 박생과 마찬가지로 현실 세계에서 인정받지 못하고 있음을 알 수 있다.

인간은 누구나 남으로부터 자신의 재주를 인정받고, 거기에 따르는 대우를 받고 싶어 한다. 한생도 마찬가지였다. 특히 고대에는 임금에게 인정받아야 벼슬을 할 수 있었다. 그러므로 임금에게 인정받지 못한 한생이 어느 날 거처하는 방에서 해가 질 때까지 조용히 생각에 잠겨 있다가 잠이 들었다.

그가 무슨 생각에 잠겨 있었을까?

이때 홀연히 남색 도포를 입고, 과거에 급제한 사람들이 쓰는 복두를 쓴 관리 두 사람이 나타난다. 여기서 과거에 급제한 사람들이 쓰는 복두를 쓴 관리가 나타난 것은, 한생이 무의식적으로 과거에 급제하여 벼슬을 하고 싶은 속마음이 꿈속에서 나타난 것으로 보아야 한다. 한생은 그들이 '박연에 사시는 용왕님께서 선생님을 모셔 오라고 하셨습니다.'하는 소리에 깜짝 놀란다.

이는 현실 세계에서 꿈의 세계로, 즉 '있는 세계'에서 '있어야 할 세계'로 나아가는 과정을 그린 것이다. 즉 임금에게 자신을 인정받지 못하는 세계에서 자신을 인정받을 수 있는 용궁의 세계로 나아간 것이다. 인간은 늘 이렇게 꿈을 꾸며 사는 것이다.

용왕에게 인정받는 한생

이어 한생은 두 관리를 따라 '신의 세계'인 용궁의 세계로 인도된다. 한생이 '함인지문'이라는 궁궐 문을 들어서자, 용왕이 손수 뜰 아래로 내려와 그를 맞이하였다. 또한 용왕은 그를 수정궁 안으로 모셔 흰 옥으로 만든 귀한 의자에 앉게 했다. 이는 한생이 왕으로부터 인정받고자 하는 숨은 욕구가 꿈속에서 그대로 실현된 결과라 하겠다.

이후 이야기는 그가 꿈속에서 그의 모든 욕구를 용궁에서 하나하나 이루어 가는 것으로 이어진다.

우선 한생은 용왕으로부터 그 자신의 글재주를 인정받고자 하는 욕구를 왕의 입을 통하여 직접 듣게 된다.

오랫동안 선생의 높으신 명성을 들어오고 있다가, 이제야 뵙게 되었습니다.

한생은 현실 세계에서는 비록 조정에까지 이름이 알려진 문사이긴 하였지만, 이렇게 임금에게 직접 인정받은 적은 없다. 그러나 유학이 본래 자기의 몸과 마음을 닦은 후에 남을 다스리는 '수기치인

(修己治人)'의 학문이기에, 선비라면 누구나 이렇게 임금에게 인정받기를 무의식적으로 원하였을 것이다. 임금에게 인정받아야 벼슬을 할 수 있기 때문이다. 한생 역시 임금에게 인정받는 은혜를 입고 싶은 '지기지은(知己之恩)'의 욕구를 꿈속의 용궁에서나마 이루게 된다.

이러한 한생의 꿈은 이제 더욱 화려하고 완벽하게 펼쳐진다. 곧 한생이 앉으려 할 즈음에 용왕에 의해 세 손님이 초대되니, 그들은 강물의 신들로 곧 조강신과 낙하신과 벽란신이 그들이다. 용왕은 이들이 자리에 앉자, 한생을 '인간 세상에서 글 잘하는 선비'로 소개한다. 그러나 한생은 스스로 '한낱 가난하고 천한 선비'라고 하나, 그들은 '용왕님은 위엄이 있을 뿐 아니라, 사람을 보는 안목도 밝으시니, 그대는 틀림없이 인간 세상에서 뛰어난 문장가이실 것'이라고 한다. 여기서 '한낱 가난하고 천한 선비'는 한생이 현실 세계에서 인정받지 못하던 모습이라면, '틀림없이 인간 세상에서 뛰어난 문장가'라는 것은 그가 무의식계에서 인정받고자 하던 자부심의 표출이다. 이런 자부심이 꿈속의 용궁에서 펼쳐지는 것이다.

글재주를 인정받다

찻잔을 돌린 뒤에 용왕은 한생을 용궁으로 모신 까닭을 설명하였다. 용왕에게는 오직 딸이 하나 있는데, 이제 결혼할 시기가 되어 따로 가회각(佳會閣)이란 누각을 짓고 있는데, 다만 상량문을 지을 마땅한 사람이 없어 그를 초대했다는 것이다.

 풍문에 들으니, 선생은 이름이 삼한에 떨치며 재주가 많은 학자들 가
운데 으뜸간다고 하므로, 특별히 부하들을 먼 곳까지 보내어 모셔 오
게 한 것입니다.
 부디 과인을 위하여 상량문 한 편을 지어 주시면 고맙겠습니다.

 여기서 용왕은 한생을 '이름이 삼한에 떨치며 재주가 많은 학자
들 가운데 으뜸간다.'고 칭찬한다. 이는 바로 한생이 무의식적으로
듣고 싶어 했던 말이다. 사람은 누구나 이렇게 인정받고 싶은 것이
다. 그래서 칭찬을 하면 고래도 춤춘다고 하는지 모른다.
 이에 한생이 고개를 숙이고 엎드려 상량문을 이룩하니, 그 글씨
는 구름과 연기가 서로 얽히는 듯하였다. 한생이 글쓰기를 마치자,
용왕은 크게 기뻐하여 이내 세 신들에게 돌려 보이니, 세 신들이 모
두 떠들썩하게 탄복하고 칭찬하였다. 이러한 문장에 대한 칭찬 역
시 한생이 현실적으로 듣고 싶었던 무의식적 욕구의 표현이라고 보
아야 한다.
 이제까지 살펴본 대로 한생은 용왕으로부터 직접 영접을 받고,
세 신들로부터는 '틀림없이 인간 세상에서 뛰어난 문장가'이실 것이
란 찬사를 듣고, 또한 용왕에게서도 '이름이 삼한에 떨치며 재주가
많은 학자들 가운데 으뜸간다.'는 인정을 받았다. 또한 지은 상량문

에 대해서도 용왕과 세 신들에게서 '모두 떠들썩하게 탄복하고 칭찬'을 받게 된다. 이런 장면들은 바로 한생이 바랐던 무의식적 욕구가 완벽하게 성취되는 장면이라 하겠다. 왜냐하면 그는 실제 현실 세계에서는 이런 대접을 받지 못했기 때문이다.

풍류를 즐기다

다음으로 한생의 풍류에 대한 욕구도 꿈속에서 이루어진다. 사람들에게는 먹고 마시며 놀고 싶은 욕구도 있는 것이다. 사실 사람들이 열심히 일하는 것도 결국 놀고, 먹고, 마시기 위한 것이 아닌지 모르겠다. 물론 그렇게 생각하지 않는 사람도 있을 것이다.

한생이 상량문을 짓고 나자, 용왕이 글을 써준 데 대한 감사의 표시로 '윤필연(潤筆宴)'이란 잔치를 열어 한생을 위로해 주었다. 이들이 서로 술을 권하고 풍류를 즐기는 중에 지어진 노래 속에는 한생을 찬양하는 내용들이 주를 이루고 있다. 이 역시 한생이 꿈에서나마 듣고 싶어 했던 소리였다. 이들을 살펴보기로 한다.

먼저 미인 십여 명이 나와서 춤추며 부른 「벽담곡」에는 다음과 같은 구절이 있다.

글 잘하는 선비를 모셔다가 상량문을 지어서
높은 덕을 노래하며 대들보를 올리네.

여기서는 그를 '글 잘하는 선비'로 인정하면서 그의 덕을 기리고 있다.

다음으로 총각 십여 명이 나와서 피리와 일산을 들고 「회풍곡」한 가락을 부른다. 여기의 내용은 잔치의 성대함과 그 즐거움을 읊었으니, 다음과 같은 구절이 보인다.

강물처럼 많은 술에
언덕처럼 쌓인 고기
손님 이미 취하셨으니
새 노래를 불러 보세.

여기서 보면, 강물처럼 많은 술과 언덕처럼 쌓인 고기로 잔치를 벌여 참석자 모두가 흥겹게 취하여 노래하고 춤추는 모습을 볼 수 있다. 풍류의 절정이라 하겠다. 박생은 이런 풍류도 즐기고 싶었던 것이다. 왜냐하면 현실 세계에서는 가난한 선비로 그렇게 할 수 없었기 때문이다. 사람이라면 누구나 이런 풍류를 무의식적으로 즐기고 싶을 것이다.

춤과 노래가 끝나자 용왕은 기뻐하며 술을 부어서 한생에게 권하면서 스스로 옥룡적(玉龍笛)을 불고 「수룡음」한 가락을 노래하여 잔치의 즐거움을 더하였다.

용왕은 노래를 마치고 좌우를 둘러보며, '그대들은 귀한 손님을 기쁘게 하기 위하여 각기 재주 하나씩 보이라.'고 한다. 이에 '귀한 손님' 한생을 위하여, 수중의 곽개사라는 게가 나와 춤을 추며 노래를 부른다. 한생에게 관계되는 부분만 보이면 다음과 같다.

모든 사람들이 제자리를 얻었으니
그리운 우리 님 차마 잊을 건가.

여기서 '모든 사람들이 제자리를 얻었으니'라는 구절은, 역시 한생의 무의식적 본능을 잘 드러내는 말이다. 곧 성인이 지배하는 시대에는 모두 자기 본래의 자리를 얻을 수 있음이니, 한생은 현실 세계에서 자기 자리를 얻지 못했지만 용왕이 지배하는 용궁에서 자신의 문재(文才)를 인정받고 풍류를 즐기는 것이 곧 본래의 자기 자리임을 무의식적으로 드러낸 것이다. 그래서 자기를 알아주는 '그리운 우리 님인 용왕'을 차마 잊을 수 없다는 말이다. 이런 한생의 꿈이 용궁 속에서 온전히 펼쳐지는 것이다.

뒤이어 숲속의 도깨비와 산속의 괴물들이 나와서 각기 그 기능을 자랑하며, 한생과 그의 글을 찬양하는 노래를 지었으니 일부만 보면 다음과 같다.

귀한 손님 초대하니
신선처럼 의젓하고 점잖으시구나.

새로 지은 글 구경하니
구슬을 꿴 듯하네.
고운 옥돌에다 깊이 새겨
길이길이 전하리라.

여기서도 한생은 도깨비와 괴물들을 통하여 자신이 '신선' 같음을 인정받고, 또한 자신이 지은 글은 주옥같아 영원히 전할 가치가 있음을 노래하게 하여 스스로의 무의식적 욕구를 충족시킨다.

마지막으로 한생은 세 강물신들의 시를 받아 세 번이나 거듭 읽고 나서, 곧 그 자리에서 장편시 이십 운을 지어 성대한 일을 진술하였으니, 그 일부만 옮겨 본다.

온갖 맛난 음식에 배부르고
깊은 은혜 뼈에 스미네.
신선의 이슬을 마신 듯
금강산을 찾아온 듯
즐겁자 이별이라.
풍류마저 일장춘몽이네.

여기서 한생은 마지막으로 '즐겁자 이별이라'라는 말은, 『주역』변역론(變易論)의 이치로 이별을 정당화시킨다. 변역(變易)이란 모든 것이 변한다는 말이다. 영원한 것은 없다. 모든 것은 변할 뿐이다. 그래서 시작이 있으면 끝이 있는 것이고, 즐거운 만남이 있으면 슬픈 이별이 있게 마련인 것이다.

그러나 이제까지 온갖 진미에 배부름도, 용왕의 지기지은(知己之恩)도 모두 한바탕 '꿈속'의 일임을 고백한다. 한생의 이 시를 보고 만좌의 사람들이 모두 감탄하고 칭찬하지 않는 이가 없었다. 특히 용왕은 '마땅히 이 시를 옥돌에다 새겨 제집의 보배로 삼겠습니다.' 하며 극찬한다. 이것 역시 한생이 무의식적으로 바란 것으로, 그의 시가 용왕의 가보가 될 만큼 훌륭하다는 자부심이 꿈으로 표출된 것이다.

살펴본 대로 이제까지 잔치 중에 주고받은 시들도 모두 한생이 이루고자 하는 꿈들로 나열되어 있음을 알 수 있다. 즉 그는 문사로 인정받고 싶었고, 성대한 잔치 속에서 풍류를 즐기고 싶었으며, 자기 재주에 걸맞은 벼슬자리를 얻고 싶었다. 또한 그의 시가 용왕의 가보로 삼을 만큼 훌륭하다는 자부심도 나타내었다. 결국 그는 이런 모든 소망을 꿈속의 용궁에서 온전하게 이루었던 것이다.

작별의 선물이 주는 의미

이어 한생은 용왕의 승낙을 얻어 용궁을 두루 구경하고 나서는, 드디어 작별을 고하였다. 이에 용왕은 산호 쟁반 위에 밤에도 빛이 나는 야광주 두 알과 흰 비단 두 필을 담아서 작별의 노잣돈으로 주며, 문밖까지 나와서 이별하였다. 용왕은 한생을 맞을 때와 마찬가지로 보낼 때도 역시 극진한 예를 다하였다.

한생은 용왕의 사자 한 사람의 등을 타고 오다가, 눈을 떠 보니 자기 몸은 거처하는 방 안에 드러누워 있을 뿐이었다. 드디어 그가 꿈을 깨고 현실 세계로 돌아온 것이다.

그러나 자기를 알아주지 않는 현실 세계로 돌아온 한생은 그를 알아주는 꿈속의 세계를 잊지 못한다. 이는 작품 말미에 상징적으로 나타나고 있다.

한생이 이상한 생각이 들어 문밖으로 나와서 하늘을 올려다보았다. 하늘에는 별이 드문드문하고, 동방은 밝아 오며, 닭은 세 홰나 치고, 밤은 벌써 새벽 4시쯤 된 것 같았다. 한생은 급히 품속을 더듬어 보았더니, 빛이 고운 야광주와 비단이 들어 있었다. 한생은 이 물건들을 비단상자 속에 깊이 간직하여 진귀한 보배로 삼고, 다른 사람들에게는 보여 주지도 않았다.

현실 세계로 돌아온 한생이 제일 먼저 꿈속에서 받은 야광주와 비단을 찾은 것은 그가 꿈의 세계로 돌아가고 싶은 강렬한 욕구를 상징적으로 표현한 것이다.

또한 물건을 비단으로 바른 상자에 싸서 깊이 간직하였다는 것은, 스스로의 무의식적 욕구를 '진귀한 보배'처럼 귀하게 여겼다는 말에 다름 아니다. 따라서 그가 몸담고 있는 현실 세계는 더욱 가치 없는 것이 되고 만다.

특히 '다른 사람들에게는 보여 주지도 않았다'는 것은, 자신의 무의식적 욕구를 남에게 나타내지 않았다는 말이다. 왜냐하면 남들은 자신을, 자신의 문재나 능력을 인정하려 하지 않았기 때문이다. 또한 이는 자신의 꿈을 남들에게 나타내기가 부끄러웠기 때문인지도 모른다. 사람들이 자신의 꿈을 남들에게 이야기하기 싫어하는 것은 그들이 그것을 비웃을까 해서가 아닐까.

다시 나를 알아주는 곳으로 영원히 떠나다

현실로 돌아온 한생은 꿈속에서 자기를 알아주던 용궁에서의 기억을 잊지 못한다. 이에 그는 다시 자기를 알아주는 세계를 찾아 나간다. 이 이야기가 마지막 구절에 잘 나타나고 있다.

그 뒤에 한생은 세상의 명예와 이익을 생각에 두지 않고 명산에 들어 갔다 하는데, 어느 곳에서 세상을 마쳤는지 알 수 없다.

한생에겐 그를 알아주지 않는 현실 세계보다 그를 알아주는 꿈의 세계가 더욱 소중하였던 것이다. 따라서 한생은 '세상의 명예와 이익'을 생각에 두지 않을 수 있었다. 그것은 그가 세상에서 구하려야 구할 수도 없었겠지만 그것보다 더 소중한 것이 있었기 때문이다. 그것은 그 자신이 용왕으로부터 글재주를 인정받고 그에 합당한 벼슬을 얻어 풍류를 즐길 수 있는 세계이다. 그러므로 그가 명산에 들어갔다는 것은 그가 그런 세계로 영원히 돌아간 것을 상징적으로 나타낸 것이다.

인간은 누구나 한생처럼 스스로를 인정받고 싶어 하고, 능력에 따른 대우를 받고 싶어 한다. 이러한 무의식적 욕망이 인간에게서 사라지지 않는 한 「용궁부연록」은 우리의 가슴속에서 결코 사라지지 않는 영원한 고전이 될 것이다. 그러므로 본 작품의 주제적 의미는 '남들에게 인정받고 거기에 걸맞은 자리를 얻음'이라 하여 틀림이 없을 것이다.

부록

『금호신화』 삽입시

한시를 우리말로, 그것도 청소년들이나 일반인들이 쉽게 읽을 수 있도록 번역하기란 사실 쉽지 않다. 거의 불가능하다고 하는 것이 옳을지 모른다. 그래서 나는 이미 많은 분들이 고심하여 번역한 것들을 참고하며 매월당이 의도하였던 바를 전달하고자 노력하였다.

즉 매월당은 「만복사저포기」의 시들에서는 주로 외로움과 한을, 「이생규장전」에서는 절개와 의리를, 「취유부벽정기」에서는 인생무상을, 「용궁부연록」에서는 주로 풍류를 노래하였다.

이에 나는 시의 글자 하나하나에 얽매이기보다는 시가 본래 나타내려고 하는 의미를 찾아 알기 쉽게 의역하여 시의 의미를 제대로 전달하고자 노력하였다.

특히 한시에 나타나는 중국 고사의 경우에는 꼭 필요한 경우를 제외하고는 의미 전달에 지장이 없는 한 생략하였다. 그리고 중국의 지명이나 인명 같은 경우에도 가능하면 우리나라의 지명이나 인명으로 바꾸었음을 밝혀 둔다.

*하나의 시에서 일부를 생략한 경우, 가운데 진한 글씨 부분은 작품에 있는 부분이고 나머지는 작품에서 빠진 부분이다. 여러 연의 시가 있는 경우, 작품에 있는 시는 생략하였다.

1. 「만복사저포기」 삽입시

1) 여인의 시

쌀쌀한 꽃샘추위에 입고 있는 비단 적삼이 너무 얇아
화롯불이 꺼졌는가 하고 애태운 밤이 몇 번이었나.
날이 저물자 어두운 산이 검은 눈썹처럼 보이고
저녁 하늘의 노을은 비단 우산처럼 펼쳐져 있네.
원앙 이불속에 짝지을 이 없어서
금비녀 비스듬히 꽂고 옥퉁소를 불어 보네.
아! 세월이 이다지도 빠르던가.
마음속 깊은 시름 갑갑하기 그지없네.

낮은 병풍 속의 등잔불은 가물가물
홀로 눈물 훔친들 그 누가 알아보랴.
그런데 오늘 밤은

추연˙이 피리 불어 봄날이 찾아왔네.

오래 쌓였던 무덤 속의 한들이 풀어지니

고운 노랫가락에 술잔이나 기울이세.

그 옛날을 생각하면 원통하고 애달프니

밤마다 외로움으로 걱정 속에 잠들었지.

2) 정씨 여인의 시

꽃 피는 봄날 밤에 달빛마저 고운데

이 좋은 날 시름에 잠겨 세월 가는 줄도 몰랐네.

이 몸이 비익조(比翼鳥)†처럼

임과 함께 짝지어 춤추며 놀지 못한 것이 애석하구나.

다시 찾아온 봄을 덧없이 보내면서

아무도 없는 빈산에서 잠 못 이룬 지 몇 날인가!

남교‡에 지나는 길손을 임인 줄도 몰랐으니

어느 날에 배항처럼 운영을 만나볼꼬.

---

* **추연** : 전국시대 제나라 추연이란 사람이 피리를 불어 추운 날씨를 봄날처럼 따뜻하게
하였다는 고사가 있다.
† **비익조(比翼鳥)** : 각기 눈과 날개가 하나씩만 있어서 두 마리가 나란히 붙어야만 날 수
있다고 하는 전설속의 새
‡ **남교** : 당나라 사람 배항이 남교에서 선녀 운영을 만나 아내로 맞이했다고 한다.

3) 오씨 여인의 시

만복사에 가서 불공드리고
남몰래 저포 던지면서 빌던 소원 그 누가 이루어 주었나.
꽃 피는 봄날이나 가을 달밤에 끝없는 이 외로움을
술동이 끌어당겨 한잔 술로 씻어 보리라.

봄마다 오는 제비 봄바람에 춤을 추지만
애끓는 이내 사랑 헛되이 지나갔네.
어쩌다 저 연꽃은 꽃대가 붙어 있어
깊은 밤 연못 속에서 둘이 함께 목욕하네.

4) 김씨 여인의 시

푸른 비단 소맷자락 부드럽게 드리우고
노랫소리 들으면서 마음껏 술을 드소서.
맑은 흥취 풀기 전에는 돌아가지 못하시리니
가사를 다시 지어 새 노래를 부르소서.

구름같이 곱던 머리 흙먼지가 되었구나.
오늘에야 임을 만나 활짝 한번 웃어 보네.

고당*에서 선녀 만난 일을 자랑하지 마오.

신비한 그 사연이 인간 세상에 잘못 전해질까 두렵네.

5) 유씨 여인의 시

우습게도 복사꽃과 오얏꽃이 봄바람을 못 이겨서

이리저리 나부끼다 남의 집에 떨어지네.

세상 끝날 때까지 쇠파리 같은 것들이

백옥 같은 나의 정절을 더럽히지 않게 하오.

연지도 분도 귀찮고 머리조차 빗기 싫고

먼지 앉은 경대에는 거울조차 녹슬었네.

어쩌다 오늘 밤에 이웃집 잔치에 초대받아

붉은 꽃 머리에 꽂으니 보기에도 쑥스럽네.

6) 양생의 화답시

오늘 밤은 어떤 밤이기에 고운 선녀들과 만났구나.

꽃같이 고운 얼굴에 앵두같이 붉은 입술.

---

* **고당** : 초나라 양왕이 고당이란 누각에서 꿈에 선녀를 만났다는 이야기가 있다.

시들까지 너무 절묘하여 어떤 시인도 입을 열지 못하겠네.

직녀는 베틀 던져 두고 하늘에서 내려오고,

항아도 방아 버리고 이곳을 찾았구나.

말쑥한 옷차림으로 곱게 단장하고,

오가는 술잔 속에 잔치 자리 즐겁구나.

남녀 간의 사랑이 익숙하지는 못할망정,

술 따르고 노래하며 서로들 기뻐하네.

운 좋게 봉래섬†을 잘못 찾아들어,

신선 세계의 풍류를 알게 되었구나.

술동이에는 맑은 술이 넘치고,

진한 향기는 금향로에 서려 있네.

백옥상 앞으로 매운 향기 날아들고,

푸른 비단 장막에는 실바람이 살랑이네.

이제야 임을 만나 이 잔치를 열게 되니,

오색구름 뭉게뭉게 찬란하구나.

그대는 알고 계시는가,

서생이 선녀를 만나고 선인이 선녀를 만난 사랑 이야기를.

사람이 서로 만나는 것도 모두 인연이니,

마땅히 잔을 들어 흥겹게 취해 보세.

---

† **봉래섬** : 전설에 신선이 산다는 봉래산을 가리킨다.

『금호신화』 삽입시

낭자는 어찌하여 가벼이 그런 말씀하시는가,
가을 부채 버리듯 한다는 그런 서운한 말씀을.
살아서나 죽어서나 우리는 항상 부부가 되어,
꽃 피고 달 밝은 밤에 이별 없이 살아 보세.

2. 「이생규장전」 삽입시

1) 여인의 시

난간에 기대어 연못을 굽어보니
꽃떨기 사이로 정든 임들 속삭이네.
안개는 흩날리고 봄빛은 화창한데
새 노래 지어 내어 사랑 노래 불러 보세.
꽃그늘에 비친 달빛 방석 위로 스며들고
긴 가지 함께 당기니 붉은 꽃비 떨어지네.
바람 속의 저 향기는 옷 속으로 스미는데
첫봄 맞은 저 아가씨 흥겹게 춤을 추네.
비단 적삼으로 슬쩍 해당화 가지를 스쳤더니
꽃 사이에 졸고 있던 앵무새를 깨웠구나.

2) 첫째 그림의 시

어떤 사람이 붓 끝에 힘이 넘쳐

첩첩이 둘러싸인 산을 강을 따라 그렸는가.

3만 길의 저 백두대간이 웅장하구나.

머나먼 구름 사이로 봉우리가 반만 드러났네.

멀리서 바라보니 길고 긴 산맥은 끝없이 뻗어 있고

가까이서 바라보니 눈앞에 솟은 봉오리는 소라처럼 생겼네.

끝없는 푸른 물결 멀리 허공에 닿아 있고

저문 날 바라보니 고향 생각 그지없네.

이 그림 구경할 제 마음이 쓸쓸하여

영산강 비바람 속에 배를 탄 듯하여라.

3) 둘째 그림의 시

대숲에서는 스산한 바람 소리 들리고

비스듬히 쓰러진 고목은 옛날 생각에 잠긴 듯하다.

제멋대로 뻗은 뿌리에는 이끼가 끼었고

굵고 곧은 저 가지는 비바람을 이겨 왔네.

무궁한 조화를 가슴속에 품었으니

기묘한 이 경치를 누구에게 말하리오.

뛰어난 화가들은 이미 세상 떠났으니

작품의 심오한 경지를 알아낼 이 있으려나.

맑은 창가에서 그윽이 바라보니

신들린 듯한 붓 솜씨에 삼매경에 빠져드네.

『금호신화』 삽입시

3. 「취유부벽정기」 삽입시

1) 홍생의 시

부벽정 올라 감격하여 시 읊으니
구슬픈 강물 소리 애끊는 듯하구나.
옛 서울에 용이나 범 같은 기상은 사라졌어도
황폐한 성곽에는 아직도 봉황의 모습이 서려 있네.
달빛 서린 하얀 모래밭에는 기러기들이 갈 길을 잃고
안개 걷힌 풀밭에는 반딧불만 반짝이네.
풍경도 쓸쓸하고 세상도 변했는데
절간 깊은 곳에서 종소리만 들려오네.

대동강 맑은 물은 시리도록 푸른데
천고의 흥망사가 못 견디게 애달프다.
물이 마른 우물에는 담쟁이가 드리워졌고
이끼 낀 돌담에는 능수버들이 덮여 있네.

낯선 고을에서 좋은 경치 읊고 보니

옛 도읍이 생각나 술이 더욱 취하누나.

난간에 달이 밝아 잠조차 오지 않고

밤 깊어지자 계수나무 그림자만 짙어지네.

오늘이 한가위라 달빛이 더욱 밝은데

외로운 옛 성터는 볼수록 서글프다.

기자묘* 뜰 앞에는 오래된 나무들이 늘어섰고

단군 사당† 벽 위에는 담쟁이만 얽혀 있네.

옛날의 영웅들은 모두 어디로 사라졌나.

초목이 듬성듬성하니 몇 해나 되었는가?

아! 둥근 달만 옛날 그대로 남아 있어

밝은 빛 곱게 흘러 이내 옷깃 비추네.

동산에 달이 뜨자 까막까치 날아가고

한밤의 찬 이슬은 나의 옷깃을 적시네.

천 년 전 문물은 옛 모습 없어지고

강과 산은 그대론데 성곽만이 허물어졌네.

------

* **기자묘** : 기자의 사당은 평양성 안에 있었다.
† **단군 사당** : 세종 11년에 평양에 창건하여, 봄 가을로 제사를 지냈다.

하늘로 올라가신 동명 성제*는 돌아오지 않으시니

세상에 남긴 이야기 무엇으로 증명하랴.

황금 수레와 기린 말은 자취 없이 사라지고

풀 우거진 궁중 길로 스님 홀로 가는구나.

찬 이슬에 뜰 안의 풀들이 시드는데

청운교와 백운교가 마주 보고 서 있구나.

수나라 병사들의 넋†이 여울 따라 흐느끼고

원통하게 우는 가을 매미 울음소리는 수양제의 정령인가.

안개 낀 큰길에는 임금 행차 끊어졌고

소나무 우거진 별궁에는 저녁 종소리만 울려온다.

누각에 높이 올라 시를 읊어도 함께 즐겨 줄 이 없고

밝은 달 맑은 바람에 이 마음만 들떠 있네.

2) 선녀의 시

남쪽 옛 성을 바라보니 대동강이 분명하고

푸른 물결 흰 모래밭에 기러기들이 울고 있네.

용마도 떠나고 기린이 끌던 수레도 오지 않으니

---

* **동명 성제** : 고구려의 시조 동명왕을 가리킨다.
† **수나라 병사들의 넋** : 고구려에 쳐들어왔다가 을지문덕 장군에게 청천강에서 몰살당한 수나라 병사들의 혼을 가리킨다.

봉황 피리소리 끊어지고 무덤만 남았구나.
산에 비가 오려는데, 이내 시는 다 지어졌고
인적 없는 들판의 사당에서 홀로 술에 취했구나.
황폐한 옛 모습은 차마 쳐다보지 못하리니
천 년의 옛 자취가 뜬구름이 되었구나.

풀뿌리 차갑다고 귀뚜라미 울어 대고
높은 정자에 올라보니 생각조차 희미하다.
비 그치고 구름이 개니 지나간 일들이 슬퍼서
흐르는 물에 떨어진 꽃잎처럼 가는 세월 안타깝다.
가을 기운 드높으니 물살 소리 더욱 커지고
강물 속의 누각 그림자에 달빛마저 처량하네.
그 옛날 이 땅은 문물이 번성했던 곳인데
황폐한 성 늙은 고목이 애간장을 태우는구나.

금수산 앞에는 낙엽들이 비단처럼 쌓여 있고
강가의 단풍나무는 옛 성 모퉁이를 붉게 물들이네.
가을 밤 어느 곳에서 다듬이 소리 들려오나.
배따라기 노랫소리에 고깃배가 돌아오네.
바위에 기댄 고목에는 담쟁이 얽혀 있고
풀밭에 쓰러진 비석에는 이끼마저 끼었구나.

조용히 난간에 기대어 지난 일을 생각하니

달빛과 파도 소리 모두 슬픔만 자아내네.

3) 선녀의 시 40운

부벽정 달 밝은 밤에, 먼 하늘에서 구슬 같은 이슬이 내리네.

맑은 달빛은 은하수에 잠기고, 서늘한 기운은 오동잎에 서려 있네.

눈부시게 깨끗한 삼천 세계에, 열두 누각이 아름답구나.

비단 같은 구름이 하늘에 떠 있고,

산들바람이 불어와 두 눈을 씻어 주네.

힘차게 흐르는 강물 따라, 저 멀리 배가 떠나가네.

문틈으로 엿보니, 갈대꽃이 물가에 비치는구나.

마치 달나라 음악이 들리는 듯, 옥도끼로 깎은 것을 보는 듯

진주조개로 용궁을 지으니, 무소뿔이 염부주*에 비치는구나.

비구름 걷는 도사와 함께 달을 보고, 술사와 더불어 놀아 보세.

달빛 차가우니 까치가 놀라고,

물소는 달을 보고 해인 줄 알고 헐떡이네.

푸른 산에는 달빛이 은은하고, 푸른 바다에는 둥근 달이 떴다.

---

* **염부주** : 큰 염부나무가 우거진 땅으로, 세상의 중심에 있는 수미산에 있는 섬이다. 인
도라고도 하고, 현서라고도 한다.

그대와 함께 창을 열어젖히고, 흥에 겨워 구슬발도 걷어 올리네.

이태백은 술잔을 멈추고 달에게 물어보고,

오강†은 계수나무를 찍었다네.

흰 병풍은 광채가 찬란하고,

비단 휘장에는 아름다운 무늬가 아로새겨져 있네.

하늘에는 거울 같은 달이 떠서,

얼음같이 맑은 수레바퀴가 쉼 없이 굴러가네.

금빛 물결은 아름답고, 하늘의 은하수는 도도히 흘러가네.

칼을 뽑아 달 두꺼비를 쳐 없애고,

그물 펼쳐 교활한 옥토끼‡를 잡아 보세.

먼 하늘에는 비가 개이고, 좁은 돌담길에는 안개가 걷혔네.

난간은 천 길 나무를 압도하고, 계단은 만 길 못을 굽어보네.

머나먼 곳에서 길을 잃었으나, 다행히 고향에서 친구를 만났다네.

아름다운 시를 주고받으며, 가득 부은 술잔도 주고받았네.

서로 앞다투어 가며 시를 짓고,

술잔을 더해 가며 취하도록 마셔 보세.

화로에는 빨간 숯불이 타고, 노구솥에서는 찻물이 보글보글

향로에서는 고운 향기 풍겨 나고, 큰 술잔에는 좋은 술이 가득하네.

---

† **오강** : 한나라 사람으로 달 속의 계수나무를 깎았다고 한다.

‡ **옥토끼** : 달나라에 있다는 옥토끼

학은 외로이 소나무에서 울고,

사방에서 귀뚜라미가 슬피 우는구나.

친구처럼 의자에 앉아 허물없이 이야기하며,

물가에서 서로 시를 주고받는다.

어스름하게 남은 성터에는 풀과 나무만 쓸쓸하게 우거졌네.

푸른 단풍은 무겁게 흔들리고, 누런 갈대는 차갑게 서걱댄다.

신선 세계는 영원한데, 인간 세상은 덧없이 빠르구나.

옛 궁궐에는 벼 이삭이 익었고,

들판의 사당에는 뽕나무와 가래나무가 뒤엉켜 있네.

옛 자취는 깨진 비석뿐이니, 흥망성쇠는 갈매기에게 물어보리라.

달은 기울었다 다시 차건만, 인생이란 하루살이 같구나.

궁궐은 절간처럼 되었고, 옛날 임금들은 언덕에 묻혔네.

반딧불은 휘장 너머에서 반짝이고,

깊은 숲에서는 도깨비불이 떠다니네.

옛날 일 생각하면 눈물만 흐르고,

오늘 일을 생각하면 근심만 늘어 가네.

단군의 옛터에는 목멱산만 남아 있고,

기자의 서울에는 실개천만 흐르네.

굴속에는 동명왕의 기린마 자취 있고,

들판에는 숙신의 화살촉만 남았구나.

선녀는 이제 하늘로 돌아가고, 직녀도 용을 타고 떠나가네.

글 짓는 선비는 붓을 놓고, 선녀는 노래를 멈추었네.

노래가 끝나니 사람들도 흩어지고,

바람도 자고 노 젓는 소리만 들려오네.

4. 「용궁부연록」 삽입시

1) 상량문의 단가

들보 남쪽으로 눈을 돌려 보니
십 리 넘는 소나무 숲에는 푸른 기운이 서려 있네.
아름답고도 웅장한 용궁을 그 누가 알리오.
푸른 유리 바닥에는 그림자만 잠겨 있네.

들보 북쪽으로 눈을 돌려 보니
거울같이 푸른 연못 위로 아침 해가 솟아오른다.
하얀 비단 삼백 자가 공중에 걸려 있으니
하늘 위의 은하수가 이곳에 떨어졌네.

들보 위로 눈을 돌려 보니
흰 무지개 손으로 잡고 하늘에서 놀아 보세.
동해 해 뜨는 곳이 천만 리나 되지마는

인간 세상 돌아보니 손바닥만 하여라.

들보 아래로 눈을 돌려 보니
파릇한 봄 들판에 아지랑이 피어나네.
신령스런 물 한 방울 이곳에서 길어다가
이제부터 온 세상에 단비를 뿌려 보세.

2) 벽담곡

푸른 산은 짙푸르고, 푸른 못은 출렁이네.
우렁차게 솟은 폭포, 하늘 위 은하수까지 닿았네.
저 가운데 계신 임의 환패* 소리 쟁쟁하다.
그 위풍 빛나시고, 그 재주 뛰어나시다.
좋은 계절에 길한 날 잡으니, 봉황새까지 우는구나.
날아갈 듯한 집 지었으니, 상서로운 일이로다.
훌륭한 선비를 모셔다가 상량문을 지어서,
높은 덕을 노래하며 대들보를 올리네.
술을 부어 잔 돌리며, 날랜 제비처럼 춤을 추네.
향로에는 향기 뿜어나고, 볼록한 돌솥에는 찻물이 끓고 있네.

---

* **환패** : 관리들이 허리에 차던 패옥

목어 북*을 둥둥 치고, 피리 불며 행진하네.

높이 앉아 계신 용왕님의 지극하신 덕을 우러러 잊지 못하리라.

3) 회풍곡

산기슭에 계신 임은 덩굴 풀로 옷 해 입고 이끼로 띠 둘렀네.

날 저물어 물결이 일렁이니, 가느다란 무늬가 아롱져 비단 같구나.

나부끼는 바람에 귀밑털이 날리고,

피어오른 안개 속에 옷자락이 너울거리네.

느릿느릿 빙글빙글 돌다가 예쁜 웃음 지으며 서로 마주치네.

내 홑옷은 여울가에 벗어 두고, 내 가락지는 모래밭에 빼놓았네.

금잔디는 이슬에 젖고 높은 산에는 안개가 자욱하네.

높고 낮은 저 봉우리 멀리서 바라보니, 강가의 푸른 소라와 비슷하네.

가끔 치는 징소리에 취한 춤이 비틀비틀.

강물처럼 많은 술에 언덕처럼 쌓인 고기.

손님 이미 취하셨으니, 새 노래를 불러 보세.

서로 부축하고 끌어 주다가 손뼉 치며 껄껄 웃네.

옥 술병을 두드리며 남김없이 마셨더니,

맑은 흥취 다하자 슬픈 마음 절로 이네.

---

* **목어 북** : 나무를 물고기 모양으로 만든 북

4) 수룡음

노랫소리 울리는 가운데 술잔 돌리니

기린 무늬 향로에서 진한 향기 피어나네.

옥피리 소리에 하늘 위의 구름이 흔적 없이 사라졌네.

소리는 파도에 부딪치고,

가락은 맑은 바람 밝은 달로 스며드네.

세월은 한가한데 인생은 늙어 가니,

화살같이 빠른 세월이 애달프구나.

풍류가 좋다마는 꿈결처럼 지나가니,

기쁨과 함께 번뇌가 일어나네.

서산에 낀 안개 초저녁에 흩어지자,

동산에 둥근 달이 기쁘게도 찾아오네.

술잔 높이 들어 저 달에게 물어보자.

인간의 이런저런 모습을 몇 번이나 보았던가?

금 술잔에 술이 가득한데,

풍채 좋은 사람이 술에 취해 누워 있네.

아름다운 손님 위하여, 그 누가 넘어뜨렸나.

오랫동안 쌓였던 울적함을 다 털어 버리고,

푸른 하늘 올라가서 유쾌하게 놀아 보세.

5) 곽개사의 시

강과 바다의 구멍 속에 살지언정,

기운을 내면 범과도 상대할 수 있다네.

신장이 구 척이니, 나라에 예물로도 바칠 수 있다네.

우리 종족의 종류가 많으니 이름도 많아라.*

용왕님의 즐거운 잔치에 참석하여,

발을 굴리면서 모로 걸어가네.

물속에 잠겨 혼자 있기 좋아하여,

강가의 등불에 놀라기도 했네.

은혜를 갚으려고 구슬을 만들고,

원수를 갚으려고 창을 뽑아 들었지.

호수 다리에 사는 사람들은,

나를 속없는 놈이라 비웃는다네.

그러나 군자에게도 비길 만한 이 몸,

배 속에 덕이 차서 속이 누렇다네.

아름다움이 속에 차서 네 발에 뻗치나니,

엄지발엔 기운이 맺혀 오동통 살이 쪘네.

오늘 밤이 어떤 밤이기에, 신선 잔치에 참석했네.

---

* **우리 종족의 종류가 많으니 이름도 많아라** : 게는 모두 12종류가 있다고 한다.

신들이 머리 들어 노래하니,

손님들도 취하여서 허둥거리네.

황금 궁전 백옥상에 술잔 돌리며 노래하네.

피리는 묘한 소리로 산을 울리고,

신선들의 주발에는 좋은 술이 가득 찼네.

산도깨비들도 더덩실 춤을 추고,

물고기들도 펄떡펄떡 뛰노는구나.

모든 신하들이 제자리를 얻었으니,

우리 용왕님의 덕을 잊을 수가 없다네.

6) 현 선생의 시

산속의 연못에서 나 홀로 지내며,

호흡을 아껴 가며 오래오래 살고 있네.

천 년을 살아서 다섯 가지 빛깔을 갖추고†,

열 꼬리‡를 흔드니 가장 신령하다네.

진흙탕 속에서 꼬리를 끌지라도,

죽어서 사당에 간직됨은 내 소원이 아니로다.

---

† **다섯 가지 빛깔을 갖추고** : 『포박자』에 거북이 천 년이 되면 다섯 가지 빛깔을 갖춘다고
한다.

‡ **열 꼬리** : 거북이 9년이 되면 꼬리가 하나이고, 천년이 되면 꼬리가 열 개라고 한다.

신령스런 약을 먹지 않아도 오래 살며,

따로 도를 배우지 않아도 가장 신령하다네.

천 년 만에 성스러운 임금을 만나면,

온갖 상서로운 징조를 나타내네.

내 물속 족속의 어른이 되어, 『주역』이치를 연구하네.

등에 글자를 지고 나오니 숫자가 생겼으며,

길흉을 미리 알려 주어 일을 이루게 했네.

슬기가 많다 해도 운이 따르지 않으면 할 수 없고,

능력이 많다 해도 못 할 일도 있었다네.

죽음을 면하려고, 물고기와 벗을 삼아 자취를 감추었네.

목을 빼어 내고 발을 굴리면서,

좋은 잔치 자리에 참여했네.

용왕님의 신령한 조화를 축하하려고,

붓을 들어 뛰어난 재주를 보이네.

술 드리자 풍악 울리니 즐거움이 끝이 없네.

악어가죽 북을 치고 퉁소를 부니,

깊은 골짜기에 숨은 교룡들도 춤을 추네.

산도깨비들이 모여들고,

강물의 신령님들도 다 모였도다.

물소 뿔을 태워 물속의 요물들을 보고,

아홉 개의 솥에 그려 그들을 부끄럽게 했다네.

앞뜰에서 서로 춤추고 뛰어놀며,

껄껄 웃기도 하고 손뼉도 치네.

해 떨어지자 바람이 일고, 물고기들이 뛰놀고 물결이 일렁인다.

오늘같이 좋은 날 다시 올지 몰라

내 마음이 비장하구나.

7) 도깨비와 괴물들의 시

신령한 용왕님이 못에 계시다가,

어떤 때는 하늘에도 오르시네.

아아, 천년만년이나 그 복을 길이 누리소서.

귀하신 손님 초대하니,

신선처럼 의젓하고 점잖으시구나.

새로 지은 글 구경하니, 구슬을 꿴 듯하네.

고운 옥돌에다 깊이 새겨, 길이길이 전하리라.

임께서 돌아가신다니, 성대한 잔치를 벌였구나.

아름다운 사랑을 노래하며, 너울너울 춤을 추세.

둥둥 쇠북 소리는 거문고와 어울리네.

뱃노래 권주가에, 고래처럼 술 마셔 보세.

모든 예절 갖추어 노니, 즐거움이 끝이 없네.

8) 조강신의 시

강물이 쉬지 않고 푸른 바다로 흘러들고,
밤낮으로 치닫는 파도에 가벼운 배를 띄웠구나.
구름이 흩어진 뒤 밝은 달빛이 포구에 잠기고,
밀물이 밀려들자 바람이 모래섬을 채우네.
날이 따뜻하니 거북과 물고기 한가롭게 노닐고,
맑은 물 위로 오리 떼가 마음대로 떠다니네.
해마다 바위에 부딪쳐 슬픈 일이 많았는데,
오늘 저녁 즐거움에 온갖 근심 다 녹았네.

9) 낙하신의 시

오색 꽃나무 그림자가 풀밭을 덮었는데,
온갖 악기들이 차례로 벌려 있네.
휘장 두른 곳에서는 노랫소리 흘러나오고,
구슬발 드리운 속에서 춤추는 모습 비치누나.
성스러운 용왕님은 어찌 물속에만 계시겠나,
선비는 예전부터 덕이 있는 몸이로다.
어찌하면 긴 끈으로 지는 해를 잡아매어,
따뜻한 봄날에 흠뻑 취해 지내려나.

10) 벽란신의 시

용왕님이 술에 취해 높은 상에 기대시니,
산 노을 피어나고 해는 이미 석양이네.
비틀거리는 춤에 비단소매 너울너울,
맑은 노랫소리 대들보를 감고 도네.
오랫동안 묵은 원한으로 은섬을 뒤졌지만,
오늘은 기쁘게도 백옥 잔을 주고받네.
흘러가는 이 세월을 사람들은 모르나니,
나 지금이나 세상일은 한순간이네.

11) 한생의 장편시 20운

은하수 위로 천마산이 높이 솟았고,
폭포는 멀리 공중으로 날아가네.
곧바로 떨어져 숲과 골짜기를 뚫고,
급히 흘러 큰 시내가 되었다.
물결 가운데 달이 잠기고, 물 밑에는 용궁이라.
용왕은 변화하여 신비한 자취를 남기시고,
하늘에 올라 큰 공을 세우시네.
잔잔한 기운이 옅은 안개를 피어나게 하고,

드넓은 기운은 상서로운 바람을 일으키네.

하늘에서 명령받아

우리나라에 높은 작위와 봉록을 베푸셨네.

구름 타고 하늘 궁전에 조회하시고,

푸른 말을 달리며 비를 뿌리시네.

황금 대궐에서 잔치를 여니,

뜰 안에서 풍악이 울리네.

찻잔에는 저녁노을이 뜨고,

붉은 연잎에는 맑은 이슬이 맺히네.

위엄 있는 태도가 정중하고,

예절과 법도도 성대하네.

옷차림은 찬란하고,

패옥 소리 쟁쟁하도다.

물고기와 자라들이 용왕께 하례하고,

강물의 신령들도 모두 모였도다.

용왕님의 조화가 어찌 그리 황홀한지,

숨은 음덕이 더욱 깊으시네.

동산의 북소리에 꽃송이 피어나고,

술 단지 속에는 무지개가 서려 있네.

선녀는 옥피리 불고, 신선은 거문고 타네.

백 번 절하고 술잔 올려, 만수무강 삼창하네.

눈 같은 과일에다, 수정 같은 채소로다.

온갖 맛난 음식에 배부르고, 깊은 은혜 뼈에 스미네.

신선의 이슬을 마신 듯, 금강산을 찾아온 듯

즐겁자 이별이라, 풍류마저 일장춘몽이네.